혼자 있기 좋은 방

**일러두기**

* 본문에 등장하는 인명과 고유명사의 표기는 국립국어원의 외래어 표기법을 따랐습니다. 단, 일부 인명의 경우 국내에 익숙한 명칭을 따랐습니다.
* 각 그림의 정보는 '화가 명, 그림 명, 제작 연도' 순으로 기재하였고, '제작 방법, 실물 크기(세로×가로cm), 소장처'는 도판 목록에 기재하였습니다.
* 인명의 원어 표기는 화가인 경우에만 최초 1회에 한하여 병기했습니다.
* 이 서적 내에 사용된 일부 작품은 SACK를 통해 ADAGP, ARS, VAGA와 저작권 계약을 맺은 것입니다. 저작권법에 의하여 한국 내에서 보호를 받는 저작물이므로 무단 전재 및 복제를 금합니다.

# 혼자 있기 좋은 방

오직 나를 위해, 그림 속에서 잠시 쉼

우지현 지음

위즈덤하우스

야코프 알버츠,
「할리히 호게의 푸른 현관」,
1905년

*Prologue*

# 사적인 공간으로의
# 은신처

　　　　　　　　방 안 가득 따스한 햇살이 비치고, 자그마한 의자가 빛을 받으며 단단히 서 있다. 열린 창 사이로 한 줄기 바람이 불어오자 커튼이 가볍게 살랑인다. 의자의 방향과 위치로 볼 때 방금 전까지 누군가 앉아 있다가 문을 열고 발코니로 나간 것 같다. 벽지를 바르지 않은 거친 질감의 벽면이 자연스러운 멋을 더하고, 누군가 벽에 낙서라도 했는지 어설프게 덧칠한 흔적도 보인다. 오른쪽 벽에 자리한 전신 거울도 눈에 띈다. 거울 속에는 황금빛 그림 액자와 줄무늬 소파가 보인다. 방 주인은 외출하기 전, 거울 앞에 서서 용모를 가다듬고 전체적인 스타일을 확인했을 것이다. 어쩌면 어젯밤 늦게까지 소파에서 책을 읽다가 스르르 잠들었을지도 모르겠다.

아돌프 멘첼, 「발코니가 있는 방」, 1845년

이 그림은 독일의 화가 아돌프 멘첼Adolf Menzel이 1845년에 그린 「발코니가 있는 방」이다. 베를린 국립미술관 관장인 후고 폰 추디가 1905년에 기념 전시회를 열면서 처음으로 대중에 공개된 이 작품은 멘첼이 사망한 뒤에야 세상에 알려졌다. 병사들의 시체, 울부짖는 재소자, 투박하고 거친 맨발, 공장 노동자들 그리고 프러시아의 힘을 찬양하는 역사화를 주로 그린 그가 어떻게 이런 그림을 그릴 수 있었을까. 그의 내면에 이토록 평화로운 순간이 자리하고 있었다는 것이 놀랍다. 이 그림에는 어떠한 도덕적, 종교적 담론도 서사적인 내용도 없다. 멘첼의 많은 작품에 서려 있는 장엄하고 웅대한 분위기와도 다르다. 화가는 담담하고 따뜻한 시선으로 일상을 감미롭게 표현했다.

역사화로 유명해진 멘첼이지만 사실 그는 사적인 장면도 자주 그렸다. 평화로운 실내를 그린 다수의 초기작부터 1860년대에 그린 「튈르리 정원의 오후」나 「파리의 평일」까지, 그는 끊임없이 일상의 모습에 관심을 두었다. 종교화나 역사화를 그리는 와중에도 평온한 일상을 주제로 틈틈이 완성한 그림들은 대중의 기대나 국익을 대변하기보다 화가의 순수한 기쁨을 위한 예술이었을 테다. 이때의 작품들은 그의 가족과 친구들이 소장했는데, 특별한 이유나 목적 없이 그린 그림이 사후 명성의 주된 요인이 되었다는 것이 아이러니하게 느껴진다. 그는 '당대 최고의 화가'라는 평과 함께 큰 인기를 얻은 것은 물론 동료들의 존경을 한 몸에 받고 베를린대학교에서 명예박사 학위를 받았으며 화가로서는 최초로 독일 정부로부터 검독수리 훈장과 귀족 작위를 받는 등 엄청난 부와 명예를 얻으며 화려한 삶을 영위했다. 하지만 조용하고 내밀한 순간을 그린 일련의 그림을 볼 때 정작 멘첼이 원했던 것은 평범하고 소소한 일상이 아니었나 생각하게 된다. 우리에게도 그렇듯 멘첼에게도 방은 아무도 침입해 들어오지 못하는 독립적인 세계이자 세상의 눈을 피해 혼자만의 시간을 가질 수 있는 유일한 장소였을 것이다.

역사상 수많은 화가에게 방은 사적인 은신처이자 안전한 도피처였다. 그들은 저마다의 이유로 자신의 방에 숨었다. 가족들의 잇따른 죽음으로 충격을 받은 귀스타브 카유보트Gustave Caillebotte는 어느 날, 미로메닐가街 모퉁이에 있는 집을 떠나 오스만대로에 있는 6층짜리 아파트로 이사했다. 그는 그곳에서 고독하지만 자유로운 시간을 보내며 작품 세계에 몰입했고, 고요한 공간에 머물며 차츰 안정을 찾아갔다. 만성적인 눈병으로 인해 시력이 점점 떨어져 더 이상 야외 작업을 할 수 없게 된 카미유 피사로Camille Pissarro는 시골 생활을 모두 정리하고 파리에 있는 자신의 방에 칩거했다. 그는 창문을 통해 바라본 바깥 풍경을 캔버스에 담았고, 죽을 때까지 방에서 작업을 이어갔다.

그런가 하면 공공장소를 자신의 방처럼 사용한 이들도 있다. 애벗 풀러 그레이브스Abbott Fuller Graves에게 배는 집으로 향하는 이동

수단이자 익숙한 생활공간이었다. 그는 선상에서 일어나는 다채로운 이야기를 소재로 한 수많은 작품을 탄생시키며 독자적인 세계를 구축했다. 피터르 얀스 산레담Pieter Jansz Saenredam은 네덜란드 하를럼에 있는 성 바보교회에서 살았다고 해도 과언이 아닐 정도로 자주 머물렀는데, 그곳은 그의 주요 활동 무대이자 세상을 떠난 곳이며 훗날 유해가 안치된 장소이기도 하다. 또 레서 우리Lesser Ury는 습관적으로 베를린에 있는 카페바우어를 찾았다. 작은 시골마을에 살다가 독일 최대 도시인 베를린으로 이사 온 그에게 카페는 놀랍고도 황홀한 세계였다. 그는 그곳에서 지인들과 담소를 나누고 휴식을 취하고 그림을 그리며 많은 시간을 보냈다.

부와 성공 그리고 명예를 과시하기 위한 수단으로 여러 개의 방이 딸린 집을 장만해 자신만의 소우주로 만든 화가들도 있다. 영국에서 큰 성공을 거둔 제임스 티소James Tissot는 최고급 주택가의 저택에서 살았는데, 고급스러운 실내장식과 어마어마한 크기의 정원은 그의 사회경제적 위상을 보여준다. 또한 주세페 데니티스Giuseppe De Nittis의 아파트가 있던 곳은 에투알개선문과 인접한 고급 거리로 파리에서도 최상류층이 사는 동네였다. 그는 침실, 거실, 서재, 응접실 등의 공간을 아름답게 꾸몄고 집 안에서 머무는 시간을 좋아했다. 화려하고 세련된 인테리어로 꾸민 그의 집은 당대의 화가, 작가 그리고 지식인이 모이는 '예술가들의 아지트'였다.

아돌프 멘첼, 「리터가에 있는 예술가의 침실」, 1847년

아돌프 멘첼, 「리터가에 있는 예술가의 거실」, 1851년

반면에 간소한 방에서 생활했던 화가들도 있다. 빈센트 반 고흐 Vincent van Gogh에게 방은 잠시 머무는 임시 거처였다. 그는 프랑스 소도시 아를에서 지낼 때 자신의 방에 최소한의 가구만 두고 생활 했는데 이는 「고흐의 방」, 「빈센트의 의자」 등에서 나타난다. 소박 하고 아담한 방을 추구했던 그웬 존Gwendolen John은 파리 몽파르나 스 세르슈미디거리 87가에 있는 다락방에서 살며 방을 주제로 한 작품 활동을 펼쳤다. 또 벨기에 브뤼셀에 집을 얻은 르네 마그리트 Rene Magritte는 아내와 함께 소박한 생활을 이어갔다. 그 아파트는 전체 너비가 6미터밖에 되지 않을 정도로 작고 협소했으나 그는 그곳을 좋아했고, 자신의 방을 소재로 「정지된 시간」, 「즉흥적인 대답」, 「장롱 속의 철학」 등의 그림을 남기기도 했다.

이처럼 화가들에게 방은 다양한 의미이다. 그들에게 방은 유일 한 도피처였고, 내밀한 은신처였으며, 이상적인 휴식처였다. 작품 에 몰입할 수 있는 창조의 무대였고, 영광으로 지은 거대한 방주였 으며, 인생 전부를 담은 삶의 흔적 그 자체였다. 이는 비단 화가들 에게만 해당되는 것은 아니다. 방에는 모든 것이 담겨 있다. 깊은 밤 홀로 숨죽여 울던 소리, 조용히 라디오를 켜고 따뜻한 음성에 귀 기울이던 추억, 푹신한 침대에 누워 마음껏 뒹굴던 나른한 주말 오 후, 숱한 걱정에 뒤척이며 잠 못 이루던 밤, 수화기를 든 채 시간 가 는 줄 모르고 친구와 수다 떨던 시간, 밤새 아파 뒤척이던 어느 늦은 겨울, 지인들을 초대해 맛있는 음식을 먹으며 즐거운 시간을 보낸 하루 그리고 방 밖으로 한 발짝도 나갈 수 없이 힘들었던 지난날. 방에는 무수한 기억의 편린들이 함초롬히 젖어 있다.

그렇다면 왜 하필 방인가. 방에는 한 인간의 생이 압축되어 있다. 출생, 성장, 생활, 잠, 노동, 휴식, 질병, 죽음 같은 삶의 중요한 순간부터 근심, 분노, 사색, 번민, 슬픔, 행복, 꿈, 사랑, 침묵이 공존하는 감정 표류의 역사까지 전부 그곳에 있다. 생존과 안전을 보장하는 최후의 성벽인 현관, 잠을 자는 수면실이자 사랑을 나누는 비밀 공간인 침실, 공상과 사유와 탐험이 실현되는 서재, 내 물건들을 보호해주는 다락방, 어릴 적 상상을 이어가는 베란다, 창조적이고 치열한 작업이 이루어지는 작업실, 각자의 방으로 향하는 이동 통로인 복도, 수많은 추억거리가 가득한 교실, 잠시 머물다 떠나는 호텔방, 아픈 사람들의 거처가 되는 병원, 지적 유희를 누리기에 충분한 서점 등. 우리가 평생 경험하고 기억하는 다양한 형태의 공간은 엄밀한 의미에서 모두 방이다.

이 책에는 침실, 욕실, 부엌, 거실, 서재, 식당, 화실, 다락방, 발코니, 자동차와 같은 사적인 범주의 공간부터 카페, 지하철, 성당, 교실, 세탁소, 시장, 온실, 백화점, 호텔방, 배, 미술관 등 공적인 영역의 공간까지 다양한 방에서 일어나는 일들이 담겨 있다. 방이라는 무대에서 펼쳐지는 삶의 이야기인 셈이다.

책을 쓰면서 내가 그러했듯 이 책을 읽는 분들도 저마다의 방에서 자유롭게 머물렀으면 좋겠다. 때론 숨고, 때론 쉬고, 때론 울었던 방의 여러 가지 모습들을 통해 시간을 구체화하고 공간을 재해석하는 시간이 되었으면 한다. 방에서 태어나 방에서 살다가 방에서 죽는, 공통된 인간 삶의 공간을 통해 인생을 반추하고 진정한 삶의 의미를 엿볼 수 있기를 바란다. 나의 이런 바람을 담아 프랑스의 사상가 몽테뉴의 『수상록』에 나오는 문장으로 서문을 열고자 한다.

> 타인을 위한 삶은 충분히 살았다. 이제 남아 있는 인생만큼은 자신을 위해 살자. 모든 생각과 의도가 우리 자신과 우리의 안위를 지향하게 하자. 확실한 자기만의 방을 마련하는 것은 매우 중대한 일이라 다른 일과 병행하기에는 다소 벅찰 수 있다. 하지만 신이 우리에게 떠날 겨를을 주었으니 채비를 하자.

## 3부 / 혼자 울기 좋은 방

## 4부 / 오래 머물고 싶은 방

조용히 숨고 싶은 방

작자 미상, 「응접실」,
19세기 후반

# 세상과의 거리 두기가
# 필요할 때

참을 수 없이 숨고 싶었다. 그런 날이었다. 그저 혼자 있고 싶은 날. 스스로를 철저히 세상으로부터 고립시키고 싶은 날. 나밖에 필요하지 않은 날. 세상과의 거리 두기가 필요한 날. 그럴 때면 내가 하는 일은 몇 가지로 압축된다. 집 안의 불을 모두 끄고 영화를 보거나 잔잔한 음악과 함께 차를 마시는 일. 창밖을 바라보며 가볍게 스트레칭하거나 침대에 누워 고요히 책을 읽는 일. 그리고 또 하나는 화집을 보는 일이다.

서가에 꽂혀 있는 책들을 쭉 살피다가 한쪽 구석에 자리하고 있는 화집에서 시선이 멈췄다. 유럽 여행을 하던 중, 파리의 어느 골목에 있는 헌책방에서 구입한 것이었다. 너무 오래 전이라 책방의 이름조차 생각나지 않지만 빛바랜 간판이 걸려 있었고, 백발의 할

아버지가 고흐의 그림 속에서 나온 것 같은 노란 의자에 다리를 꼬고 앉아 있었다. 명화에서나 볼 법한 고즈넉하고 따뜻한 분위기에 이끌려 한참을 머무르다가 그냥 나오기엔 무안하여 이 책을 집어 들었다. 여기저기 닳고 해지고 심지어 찢어져서 사라진 장이 있음에도 왠지 모르게 끌리던 책.

　긴 세월을 겪었을 것이기에 더 천천히, 더 조심스럽게 책장을 넘기며 그림을 보다가 한 페이지에서 그만, 손길이 멈췄다. 방 안에서 혼자만의 시간을 보내는 여성을 묘사한 그림인 마르셀 리더Marcel Rieder의 「벽난로 앞에 있는 여인」이다.


　깊은 밤, 벽난로 앞에 한 여자가 앉아 있다. 빈틈없이 창을 덮은 커튼이 빛을 완벽하게 차단하고, 스탠드 조명만이 어두운 실내를 밝힌다. 여자는 불에 타는 장작을 눈으로, 귀로 담으며 깊이 생각에 잠겨 있다. 무슨 고민이라도 있는 것일까? 축 처진 어깨에 쓸쓸함이 배어 있고, 살짝 내리간 눈은 슬퍼 보인다. 무슨 일인지 알 수 없으나 지금 이 순간 그녀는 혼자 있고 싶은 듯하다. 누구에게나 그런 때가 있는 법이니까. 주변을 둘러보니, 탁자 위의 다기 세트와 소파에 널브러진 담요 그리고 원형 테이블에 있는 한 권의 책이 보인다. 의자에 앉기 전 소파에서 차를 마시며 독서를 했나 보다. 이곳에서 그녀는 자기만의 세계에 몰입한 채 조용히 시간을 보낼 것이다. 그리고 긴긴밤이 지나고 나면 커튼을 젖히고 창문을 활

마르셀 리더, 「벽난로 앞에 있는 여인」, 1932년

짝 열어 아무렇지 않게 하루를 시작할지도 모르겠다.

「벽난로 앞에 있는 여인」은 프랑스의 화가 마르셀 리더가 1932년에 그린 것으로 방을 주제로 한 그의 대표작 중 하나다. 리더는 가구, 소품, 조명 등 여러 요소를 통해 방의 특성을 효과적으로 표현했다. 소파와 테이블, 의자 등 가구를 기능적으로 배치하여 공간에 리듬감을 주었고, 커튼과 카펫 같은 다양한 패브릭을 적극적으로 활용해서 실내 분위기를 포근하게 연출했다. 또 한쪽 구석에 벽난로를 두어 공간에 빛을 제공했는데, 이는 단지 장식적인 요소가 아니라 따뜻하고 안전한 내부와 춥고 위험한 외부를 대비시키는 장치이다. 그 밖에도 고딕풍의 청동촛대, 벽에 걸린 그림 액자, 탁자 위의 스탠드 등 다양한 소품을 용도에 맞게 진열해서 방의 내부를 미학적으로 구성했다.

색 선정 또한 눈에 띈다. 리더는 따뜻한 계열의 색조를 택했다. 빨간색, 주황색, 노란색, 갈색, 미색 등을 주로 사용하면서도 전체적인 톤을 어둡게 해서 미지근한 온도를 유지했다. 이는 색조를 통해 공간의 정서를 표현한 것으로, 화가의 의도가 드러난 부분이라고 할 수 있다.

화가는 모든 것을 두고 고민한다. 색상을 어떻게 표현할지, 명도는 얼마로 조절할지, 채도를 어떤 식으로 나타낼지에 관해 끊임

마르셀 리더, 「바느질하는 젊은 여자」, 1898년

마르셀 리더, 「테라스에서 저녁 식사 후」, 연도 미상

없이 생각하고 연구한다. 인물의 옷을 흰색으로 하느냐 검은색으로 하느냐를 궁리하며, 꽃을 빨간색으로 하느냐 노란색으로 하느냐를 숙고한다. 색이 만들어내는 공간의 분위기, 조명의 빛깔, 빛의 세기 그리고 사물의 질감에도 화가의 의견은 반영된다. 색채를 통해 원하는 이미지가 만들어질 때까지 고민하고 또 고민한 흔적들이다.

리더는 석양과 실내의 조화에 중점을 둔 수많은 작품을 남겼다. 그는 늘 황혼으로 물든 외부와 내부의 풍경에 주목했는데 땅거미가 내리면 색채의 질감이 풍부해져 집을 둘러싼 주변 풍광이 입체적이 되었고, 실내로 들어온 석양이 공간의 빛을 미묘하게 변화시켰기 때문이었다. 그는 석양빛으로 인해 경계가 모호해진 실내와 실외를 그리며 환상적인 분위기를 연출했고, 아련하고 신비로운 빛을 통해 관객들을 꿈속의 세계로 이끌었다. 이를 보여주는 대표적인 작품으로는 서정적인 선율이 흐르는 푸른빛의 「야상곡」, 호숫가의 전경을 바라보는 「테라스에서 저녁 식사 후」, 바람의 감촉을 느끼며 각자 시간을 보내는 「베란다에서 바다를 바라보는 두 여인」 등이 있다.

그가 처음부터 실내화室內畫를 그리는 데 몰두한 것은 아니다. 초기작 「베아트리체 때문에 우는 단테」가 보여주듯 상징주의 영향을 많이 받았던 화풍이 변하기 시작한 것은 1894년경부터였다. 이때부터 그는 오일램프나 전기전등으로 인해 은은하게 빛나는 내부 정경을 화폭에 자주 담았다. 특히 「바느질하는 젊은 여자」, 「독서하는 여자」, 「창가에서 기다리다」 등의 그림을 탄생시키며 방에서 홀로 시간을 보내는 여성들의 모습을 아름답고 섬세하게 구현했다.

　그가 이토록 방을 많이 그린 이유는 무엇일까. 방이라는 공간이 지닌 특성을 통해 그 안에 담긴 진짜 의미를 전하려는 의도가 아니었을까. 방은 밀폐되고 차단된 장소다. 위협적인 존재를 피해 일상을 수호하고 바깥 세계의 소음으로부터 벗어날 수 있는 최적의 피난처. 한 사람의 사적인 일면을 보호하는 동시에 세상의 규제나 통제로부터 자유로운 곳이며, 이용자의 정체성을 드러내는 공간이자 수많은 사건과 시간의 집합소다. 우리는 그 안에서 숨고, 보호하고, 지키고, 벗어나고, 확보하며 생을 구축해간다. 화가는 방에서 일어나는 다양한 삶의 모습을 통해 공간의 중요성을 일깨우고, 모두가 각자의 방에서 자신만의 시간을 보내기를 바랐을 것이다.

　살다 보면 누구에게나 숨고 싶을 때가 있다. 하루하루가 고달프고 사는 게 힘겨워 어딘가로 사라지고 싶을 때, 지탱해온 모든 것이 흔들리기 시작하고 세상과의 불화가 이어질 때, 만사가 귀찮고 무용하게 느껴질 때, 그래서 이제 그만 쉬고 싶을 때가 있다. 관계에 지쳐 누구와도 소통이 불가능할 때, 우정이 버겁고 사랑이 지겨울 때, 인간이라는 존재에 정나미가 떨어져 사람이 지긋지긋할 때, 그 어디에도 내 편은 없는 것 같을 때가 있다. 녹록지 않은 현실

마르셀 리더, 「독서하는 여자」, 연도 미상

에 부딪히고, 반복되는 일상에 지칠 대로 지친 우리는 각자의 공간으로 도피하고, 저마다의 장소로 은둔한다. 세상의 유일한 안식처, 아무도 없는 내 방으로.

때로는 세상과의 거리 두기가 필요하다. 그건 소외나 단절을 의미하지 않을 것이다. 자신과 대화를 나눌 수 있는 시간이자 온전히 내게 집중할 수 있는 기회일 것이다. 우리는 혼자만의 시간을 통해 마음을 관찰하고 일상을 재조직하며 삶을 재생한다. 관계의 과부하에서 벗어나 가벼워지는 지혜를 얻고, 무의미한 일에 도둑맞은 시간을 되찾는다. 시끄럽고 복잡한 세상 속에서 놓치고 살아가는 것들을 떠올리고 부단히 질문하고 경청하며 마음을 회복하는 시간을 갖는다. 일상을 일일이 되짚어보며 나에게 진짜 소중한 것이 무엇인지 깨닫는다. 침묵을 통해 행해지는 나와의 의사소통, 혼자 있기에 달콤한 시간이다.

요즘은 그런 생각이 든다. 인생에 있어 기쁨이 찾아올 때보다 슬픔이 찾아올 때가 더 귀한 시간인지도 모르겠다고. 슬픔을 받아들이는 방식에 따라 한 인간의 삶이 결정된다고 생각하기 때문이다. 세상에는 혼자, 마음의 방에 머물 때에만 해결될 수 있는 일이 있다. 구겨진 마음을 펴고, 슬픔을 처리하고, 억압으로부터 벗어나는 일. 내 삶의 가치를 재고하고, 의미를 묻고, 또 내면을 견고하게 구축하는 일.

혼자를 택한다는 건 슬픔을 외면하지 않고 마주하겠다는 용기이다. 하나의 독립된 인간으로서 내 인생을 책임지겠다는 각오이며, 스스로를 이해하고 용서하고 사랑하며 살아가겠다는 선언이다. 혹여 주변인들을 챙기느라 자기 자신을 외롭게 한 것은 아닌지, 세상의 눈치를 살피느라 정작 나를 불편하게 만든 것은 아닌지 진지하게 살펴볼 필요가 있다. 우리에게는 자신의 내면을 탐색하고 지켜야 할 의무가 있다. 그 과정이 분명하고 뚜렷하지 않을지라도 삶을 더 나은 방향으로 이끌어줄 것이라고 믿는다.

그러니 두려워하지 말고 불안해하지 말고 혼자 있어볼 것. 삶의 진실은 거기 있으니 말이다. 모든 사람과 잘 지내는 것보다 나와 잘 지내는 게 중요하다.

# 어느
# 낯선 공간에서

톡, 톡, 톡, 빗방울이 창문을 때린다. 창문 틈새로 바람이 들어와 커튼이 이따금 크게 흔들리고, 물비린내가 섞인 차고 습한 공기가 코끝을 자극한다. 슬쩍 고개를 들어 창밖을 보니 온통 회색빛 세상이다. 시커먼 구름이 하늘을 뒤덮었고, 태풍 같은 바람이 무섭게 휘몰아친다. 시간조차 가늠되지 않아 휴대전화를 열어 보니 정오에 가까운 시각. 무거운 몸을 일으키니 아직 풀지 못한 여행용 가방이 눈에 들어온다. 그렇다. 나는 지금 그리스 산토리니에 있는 호텔방 안이다.

파란색 지붕, 하얀색 건물, 나선형의 계단, 끝없이 펼쳐진 해변, 아름다운 전망 등을 기대하고 왔건만 이게 무슨 일인가. '태양이 지지 않는 마을'이라는 별칭이 있는 이곳의 햇살 아래 누워 느긋하게 휴식을 취할 예정이었으나 해가 지지 않기는커녕 보이지도 않는다. 푸른 바다를 보며 먹는 평화로운 식사 한 끼도 힘들 정도로 비는 도무지 그칠 줄을 모른다. 아무래도 오늘 내가 밖에 나갈 가능성은 없어 보인다.

사실 여행을 가면 호텔방에서 꽤 많은 시간을 보내는 편이다. 방 밖으로 한 번도 나가지 않는 날이 있을 정도로 그 안에서의 시간을 좋아한다. 여행을 갔다고 해서 꼭 유명 관광지를 돌아보거나 쇼핑을 하거나 맛집을 탐방할 필요는 없으니까. 더군다나 목적이 휴식이라면 더욱 그렇다. 종일 침대에서 뒹굴며 책을 읽고 음악을 듣고 음식을 먹고 영화를 보는 것도 나름의 재미가 있다. 하지만 내가 원해서 안 나가는 것과 나가고 싶어도 못 나가는 것은 전혀 다른 문제다. 날씨 하나로 인해 수많은 기대와 계획이 한순간에 사그라진다는 것이 허무하고 서글프지만, 아무리 억울해도 어쩔 도리가 없으니 현실을 받아들이는 수밖에. 그제야 주변이 눈에 들어오기 시작한다.

방 안을 돌아다니며 구석구석을 살폈다. 욕실에는 세면도구와 수건, 헤어드라이어, 샴푸, 컨디셔너, 샤워젤, 보디로션이 깔끔하게 배치되어 있고, 미니바에는 각종 음료와 간단한 간식들이 가득하다. 그런데 이상하게도, 오직 나를 위해 준비된 물건들을 보며 내가 느낀 감정은 불안이다. 모든 것이 불확실한 상황 속에서 일시 정지된 느낌이랄까. 이 물건들은 내가 이방인이라는 사실을 끊임

에드워드 호퍼, 「호텔방」, 1931년

없이 상기시킨다.

호텔이라는 공간은 왠지 모르게 슬픈 구석이 있다. 안간힘을 다해 유혹하듯 완벽하게 세팅된 물건들은 어딘가 애처롭고, 조금의 틈도 없이 매끈하게 반짝거리는 장식들은 짐짓 서늘한 느낌을 준다. 고요하게 자리한 사물들의 깔끔한 모습은 어쩐지 의뭉스럽고, 절도 있게 줄지어 늘어선 물건들은 사뭇 위태로워 보인다. 아마 그것은 그곳에 녹아 있는 각각의 사연 때문이 아닐까. 여행자에게는 휴식과 안정을, 사업가에게는 편리한 서비스를, 연인들에게는 은밀한 즐거움을, 예술가에게는 공상과 탐험을, 망명자에게는 익명성 보장을 제공하는 호텔방. 그 안에는 누군가의 시린 마음이, 채워지지 않는 결핍이, 웅크린 미련이, 유예된 희망이 다양한 형태로 남아 있을 것이다.

나는 문득 한 여자가 떠오른다. 이 그림 속 주인공이다.

한 여성이 호텔방에 도착했다. 시간은 늦은 밤인 것 같다. 반쯤 처진 블라인드 아래로 보이는 캄캄한 바깥 풍경이 이러한 사실을 알려준다. 방에 들어오자마자 무거운 가방을 바닥에 내려놓은 여자는 옷을 대충 벗어 소파에 걸치고, 구두는 아무렇게나 던져놓았다. 속옷을 벗는 것도 버거울 만큼 지친 것일까. 코르셋을 풀지도 않은 채 침대에 털썩 주저앉아 한없이 내려다보고 있는 것은 기록에 따르면 열차 시간표이다. 표정에는 설렘보다는 망설임이, 기대보다는 걱정이 드리워져 있다. 정의할 수 없는 미묘한 표정이다. 내면 깊이 숨어 흐르는 감정. 그녀의 얼굴을 보고 있으면 인간의 마음이 얼마나 연약하고 거대하며 복잡한지 생각하게 된다.

'조'라는 애칭으로 더 유명한 이 그림 속의 여성은 미국의 사실주의 화가 에드워드 호퍼Edward Hopper의 아내, 조지핀 니비손이다. 이 그림 「호텔방」을 포함해 호퍼의 작품 대부분에 등장하는 그녀는 호퍼에게 있어 중요한 존재였다. 뉴욕 예술학교에서 회화를 배우는 동급생으로 만나 화가의 꿈을 키우던 그들은 졸업 후 각자의 삶을 살다가 우연히 재회해 부부의 연을 맺었다. 결혼 후 그녀는 그가 요구하는 포즈를 능숙하게 해내며 그림의 모델이 되어주었고, 예술에 있어서도 진심 어린 조언을 아끼지 않았다. 가난한 무명 화가였던 호퍼가 전업 화가로 살 수 있게 된 것도 조지핀 덕택이었다. 그녀는 그를 위해 스튜디오에 장비와 소품을 준비하고 작품 전시와 판매도 관리했으며, 그 밖에 온갖 뒷바라지를 하며 모델이자 조수이자 아내이자 조언자의 역할을 했다.

이 그림이 그려진 것도 이러한 과정의 일환이었다. 호퍼는 종종 휴가를 떠났는데, 그때마다 그의 옆에는 늘 그녀가 있었다. 그들은 자동차로 미국의 콜로라도, 네바다, 유타, 캘리포니아 등을 여행했고, 오랫동안 캐나다와 미국의 메인 주에 머물렀으며, 멕시코를 여러 차례 방문하기도 했다. 호퍼는 여행을 하며 다수의 스케치와 습

에드워드 호퍼, 「철도 옆 호텔」, 1952년

에드워드 호퍼, 「호텔 창문」, 1955년

작을 남겼고 「호텔 로비」, 「철도 옆 호텔」, 「호텔 창문」 등 호텔을 주제로 한 다양한 작품을 탄생시켰다. 특히 「호텔방」은 호텔이라는 장소가 지닌 공간적 속성과 여러 가지 상황이 담긴 환경적 요인, 나아가 인물의 내면을 통해 느껴지는 정서적 요소까지 응축되어 있는 걸작이다.

호퍼는 물리적 공간에 심리적 관념을 불어넣었다. 공간 자체의 미학적 특성에 집중한 것이 아니라 공간 자체에 감정이 있다고 보고 그 점을 설득력 있게 표현하고자 했다. 비좁고 폐쇄된 방은 고립되고 경직된 느낌을 나타내고 수평선과 수직선의 반복되는 교차는 묘한 긴장감을 보여준다. 사다리꼴 모양의 그림자들은 공간이 품은 어두움을, 완벽한 암흑으로 채워진 창문은 공간 너머에 깃든 의미심장한 기운을 상징한다. 언젠가 호퍼가 미국 애디슨미술관 관장인 찰스 헨리 소여에게 보낸 편지에서 '나에게 형태와 색채 그리고 윤곽은 작품을 위한 수단이자 작업을 위한 도구이지 그 자체로 중요하지는 않다. 내게 가장 중요한 것은 인위적인 문학이나 예술이 전혀 관심을 두지 않는 폭넓은 경험과 감정의 영역이다'라고 쓴 바 있듯이, 그의 진짜 관심사는 인간 내면에 숨겨진 정서였다.

호퍼의 그림에서도 엿볼 수 있듯이, 호텔방은 심리적 공간이다. 감정의 무게를 지닌 이들이 기거한 그곳에는 슬픔, 기쁨, 설렘, 희열, 상실, 비애, 아픔, 번민, 회한 등 다양한 종류의 심장 박동 소리가 정직하게 얼어붙어 있고, 종잡을 수 없는 감정의 스펙트럼이 곳곳에 녹아 있다. 관능과 고독 사이에서 부유하는 공기가 이리저리 꿈틀거리고, 누군가의 깊숙한 속사정이 견고하게 자리하고 있다. 아무것도 소유할 수 없고 틀림없이 떠나야 하지만 속세로부터 해방될 수 있게 도와주고, 낯설고 이질적이고 뿌리내릴 수 없지만 현실로부터 벗어나게 해준다.

　호텔방 안에서 우리는 각자의 사정에 따라 치열한 사색가가 되고, 표랑의 방랑자가 되며, 무모하리만큼 용감한 모험가가 된다. 불가피하게 고독한 외톨이가 되고, 꿈의 세계에 빠진 몽상가가 되며, 내면의 비밀을 간직한 은둔자가 된다. 누군가 떠난 곳에 누군가 머물고, 누군가 사라진 곳에 누군가 들어서며 같은 공간을 따로 공유한다. 수많은 이들이 남기고 떠난 발자국, 이 낯선 장소에서 타인의 흔적을 희미하게나마 각인한다. 숨죽인 속삭임을, 재회의 순간을, 비밀스러운 마음을, 저마다의 추억을 설핏 마주한다. 울기 위해, 웃기 위해, 쉬기 위해, 숨기 위해, 살기 위해 이곳을 찾는 이들이 있는 한 이 방의 불은 꺼지지 않을 것이다.

# 꽃 사는 날이
# 특별한 날

　　　　　아침 일찍 꽃시장에 다녀왔다. 우울할 때
면 꽃을 사는 습관 때문이다. 제일 먼저 시선을 사로잡은 것은 눈
앞에 펼쳐진 형형색색의 꽃들이었다. 캔버스에 물감을 찍어놓은
듯 선명한 노랑과 싱그러운 초록, 순백의 하양과 아스라한 연분홍
그리고 빨강, 파랑, 주황, 보라, 자주 등 원색의 꽃이 화사하게 피어
있었다. 장미나 수국 같은 익숙한 종부터 라넌쿨루스나 리시안서
스처럼 생소한 종류까지, 각양각색의 꽃들을 둘러보는 것만으로
도 울적한 기분이 조금씩 사라지는 듯했다. 고운 자태를 뽐내는 꽃
들을 구경하며 그렇게 얼마간 발길 가는 대로 천천히 걷다가, 한
가게 앞에 멈춰 섰다.

"이 꽃 이름이 뭔가요?"

"마리골드예요."

"이걸로 한 다발 주세요."

"누구에게 선물하실 건가요?"

"아뇨. 그냥 꽃이 예뻐서요."

"그럼 자신에게 행복을 선물하는 거네요. 이 꽃의 꽃말이 '반드시 오고야 말 행복'이거든요. 분명 행복해질 거예요."


나는 별안간 울음을 터뜨릴 뻔했다. 대단히 면구스러운 상황이 연출될 수도 있었던 순간을 겨우 모면하고 꽃을 포장하는 가게 점원을 조용히 지켜보는데, 우울한 속마음을 들킨 것 같아 민망하면서도 그녀의 세심한 마음 씀씀이가 고마웠다. 영국의 소설가이자 비평가인 올더스 헉슬리가 왜 "45년의 연구와 공부 뒤에 얻은 다소 당혹스러운 결론으로, 내가 사람들에게 줄 수 있는 최상의 조언은 서로에게 조금 더 친절하라는 것이다"라는 말을 했는지 알 것 같았다.

친절은 성격이 아니라 자세다. 어떤 대상을 섬세하게 살피는 태도이고, 먼저 용기 있게 손을 내미는 일이다. 만면에 미소를 짓는 행위이며, 누군가를 포근하게 싸안는 동작이다. 애정을 바탕으로 한 배려로 상대에게 친근감을 표시하는 것이다. 사람은 생각지 못한 호의에, 뜻하지 않은 눈빛에 덜컥 위안 받는다. 예상하지 못한

한 마디에, 짐작하지 못한 선의에 깊이 감동한다. 때론 낯선 이의 작은 친절이 누군가의 삶 전체를 구원할 수도 있다. 그런 의미에서 친절은 인간이 인간에게 줄 수 있는 최고의 선물이 아닐까.

나는 내게 선물한 행복을 한 아름 안고 집으로 돌아왔다. 귀가하자마자 종이 포장을 풀고, 줄기와 잎을 조금씩 다듬었다. 투명한 유리 화병에 적당히 물을 담고 둥그런 형태가 되도록 꽂으니, 금세 화려한 꽃병이 완성되었다. 창가에 햇살이 비치자 노란색 마리골드가 더욱 환하게 빛을 발했다. 그 순간 불현듯 떠오른 그림 하나.

그래, 어디서 봤나 했더니 펠릭스 발로통Félix Vallotton의 그림에 자주 등장하는 꽃이다.

마리골드는 에밀 놀데Emil Nolde나 그웬 존, 번존스Burne-Jones 등 몇몇의 화가들이 그린 적이 있지만 발로통만큼 많이 그린 이는 드물다. 그는 「마리골드와 탄제린」, 「마리골드와 제비꽃 꽃다발과 정물화」, 「프렌치마리골드, 퍼플 데이지 그리고 황금빛 밀 다발」까지 마리골드를 화폭에 자주 담았다.

그렇다고 한 가지 꽃만 그린 것은 아니다. 「앵무새 튤립」, 「노란색 수선화와 주전자」, 「글라디올러스와 정물화」, 「노란색 데이지와 다양한 꽃」 등 다양한 꽃을 그렸고, 「방문객」이나 「도서관」 같은 그림에서는 화사한 꽃병으로 공간에 생명력을 불어넣었다. 또, 그의 대표작이라고 할 수 있는 「사적인 대화」, 「거짓말」, 「기다림」

펠릭스 발로통, 「꽃다발」, 1922년

등에도 연거푸 화병이 등장하는데, 단지 소품이나 장식으로 활용한 것이 아니라 그림 속 인물과 대비되는 대상, 혹은 단독자로서 묵직한 존재감을 드러내게 했다. 그의 그림에서 꽃은 조연이 아닌 주연이며, 연극 무대에 오른 배우처럼 당당하다. 특히 1922년 작 「꽃다발」은 꽃이 공간의 주인으로 어떻게 자리하는지 보여주는 멋진 작품이다.

금발의 여성이 서랍장에 걸터앉아 화병을 매만지고 있다. 꽃이 더 아름답고 풍성하게 보이도록 꽃꽂이를 하는 모습이다. 빛을 등지고 있어 얼굴에 그림자가 졌지만 살짝 미소를 머금은 표정에서 만족감이 느껴진다. 정성 어린 손길 덕분일까. 모든 에너지를 흡수하듯 활짝 핀 꽃잎이 선명하게 빛나며 시선을 집중시킨다. 모양도 크기도 종류도 제각각인 색색의 꽃이 조화롭게 어우러져 생기발랄한 분위기를 연출한다. 이 공간의 주인공은 나라는 듯 늠름하고 의연한 모습이다. 초록색 화병과 붉은색 꽃, 노란색 드레스와 금빛 머리칼 그리고 모노톤의 벽에서 느껴지는 색의 조합이 세련되고 정결하다. 조금은 밋밋하고 심심했을 공간이 여인이 만지고 있는 꽃들로 인해 생동감 넘치는 장소가 되었다.

이 그림의 핵심은 프레임이다. 프레임은 무엇을 보여주느냐보다 무엇을 보여주지 않느냐에 대한 화가의 선택이다. 프레임 안에

펠릭스 발로통, 「마리골드와 탄제린」, 1924년

는 화가의 시선이 그대로 드러나 있다. 따라서 어떻게 그렸는가는 어떻게 바라보는가와 같은 의미다. 반대로 말하자면 어떻게 바라보느냐에 따라 어떻게 그릴 것인가가 결정된다. 이 그림 역시 발로통의 관점이 고스란히 반영된 작품으로, 꽃을 공간의 중심으로 여기는 태도가 나타나 있다. 꽃이 공간을 꾸며주는 요소라고 생각한 것이 아니라 공간이 꽃을 뒷받침한다고 본 것이다. 그의 꽃 그림이 특별한 것도 이러한 이유일 테다.

발로통은 한 마디로 재주꾼이었다. 그는 평생 다양한 미술사조를 넘나들며 변화무쌍한 화풍을 보여주었고 1,700여 점이 넘는 회화와 드로잉을 남겼다. 유화뿐만 아니라 판화에도 능숙하여 동판 22점, 석판화 58점을 제작하였다. 그는 특히 목판화 분야에서 놀라운 능력을 발휘하여 목판화 자체를 회화 복제의 도구가 아닌 독자적인 미술 장르로 입신시키는 데 크게 이바지했다. 그 밖에도 1902년 플라마리옹에서 출간된 쥘 르나르의 소설 『홍당무』와 레미 드 구르몽의 저서 『가면에 관한 책』 등의 삽화가로 활동했으며, 다수의 잡지에 미술비평을 기고한 평론가이자, 여덟 편의 희곡과 세 권의 소설을 쓴 작가이기도 했다. 여러 분야에서 괄목할 만한 성과를 얻었으나, 대중들에게 잘 알려진 것은 역시나 화가로서의 발로통이다. 특히 많이 사랑 받은 그림들을 살펴보면 어김없이 꽃이 등장하는데, 이는 결코 우연이 아닐 것이다.

펠릭스 발로통, 「사적인 대화」, 1898년

펠릭스 발로통, 「거짓말」, 1898년

사람들은 왜 꽃을 좋아할까. 봄이 되면 꽃구경을 하러 가고, 시간과 비용을 들여 꽃을 집 안으로 들여온다. 좋아하는 사람에게 꽃으로 마음을 전하고, 축하의 의미로 꽃을 선물한다. 꽃을 말려서 차로 마시고, 꽃에 대한 시를 쓴다. 꽃 모양으로 수를 놓고, 캔버스에 꽃 그림을 그린다. 별다른 이유 없이 꽃을 사거나 하염없이 꽃을 바라보기도 한다. 과거 원시인들이 부족을 상징하는 꽃을 머리에 꽂거나 꽃으로 거주지를 꾸몄다는 기록이 남아 있는 것을 보면, 꽃을 사랑하는 마음은 문화의 산물이 아니라 인간의 본성인지도 모르겠다.

꽃에는 마력 같은 힘이 있다. 꽃이 공간을 감싸면 일상은 빛나는 세계가 된다. 작은 몸짓 하나로 삶의 무대를 일순간에 감동의 물결로 채운다. 가슴에 따뜻한 온기를 전해주고, 방 안에 향기로운 서정을 담아낸다. 내 방에 있는 꽃은 무슨 이유에서든 나를 소중한 존재로 만들어준다. 문득 곁에 있어줘서 고맙다는 생각이 든다. 꽃이 사람을 위해 존재하는 것은 아니겠지만 사람에게 힘을 주는 존재임은 분명하다. 감미롭고 뜨겁고 애틋하고 찬연하고 다채롭고 생생한 이 모든 감정적 동요들은 아마도 꽃의 마법이리라.

# 별일 없이
# 산다는 것

　　이상한 하루였다. 새벽 늦게까지 잠을 설치다가 겨우 잠들었는데 전화벨 소리에 잠이 깼다. 지인 아버지의 부고 소식이었다. 한걸음에 달려가고 싶었지만 그가 해외에 거주하고 있어 전화로 조의를 표할 수밖에 없었다. 내내 마음이 무겁고 불편해 일이 손에 잡히지 않던 차에, 이번에는 친구가 과로로 입원했다는 연락을 받았다. 울먹이는 그녀의 목소리를 듣고 급하게 택시를 타고 이동하던 길, 눈앞에서 사고가 났다. 도로 위의 유리 파편들, 아스팔트 노면의 바퀴 자국, 사람들의 웅성거리는 소리……. 대체 왜 이런 일들이 생기는 걸까. 할머니 말이 맞았다. 세상에 절대로 일어나지 않는 일은 없다고. 별일 없이 산다는 게 얼마나 큰 축복이고 감사한 일인지 실감했던 날이다.

조금 이상해 보일지 모르나 나는 가끔 내일 죽을 수도 있다는 생각을 한다. 아마 그때부터였을 것이다. 내 나이 열넷인가 열다섯일 때, 친한 친구가 죽었다. 교통사고였다. 하루아침에 사람이, 아무 이유 없이 사라질 수 있다는 것을 처음 겪은 사건이었다. 하필이면 전날 점심시간 때 그 친구와 도시락을 먹다가 투덕거리며 다퉜는데, 그게 마지막이었다. 그녀의 책상에는 하얀 국화꽃이 쌓이기 시작했고, 교실은 울음소리로 가득했다. 하지만 나는 웬일인지 눈물도 나지 않았다. 그게 꿈인지 현실인지 헷갈렸고, 현실임을 깨달았을 땐 이미 많은 시간이 지나 있었다.

슬프게도 이제는 누구도 그녀의 이야기를 하지 않는다. 그녀의 흔적은 학급 문집에도, 졸업앨범에도, 그 어디에서도 찾을 수 없다. 살아 있는 사람 중 일부에게만 아픈 상처로, 마음의 빚으로, 흐릿한 기억으로 남아 있을 뿐이다. 나 역시 이제는 그녀의 얼굴이 떠오르지 않는다. 이름조차 헷갈릴 때가 있다. 다만 그때는 아무것도 아니었던 아주 사소한 것들이 문득문득 생각난다. 시험 기간에 노래방에서 그녀와 신나게 노래 부르며 마셨던 차가운 음료수의 목 넘김이나, 비 오는 날 그녀가 신고 있던 땡땡이 양말 같은 것들 말이다. 그리고 불가능한 건 알지만, 그녀에게 딱 한마디만 할 수 있다면 나는 오래전부터 이 말을 꼭 하고 싶었다. 그날 점심시간에 도시락 반찬 뺏어 먹어서 미안하다고.

어쩌면 삶이란 이런 것이 아닐까. 누구에게도 시간이 보장되지 않는 것. 애당초 인간에게 선택권이 없는 것. 그리고 언젠가 마침내 사라지는 것. 인생에는 되감기도, 일시 정지도 없다. 당연한 것도, 영원한 것도 없다. 어느 때는 내가 나의 삶을 선택하고 이끌고 지휘하는 것이 아니라, 삶이 나를 제어하고 움직이고 소유하는 듯하다. 나는 이제야 사람이 삶을 선택하는 것이 아니라 삶이 사람을 선택한다는 말의 의미를 조금이나마 이해할 수 있을 것 같다. 아마 허버트 바담Herbert Badham도 이런 마음에서 이 그림을 그리지 않았을까.

호주의 사실주의 화가 허버트 바담은 하루의 시작을 알리는 아침 식사 장면을 담아 「어느 아침 시간」을 그렸다. 담담하게 관조하듯 일상을 묘사하는 그림에서 중심을 차지하고 있는 인물은 한 여성이다. 그녀는 화가의 아내로, 눈부신 햇살 속에서 싱그러운 아침을 맞고 있다. 청량한 체크무늬 테이블보가 식탁에 깔려 있고, 그 위에 찻주전자와 찻잔이 놓여 있다. 여자가 입고 있는 옷과 앉아 있는 의자 역시 파란색 스트라이프무늬로, 산뜻하고 시원한 분위기가 물씬 난다. 오늘의 아침 메뉴는 빵과 삶은 달걀 그리고 한 잔의 차다. 이와 함께 곁들일 버터, 딸기잼, 설탕, 소금 등도 보인다. 흘러내린 차를 닦아낸 티 타월이 한쪽 구석에 구겨져 있고, 화병에 꽂힌 하얀색 꽃이 아침을 더욱 화사하게 밝힌다.

식사를 하던 여인은 조용히 생각에 잠긴다. 전체적인 빛의 방향

허버트 바담, 「어느 아침 시간」, 1936년

으로 볼 때 그녀의 시선은 창가 쪽을 향해 있는 것 같다. 두 손으로 턱을 받친 채 허공을 응시하는 그녀는 지금 무슨 생각을 하고 있을까. 심각해 보이는 얼굴 뒤에 담긴 이야기가 궁금해진다. 그런데 아까부터 식탁에 올라와 있는 신문에 자꾸 눈길이 간다. 화가는 일부러 보여주기라도 하듯 신문을 곱게 접고 방향을 틀어 베니토 무솔리니의 아비시니아 침공을 발표하는 헤드라인을 적어놓았다. 실제 이 그림은 1936년에 그린 것으로, 파시즘적 독재자인 무솔리니가 1935년 에티오피아를 침략하고 1936년부터 에스파냐 내란 간섭으로 제국주의적 팽창정책을 구체화하던 시기와 겹친다. 바담은 평범한 일상과 정치적 사건을 대조시킴으로써 평화의 가운데 잠재되어 있는 불안을 비유적으로 나타낸 것이다.

1930년대 멜버른에서 활동한 몇몇 사실주의 화가들과 달리 바담은 일상생활을 화폭에 구현했을 뿐 직접 정치에 참여하거나 사회문제를 거론하지 않았다. 하지만 작품을 통해 세상에 대한 관심을 꾸준히 드러냈다. 가령 그의 대표작 중 하나인 「여행자들」은 스티커가 붙은 슈트케이스와 전차에서 석간신문 읽는 사람들을 통해 대공황 시대를 보여주고, 여자가 쓴 모자의 기하학적 프린트는 1930년대의 장식 흐름을 정확히 나타낸다. 또 「야간 버스」는 당시 유행했던 패션과 함께 대중교통에서 흡연이 허용된다는 사실을 알려준다. 「하이드파크」, 「스낵바」, 「조용한 시간」, 「조지 스트리

트, 시드니」와 같은 그림에서도 그 시대의 생활상과 사회적 가치
가 잘 드러나 있다.

　바담의 첫 번째 개인전은 1939년 시드니의 그로브너 갤러리에
서 열렸는데, 그 전시는 비평가 하워드 애쉬튼에게 '다른 화가들
이 솔직히 그릴 용기가 없는 시드니 삶의 측면들을 그렸다'라며 크
게 호평 받았다. 당시 호주의 화가들은 지방 경관을 그리는 것에만
집중하고 있었기 때문에 이른바 '시대의 리얼리즘'을 담은 그의 그
림은 더 특별하고 가치 있었다. 이처럼 바담은 화가로서 자신이 할
수 있는 방법, 즉 그림으로 사회에 필요한 질문을 던지며 동시대인
들의 삶을 진지하게 기록했다.

　바담이 살던 시대도, 지금도, 세상은 늘 어지럽고 소란하다. 날
마다 새로운 사건이 터지고, 비극은 어김없이 반복되며, 복잡하게
얽힌 문제들은 쉽게 해결되지 않는다. 바담이 평범한 날을 그린 것
은 단순히 평화로운 일상에 대한 찬가를 보여주기 위함이 아니라,
그 안에 담긴 진짜 이야기를 들여다보게 하고 싶었기 때문이다. 그
는 혼란스러운 세상에 대항할 방안으로서 개개인들이 저마다의
일상을 유지하는 힘을 길러야 함을 역설했다. 세상일을 외면하지
도 피하지도 망각하지도 않으면서 나름의 규칙과 형식을 견지하
며 보통날을 묵묵히 살아가는 이들을 응원하고 격려한 것이다.

허버트 바담, 「여행자들」, 1933년

허버트 바담, 「야간 버스」, 1933년

누구나 그렇겠지만, 나의 삶도 호락호락하지 않았다. 늘 예기치
못한 일이 일어났고, 시시때때로 생기는 문제는 나를 생생하게 괴
롭혔다. 여전히 나는 미래에 무슨 환란이 닥쳐올지 알 수 없으며,
크고 작은 재앙으로부터 안전하지 못하다. 한치 앞도 내다볼 수 없
는 상황에서 이리저리 쫓기고 부딪히며 세상의 혼돈에 쉬이 휩쓸
린다. 끊임없이 흔들리고 되똥거리며 살아남기 위해 발버둥치고
있는지도 모른다. 헤아릴 수 없이 가여운, 그러나 또 어떻게든 살
아야 하는 것이 인생이기에 '별일 없는 삶'을 바라며 오늘을 살아
갈 뿐이다. 평범한 순간을 그린 그림을 통해 일상성의 소중함을 강
조한 화가의 목소리를 기억하며.

# 가슴이 기억하는
# 동요

전시실에 들어서자 화려한 액자로 장식된 그림들이 저마다 빛을 발한다. 사람들은 나름의 규칙대로 발걸음을 옮기며 작품을 감상하고 있다. 왼쪽 구석에서는 한 남성이 대형 이젤을 편 채 옛 거장의 그림을 모사하고, 그 옆에는 검은색 모자를 쓴 머리 희끗희끗한 노인이 서 있다. 손에 수첩을 쥔 여성, 뒷짐을 지고 서 있는 남자, 가지런히 손을 모으고 그림을 바라보는 여자도 보인다. 마음에 드는 작품이 있는지 그림에 성큼 다가가 자세히 들여다보는 아이의 모습이 천진난만하다. 그중에서도 시선을 끄는 것은 소파에 앉아 있는 여인이다. 그녀는 사람들과 한 발짝 떨어진 곳에서 홀로 그림을 감상하고 있다. 고개를 빳빳이 든 채 한곳을 응시하는 눈빛에서 강한 집중력이 느껴지고, 오랫동안 같

카를레스 프리드리히 알프레트 베터, 「뮌헨미술관 방문」, 1917년

은 자세로 멈춰 있는 모습에서 시간의 정적이 감지된다. 그녀가 바라보고 있는 그림은 무엇일까.

이 작품은 독일의 화가 카를레스 프리드리히 알프레트 베터 Charles Friedrich Alfred Vetter가 1917년에 그린 「뮌헨미술관 방문」이다. 이는 독일 뮌헨에 있는 세계적인 미술관 알테피나코테크(독일어로 '알테Alte'는 '오래된'을 뜻하고, '피나코테크Pinakothek'는 그리스어에서 파생된 말로 '회화 수집관'을 뜻한다)의 전시실 내부이다. 선명한 색채와 경쾌한 붓질이 조화롭게 어우러진 독특한 화풍을 보여주며, 어떤 부분이 어떻게 변형, 생략, 과장, 강조되는지 알려주는 뛰어난 작품이다. 아직 국내에는 잘 알려지지 않았지만 많은 곳에서 자주 회자되고, 지난 2006년 소더비 경매에서 높은 가격에 판매되는 등 세계적으로 주목받고 있다.

나는 몇 년 전, 이 그림 속의 장소에 방문했다. 뮌헨에 일정이 있어 갔다가 잠깐 짬이 나서 들렀던 알테피나코테크. 1층 로커에 가방을 맡기고 가벼운 몸으로 미술관을 걸었다. 밝은 햇살이 쏟아지는 긴 복도를 지나 전시실에 들어가면 내 키의 두세 배는 될 듯한 엄청난 크기의 그림들이 고풍스러운 황금색 액자에 둘러싸여 일정한 간격을 두고 턱턱 걸려 있는데, 그 자체만으로도 그림 속 시대에 대한 향수를 불러일으켰다. 특히 15~16세기 독일 르네상스를 중심으로 한 유럽 고전미술 작품이 많이 소장되어 있어 흥미롭고 이색적이었다. 그렇게 공간의 분위기에 취해 거닐다가 그림 한 점과 맞닥뜨렸다. 독일의 화가 알브레히트 뒤러Albrecht Dürer의 「모피코트를 입은 자화상」이었다.

그 그림과 마주하는 순간, 나는 「뮌헨미술관 방문」 속 여인처럼 한참을 멍하니 서 있었다. 모든 것이 일순간에 정지된 느낌이었고 알 수 없는 기운에 숨이 턱, 막혔다. 이성과 논리를 뛰어넘는 무언가가 그림에 자리하고 있었고, 보이지 않는 형태의 힘이 나를 집어삼켰다. 마치 미지의 세계를 걷고 있는 듯 신비롭고, 시간이 멈춘 곳에서 내가 아닌 또 다른 존재가 되는 것 같은 거대한 체험이었다. 그 순간, 그 그림 속 세상에서 오래 머무르게 될 것 같다는 예감이 확신처럼 들었다. 나는 이 그림을 보기 전의 나로 영영 돌아갈 수 없을 것이다.

인물의 성격을 드러내거나 지나온 삶의 궤적을 담는 일반적인 자화상과 달리, 뒤러는 서양미술 사상 최초로 자신의 사회적 지위를 선전하고 홍보하는 도구로 자화상을 그렸다. 잘 다듬어진 턱수염과 정돈된 고수머리는 귀족을 상징하고, 화려한 모피코트를 걸친 모습은 부유함을 나타낸다. 또 그리스도의 초상화법을 사용해 자신의 얼굴을 좌우대칭으로 완벽하게 표현함으로써 '위대한 화가는 창조주와 같다'라는 긍지를 드러냈다. 이는 그림 속 글에서도

알브레히트 뒤러, 「모피코트를 입은 자화상」, 1500년

확인되는데, 그는 왼쪽 배경에 알브레히트 뒤러의 머리글자 'AD'
와 '1500년'이라는 제작연도를 쓰고 오른쪽 배경에 라틴어로 다음
과 같이 적었다.

나, 뉘른베르크 출신의 알브레히트 뒤러는 28세 나이에 불변의 색채로
나 자신을 이렇게 그렸다.

뒤러는 그림에 영혼을 불어넣었다. 그 결과 우리를 사로잡는
것은 화가의 솜씨가 아니라 그림의 힘이 되었다. 그림에는 언어가
담지 못하는 지점이 있다. 흐릿해서 분명하지 않지만 깊은 곳에서
울리는 진실의 소리를 듣게 하고, 미묘해서 헤아리기 어렵지만 가
슴 어릿할 정도로 먹먹하게 한다. 때론 경계의 저편으로 들어가
낯선 세계를 여행하게 한다. 그림이 안내하는 그곳에서 우리는 모
호한 듯하지만 구체적이고, 타당한 논리가 없지만 설득당하기에
충분한 힘과 마주한다. 500여 년 전, 한 젊은 화가가 화폭에 담은
정신이 미술관에 남아 21세기를 사는 우리에게 그대로 전해지는
것처럼.

예로부터 미술관은 화가들이 학문적 기초를 다지고 예술적 소
양을 함양하는 공간이었다. 그들에게 미술관은 배움의 본거지이
자 훌륭한 학습의 장이었으며, 살아 있는 창작의 현장이었다.

알렉상드르 장비티스트 브룅, 「루브르박물관의 살롱 카레 전경」, 1880년경

프랭크 월러, 「14번가 메트로폴리탄미술관의 내부」, 1881년

에두아르 마네Edouard Manet, 에드가르 드가Edgar Degas, 메리 커샛 Mary Cassatt, 베르트 모리조Berthe Morisot, 오귀스트 르누아르Auguste Renoir, 조르주 쇠라Georges Seurat, 제임스 티소 등은 프랑스 파리에 있는 루브르박물관에서 옛 거장들의 그림을 연구하며 회화 기술을 익혔고, 폴 세루지에Paul Serusier, 피에르 보나르Pierre Bonnard, 펠릭스 발로통, 앙리 마티스Henri Matisse, 에밀 놀데 등이 졸업한 줄리앙 아카데미의 교육과정 일부는 루브르박물관에서 대가들의 작품을 모사하는 것이었다. 또 윌리엄 터너William Turner를 흠모했던 샌퍼드 기퍼드Sanford Gifford는 영국 런던에 있는 내셔널갤러리에서 터너의 작품을 탐구했으며, 페르디낭 호들러Ferdinand Hodler는 스페인 마드리드의 프라도미술관에 소장된 유럽 거장들의 작품으로부터 영향을 받은 뒤 최초의 사실주의적 장르화를 탄생시켰다.

또한 프랭크 월러Frank Waller는 「14번가 메트로폴리탄미술관의 내부」를, 엔리코 메네겔리Enrico Meneghelli는 「오래된 박물관의 회화 진열실」을, 알렉상드르 장바티스트 브룅Alexandre Jean-Baptiste Brun은 「루브르박물관의 살롱 카레 전경」을 그리며 캔버스에 미술관 내부를 기록하기도 했다.

방 전체를 미술관으로 바꾼 화가들도 있다. 귀스타브 모로Gustave Moreau는 33년에 걸쳐 자신의 집을 미술관으로 만들었다. 그는 집 안에 1만 5,000여 점의 그림과 애장품, 아내의 가구, 부친의 수집품 등 인생 전부를 보관했는데, 현재 프랑스 파리에 있는 귀스타브 모로미술관이 바로 그곳이다. 스페인의 어촌마을 카다케스에 있는 살바도르 달리Salvador Dali의 생가는 그가 죽기 직전까지 살았던 곳으로 침실, 욕실, 서재, 게스트룸 등이 있으며, 화실에는 그가 사용했던 붓, 물감, 이젤, 미완성 작품까지 보존되어 있다. 또 멕시코에 있는 프리다 칼로Frida Kahlo의 푸른 집은 생가를 미술관으로 개조한 것으로, 그녀의 많은 작품과 함께 아담한 크기의 침실, 푸른 정원, 노란색 주방, 휠체어가 있는 화실 그리고 남편 디에고 리베라Diego Rivera의 흔적까지 모든 게 남아 있다.

이렇듯 미술관은 미술품을 진열하고 전시하는 공간을 넘어 각각의 사람에게 저마다의 의미가 있다. 한동안 미술관은 내게 마음의 구원처였다. 어디를 가든 지역과 나라와 규모에 상관없이 강박적으로 미술관을 찾았고, 어느 곳은 거의 상주하다시피 했다. 특별히 보고 싶은 작품이 있어서라기보다 그림과 함께하고 있다는 것만으로 안심이 되고 큰 위안을 받았기 때문이다. 유럽의 작은 갤러리에서 신진 작가의 그림을 보고 신선한 충격을 받았던 기억, 아련하면서도 매혹적인 색채에 감탄해 마지않았던 순간, 내 취향은 아니지만 도무지 반하지 않을 수 없었던 작품을 만났을 때의 감정, 또 한껏 기대를 품고 찾아간 유명 미술관의 명화 앞에서 아무것도 느끼지 못하고 실망했던 경험까지. 그 모든 시간은 잊을 수 없는 기억으로 남아 있다.

엔리코 메네겔리, 「오래된 박물관의 회화 진열실」, 1879년

누구에게나 그림과 관련된 추억이 있을 것이다. 그것이 세계적인 미술관에서 감동했던 작품이건, 우연히 화집에서 발견한 무명 화가의 그림이건, 고전에서 만난 옛 그림의 재발견이건, 주변에서 흔하게 접할 수 있는 엽서 속 명화이건 상관없다. 꼭 경이로움을 체험하거나 인생의 전환점이 된 그림까지는 아니어도 나를 들여다보고 삶에 대해 깊이 생각해볼 기회를 준 그림이 한 점쯤 있다면 살아가는 데 큰 힘이 되지 않을까. 그림을 삶에 끌고 들어와 내 삶을 더욱 아름답고 풍성하게 만드는 것, 이것이 그림의 본질이자 진정한 가치일 것이다. 그럴 때 우리의 삶 전체는 하나의 미술관이 될 수 있다.

# 영원히 봉쇄된
# 향기

            욕실이 씻기 위한 장소만은 아니다. 적어도 내게는 그렇다. 나는 때로 욕실을 피난처로 삼는다. 느닷없이 슬픔이 덮쳐올 때, 영혼이 낱낱이 흩어질 때, 마음이 얽히고설켜 엉망이 되어버릴 때면 곧잘 그곳으로 대피한다. 희고 매끈한 욕조 끝에 걸터앉아 조용히 생각을 정리하거나 타일 바닥에 털썩 주저앉아 하염없이 노래를 듣는다. 건조하게 메말라 있는 욕조 속에 몸을 웅크리고 앉아 오래된 사진집을 보기도 하고, 아무리 읽어도 무슨 뜻인지 알 수 없는 어렵고 두껍고 지루한 일명 벽돌책을 끝없이 읽어 내려가기도 한다. 그래도 기분이 나아지지 않을 때는, 나만의 향수장을 열어본다.

    욕실에 있는 거울 덮개장 안에는 다종다양한 미니어처 향수가 진열되어 있는데, 그날의 기분이나 감정 또는 마음가짐에 따라 결정이 달라진다. 가슴이 답답할 때면 싱그럽고 산뜻한 시트러스 향을, 기분이 가라앉을 때면 사랑스럽고 달콤한 플로럴 향을, 안식이 필요할 때면 따뜻하고 포근한 머스크 향이 좋다. 공간을 물들이듯 향수 방울들이 사방으로 퍼지면 금세 또 다른 세계가 펼쳐진다. 슬픔은 어느새 사라지고 어둡고 좁은 욕실은 아늑하고 품위 있는 장소로 변모한다.

일상을 다채롭게 만들고 마음을 풍요롭게 한다는 점에서 향수는 그림과도 닮았다. 화가가 물감을 혼합해서 아름다운 색을 만들어내는 것과 조향사가 향료를 배합해서 환상적인 향기를 창출하는 것은 일맥상통하며, 위대한 그림에 담긴 화가의 영혼처럼 향긋한 향수에는 장인의 예술혼이 배어 있다. 또 같은 그림이라고 해도 사람의 관점에 따라 느낌이 천차만별이듯이, 같은 향수라고 해도 사람의 체취에 따라 향이 달라진다. 그런 의미에서 '향수' 하면 떠오르는 이 그림을 살펴보자. '색채의 마법사'라고도 불리는 프랑스의 화가 피에르 보나르가 욕실에서 향수를 뿌리는 여성의 모습을 그린 「빛을 받는 누드」이다.

방금 목욕을 마친 여자가 욕실에서 향수를 뿌리고 있다. 공기 중에 흩어진 향을 천천히 음미하는 모습이다. 미소를 머금은 채 고개를 활짝 추켜올린 자세에서 커다란 행복감이 느껴진다. 보고 있

피에르 보나르, 「빛을 받는 누드」, 1908년

는 것만으로 꽃향기가 전해지는 듯하다. 실내는 온통 빛에 잠겨 있다. 충만한 빛으로 넘실거린다. 커튼 사이로 새어 들어오는 햇빛이 은은한 분위기를 연출하고, 햇살은 욕실에 따뜻한 온기를 불어넣는다. 둥근 욕조에 푸른 하늘이 비치고, 세면대 거울에 빛을 정면으로 받은 여자의 나체가 보인다. 창밖의 뜨거운 태양은 그녀를 파도치는 빛의 물결에 띄워놓았다. 나른하고 몽롱한 빛 속에서 유영하는, 너무 아름다워 다소 비현실적이기까지 한 정경이다.

보나르는 부엌, 침실, 거실 등 일상의 공간을 그림의 주제로 다루었다. 특히 욕실은 그의 작품에 자주 등장하는 장소로 「욕실에서」, 「웅크린 누드」, 「푸른빛의 큰 누드」, 「욕조 속의 누드와 작은 개」까지 많은 작품이 있다. 당시 독립된 욕실은 상류층이 누리는 사치 중 하나였는데, 보나르는 센강이 인접한 베르농 근처에 집을 살 정도로 재력을 갖추고 있었기 때문에 이러한 생활이 가능했으리라. 그중에서도 욕실이라는 공간적 환경이 잘 표현된 작품으로는 두 다리를 쭉 뻗고 욕조에 있는 여성을 그린 「욕조 안의 누드」와 목욕을 마친 뒤 욕조에서 나오는 자세를 순간적으로 포착한 「욕조에서 나오는 여인」 그리고 강아지와 함께 욕실에서 여유로운 시간을 보내는 장면을 담은 「욕실」이 있다.

보나르가 목욕하는 장면을 이토록 많이 그린 것은 그의 아내 마

피에르 보나르, 「욕조에서 나오는 여인」, 1930년경

피에르 보나르, 「욕실」, 1932년

르트가 여러 가지 정신 질환을 앓고 있었기 때문이다. 강박증, 피해망상, 대인 기피증, 신경쇠약, 자폐증 등을 앓고 있던 그녀는 일생을 자신이 꾸민 상상의 세계 속에 깊이 침잠한 채 살았다. 오직 자신의 세상에 몰입해 타인과 어떠한 교류나 접촉도 원하지 않았으며, 가까운 거리에 나갈 때도 양산이나 모자로 얼굴을 가릴 정도로 심리적으로 불안정한 상태였다. 그런 그녀에게 나타난 대표적인 증상 중 하나가 청결에 강박적으로 집착하는 것이었다. 일종의 결벽증으로, 그녀는 대부분의 시간을 욕실에서 보냈고 하루에도 몇 번씩 목욕하며 몸을 깨끗한 상태로 유지했다.

보나르는 그런 그녀의 일거수일투족을 캔버스에 기록했다. 그 수가 384점에 이를 정도였다고 하니, 마치 화가의 일과가 마르트를 훔쳐보는 것뿐이었을 듯하다. 종일 자신을 쫓아다니는 그를 두고 시선에 감금된 것 같다며 마르트가 토로할 정도였다. 그만큼 보나르는 그녀의 곁을 떠나지 않았는데, 그에게 있어 마르트는 함께 살면서도 실체를 모르는 비밀스러운 존재였다. 그녀의 본명이 '마리아 부르쟁'이라는 사실도 같이 산 지 무려 32년이 흐른 뒤 혼인 신고를 하면서 알게 되었다. 물론 그녀가 자신의 이야기를 하지 않은 것도 있지만, 그 역시 그녀에 대해 알고 싶어 하지 않았다. 그녀의 비밀을 궁금해하지 않았고, 결코 과거에 대해 캐묻는 법도 없었다. 그는 그녀가 자신의 환상을 채워주는 존재가 되기를 바랐던 것이다.

그뿐 아니다. 그녀는 나이 들지 않는다. 보나르 그림 속에서 그녀는 20대부터 70대까지 늘 소녀의 모습을 하고 있다. 육체는 깨끗하고, 매끈하며, 탄탄하다. 주름도 없고 머리도 세지 않으며, 허리는 꼿꼿하고 피부는 탄력 있다. 그 어디에서도 세월의 흔적은 찾아볼 수 없다. 이것은 보나르의 관음증적 집착으로 묘사된 소아성애 성향으로 보이기도 한다. 자신의 테두리 안에 그녀를 가둬두고 행여 다칠세라 노심초사하는 모습이다. 순수한 소녀에 대한 강박에서 좀체 벗어나지 못하고 순종적 섹슈얼리티에 대한 판타지를 숨기지 않는 듯하다. 소아의 미성숙을 묘한 페티시즘 형태로 보여주는 이러한 태도는 자못 위험해 보이기까지 하다. 이쯤 되면 환자는 그녀가 아니라 오히려 그인 것 아닐까.

처음에는 그의 그림이 싫었다. 가짜 같아서. 그녀의 모습을 아름답게만 추어올리는 시선이 꺼림칙했다. 실재를 담아내는 것이 아니라 환영을 모사한 듯한, 몽롱한 정서로 둘러싸인 탐미적인 시각이 웬지 불편했다. 그러나 그의 그림을 몇 번씩 다시 보면서 인상이 달라졌다. 보이지 않은 것들이 보이기 시작한 것이다. 이를테면 무뚝뚝하면서도 깊은 정이 묻어나는 표정이라든가, 그녀를 바라보는 시선에서 느껴지는 따뜻한 마음 그리고 사적이고 친밀한 순간 속에서 언뜻 드러나는 고독감까지도.

그는 1907년부터 욕실 누드화를 집중적으로 그리기 시작했다.

피에르 보나르, 「남과 여」, 1900년

이 시기는 마르트의 폐병 증세가 심해져서 프랑스 남부에 별장을 구입해 파리를 오가며 생활하던 때였다. 맑은 공기를 마시며 몸을 청결하게 하는 것이 그녀의 병 치료에 도움이 되었기 때문이다. 또 그들은 온천으로 자주 여행을 갔는데, 이 역시 목욕을 좋아하는 그녀를 위한 배려이자 그녀의 질환이 조금이나마 나아지기를 바라는 마음에서였다.

하지만 이런 정성에도 불구하고 그녀는 눈을 감는다. 직접적인 사망원인은 결핵성 후두염. 그녀가 세상을 떠나자 그는 조용히 그녀의 방문을 잠그고, 죽을 때까지 단 한 번도 그 문을 열지 않았다. 방 안에 남아 있는 그녀의 향기, 목소리, 숨결, 가구, 물건들, 그 밖의 수많은 흔적을 가둠으로써 그녀에 대한 사랑 역시 그 공간에 봉쇄한 셈이다. 그녀의 방이 사랑의 출발점이자 종착점이며 그들의 역사였기 때문이다. 그는 평생 한 여자와만 살았고, 그녀만을 사랑했다. 한 여성만을 그렸으며, 그녀만이 예술의 중심이었다. 그는 그녀에게 바친 순정을 끝까지 거두지 않았다.

그러나 솔직하게 말해야겠다. 나는 그를 이해하지 못하겠다. 아니 이해할 수 없다. 그 행동들은 대체 무엇이었을까. 그녀에 대한 마음은 정말 사랑이었을까, 구속이었을까, 집착이었을까, 애증이었을까. 어쩌면 무언가를 감추려는 시도였는지도, 처절하고 맹목적인 집념이었는지도, 그럴듯하게 꾸며진 연출이었는지도, 혹은 한바탕 꿈과 같은 허상이었는지도 모른다. 미루어 짐작할 뿐 아무 것도 확신할 수 없다. 그의 그림을 보며 보나르가 취했을 마르트의 향기를 맡아보려 해도 여전히 알 수 없다. 다만 이것만은 분명하다. 그는 불온했고, 책임을 졌다.

# 세상으로 향하는
## 창문

수 세기 동안 사람들은 창이 작거나 아예 없는 집에서 살았다. 단열 효과를 높이기 위해 기름 먹인 종이나 양피지를 발랐고, 침입자를 막기 위해 철창을 두르거나 나무 격자를 쳐놓았다. 또 사생활 보호를 위해 덧문으로 가려서 창을 덮어버리는 경우도 많았는데, 이는 무엇보다 세금을 피하기 위한 목적이 컸다. 당시에는 창문의 개수만큼 세금을 부과하는 창문세가 있었기 때문이다. 창을 막아놓았기 때문에 집은 늘 어두컴컴했고, 창의 품질이 형편없음에도 불구하고 유리가 귀해서 바람이 심하게 불 때면 창문에서 유리를 떼어놓는 일도 빈번했다. 이후 유리 제조 기술이 발전하면서 사람들은 서서히 집에 커다란 유리창을 달기 시작했다.

환기라는 개념이 생긴 것도 얼마 되지 않았다. 지금이야 각 가정에 공기청정기나 가습기를 두고 미세먼지를 실시간 확인할 정도로 공기의 질, 상태, 냄새, 먼지, 세균, 습기까지 관리하고 있지만 과거에는 누구도 공기를 정화해야 한다는 생각을 하지 못했다. 환기는 위생을 중요하게 여긴 19세기 의사들이 벌인 캠페인과 함께 새롭게 출현한 개념이다. 그 이전에는 장작불 연기로 인해 시커메진 실내와 케케묵은 냄새가 마음을 편안하게 하는 요소로 여겨졌고, 고인 공기가 건강에 유익하다는 생각에 사람들은 창문을 꽉 닫고 생활했다.

서양회화를 살펴보면 창문의 변천사를 확인할 수 있다.

피터르 더 호흐Pieter de Hooch의 「어머니의 의무」, 요하네스 페르메이르Johannes Vermeer의 「와인 잔」, 카를 구스타프 카루스Carl Gustav Carus의 「스튜디오 창문」, 아돌프 멘첼의 「마리엔거리로 난 창문」, 피에르 보나르의 「열린 창」, 니콜라이 보그다노프벨스키Nikolay Bogdanov-Belsky의 「햇볕이 내리쬐는 아침」 등 17세기부터 20세기까지의 그림을 차례로 보면 수 세기를 아우르는 창문의 역사가 한눈에 들어온다. 후대로 가면 갈수록 창문의 색깔이 투명해지고, 창틀이 견고해지고, 창의 두께가 얇아지고, 크기가 커지면서 집 안의 분위기가 달라지는데 시대의 흐름에 따라 창문의 모양과 구조, 위치와 규모는 물론 역할과 개념이 어떻게 변화했는지, 또 그것이 우

귀스타브 카유보트, 「창가의 남자」, 1880년

리 삶에 어떠한 영향을 주었는지 선명하게 알 수 있다.

역사상 수많은 화가가 창문을 그렸지만 귀스타브 카유보트만큼 자주 그린 이도 드물 것이다. 프랑스의 인상주의 화가 귀스타브 카유보트는 창문을 화폭에 즐겨 담았다.

창밖을 내다보는 남자의 고독한 모습을 묘사한 「남자의 초상화」, 은은하게 햇살이 들어오는 창가에서 피아노 치는 장면을 담은 「피아노를 연주하는 젊은 남성」, 한 공간에서 각자 시간을 보내는 남녀를 그린 「인테리어, 창문에 있는 여자」, 파리 최고의 번화가인 미로메닐가를 내려다보는 남동생 르네의 뒷모습을 그린 「창가의 남자」 등, '도시의 창문 연작'이라고 명명할 수 있는 이러한 작업은 그 외에도 다양하다.

그의 나이 스물여섯 살이 되던 해, 아버지가 세상을 떠났고, 그후 2년 뒤 남동생이 병에 걸려 죽었다. 그로부터 2년 뒤 어머니마저 별세했다. 가족들이 연달아 사망하자 큰 충격을 받은 카유보트는 그들과 오랫동안 거주했던 미로메닐가 모퉁이에 있는 집을 떠나 오스만대로에 있는 6층짜리 아파트로 이사했다. 도시에 대한 집중은 그곳에 머물며 더욱 강화되었다. 파리 도시민답게 고층 건물의 창문 앞에 서서 말끔히 정비된 시내의 대로를 바라보면서 슬픔을 달래고 마음을 다잡으며 그림을 그려나간 것이 아닌가 싶다.

그는 그곳에서 「발코니」, 「발코니의 남자」, 「눈 내린 오스만대로」 등을 완성했는데, 그중에서도 이 그림 「발코니에 있는 남자, 오스만대로」는 대표작이라고 할 수 있다.

부르주아 신사가 창가에서 파리 시내를 내려다보고 있다. 그가 서 있는 곳은 철제난간 발코니가 있는 현대적인 고층 아파트로 보인다. '플라뇌르Flaneur(도시의 구경꾼이라는 뜻으로 도시를 활보하며 대로를 산책하던 19세기 후반의 남성 부르주아)'인 그는 새롭게 변화한 오스만대로를 감상하고 있다. 밖은 온통 활기로 가득하다. 지저분하고 꼬불꼬불하던 거리는 넓고 매끈한 포장도로로 정비되었고, 거대한 백화점과 상점들 그리고 카페, 레스토랑, 술집, 공원, 극장 등이 세워지며 새로운 도시 문화가 형성되었다. 거리에는 산책, 사교, 파티, 소풍, 스포츠, 극장 관람 등 사적인 삶의 풍요를 즐기는 사람들로 가득하다. 거리는 밝고 평화로우며 자유롭고 생기 넘친다. 남자는 달라진 파리 풍경을 바라보며 도시의 봄을 맞이하고 있다.

이 그림이 그려진 1880년의 파리는 이례적인 날씨로 몸살을 앓고 있었다. 겨우내 혹독한 한파가 몰아닥쳤고, 1월 내내 폭설이 쏟아져서 모든 교통이 마비되었으며, 2월이 돼서야 겨우 평년 기온을 회복하기 시작했다. 어찌나 추웠는지 르누아르의 경우에는 매일 집 근처 식당에서 끼니를 해결하며 잠시나마 몸을 녹였고, 클로드 모네Claude Monet 역시 꽁꽁 얼었던 센 강의 얼음이 녹은 뒤에야

귀스타브 카유보트, 「발코니에 있는 남자, 오스만대로」, 1880년

작품 활동을 재개할 수 있었다. 물론 카유보트는 경제적으로 부유했기 때문에 큰 고생 없이 겨울을 날 수 있었지만, 가족들의 죽음과 이사 등 여러 가지 급작스러운 변화들이 겹쳐 심리적으로 움츠러들고 혼란스러운 시기를 보내야 했다. 이 그림이 유독 생동하는 에너지로 넘실거리는 건 길고 긴 겨울을 지나고 맞이할 따뜻한 봄이 너무도 그리웠기 때문일 것이다.

카유보트의 '창문 연작'은 동시대 화가들에게도 지대한 영향을 끼쳤다. 1881년 레옹 보나아카데미에서 공부하던 노르웨이의 화가 한스 헤위에르달Hans Heyerdahl은 자신의 그림 「창가에서」를 그릴 때 카유보트의 그림과 비슷한 구도를 차용했으며, 크리스티안 크로그Christian Krohg 역시 1882년에 열린 인상파 전시회에서 카유보트의 그림을 감상한 뒤 자신의 작품 「스웨덴의 화가 칼 노르드스트렘의 초상화」의 구성을 다시 고쳐서 완성했다. 또 1889년 당시 스물여섯 살의 청년이었던 에드바르 뭉크Edvard Munch는 파리로 유학을 와서 몇 년간 머물렀는데, 이때 낙하하는 관점의 구도를 채택해서 그린 「라파예트가」는 카유보트의 창문 시리즈, 더 정확히는 1880년 작 「발코니, 오스만대로」의 영향을 받은 것이었다.

카유보트는 창에 세상을 담는 화가였다. 언젠가 프랑스의 작가 조리 카를 위스망스가 그에 대해 '파리의 빛을 그리는 화가'라고 예찬한 바 있듯이, 그는 빛, 바람, 날씨, 계절, 도시 풍경 그리고

사람들의 삶과 내면까지 캔버스에 담으며 아름다운 세계를 구축
했다.

 카유보트가 창을 통해 이상적인 세계상을 형성해갔듯이, 힘든
시절에 창을 보며 마음을 다잡고 다시 꿈꿀 수 있었듯이, 또 그의
그림 속 남자들이 그러하듯이, 창은 우리를 세상과 단단하게 연결
해준다. 안과 밖을 이어주고 연이어 소통하게 한다. 순식간에 물리
적 환경에서 정신적 낙원으로 이동시키고, 밀폐된 공간에서 무한
대의 우주로 나아가게 한다. 일상의 공간에서 저 너머에 또 다른
세계가 존재함을 인지하게 한다. 세상으로 향하는 자그마한 통로,
이 투명한 유리문은 언제나 열려 있다.

 비록 세상살이가 춥고 두렵고 막막하고 그래서 숨고만 싶더라
도 끝끝내 창을 닫지 않는다면, 다시 열 수만 있다면, 싱그러운 햇
살처럼 반짝이는 시간이 찾아올 것이다. 이제 정말 창문을 활짝
열고 환기를 해야겠다. 햇살과 바람이 가져다줄 기쁜 소식을 맞이
하며.

귀스타브 카유보트, 「발코니, 오스만대로」, 1880년

에드바르 뭉크, 「라파예트가」, 1891년

# 혼자를 선택한
# 시간

　　도망가기 좋은 밤이다. 훌쩍 떠나는 것만
으로 모든 게 해결될 것 같은 밤. 그래서 조용히 사라지고 싶은 밤.
살다 보면 그대로 없어지고 싶은 날이 있다. 어떠한 자취도 남기지
않고 도주하고 싶은 순간이 찾아오는 것이다. 왜 그럴 때 있지 않
은가. 자려고 누웠는데 어떤 생각이 스쳐 지나갈 때, 노래를 듣다
가 문득 누군가가 떠오를 때, 아무 이유 없이 가슴이 요동칠 때, 여
기가 아닌 어딘가로 달아나고 싶을 때.

　　오늘이 내게는 그런 날이다. 이 알 수 없는 꿈틀거림, 흔들림을
이기지 못하고 결국 문을 열고 나왔다. 불 꺼진 상점 앞에 외로이
서 있는 가로등이 불을 밝히고, 어른거리는 그림자들이 곳곳에 흩
어져 있다.

레서 우리, 「카페바우어」, 1906년

레서 우리, 「파란색 드레스를 입고 카페에 있는 여인」, 1900~1910년경

이따금 자동차 경적이 크게 들리고, 빼곡한 건물들 사이로 화려한 네온사인이 반짝인다. 그렇게 얼마간 밤거리를 헤매며 돌아다녔다. 한참을 이리저리 배회하다가 자연스럽게 발길이 닿은 곳은 동네의 작은 카페. 기껏 도망친 곳이 여기라니. 스스로 생각해도 어이없다고 할 수밖에 없는 이상한 상황이었다. 자정이 조금 넘은 시각, 자리를 잡고 앉았다.

늦은 밤임에도 불구하고 카페 안은 꽤 활기가 넘쳤다. 주문한 커피를 받아들고 의자에 앉아 주위를 쭉 살피는데, 유달리 혼자 있는 사람들이 많았다. 가만히 노트북을 들여다보는 여자, 이어폰을 끼고 공부하는 학생, 창밖을 보며 멍하니 앉아 있는 사람, 야외 테라스에서 담배 피우는 남자, 커피를 마시며 글 쓰는 여자, 구석진 곳으로 자리를 옮기는 사람, 연신 문 쪽을 바라보는 남자 등 가지각색의 자세로 다들 무언가에 몰입하고 있었다. 이들도 나처럼 이곳으로 피신한 것일까. 나이도 성별도 직업도 모두 다른 사람들이 한 공간에 모여 각자의 밤을 보내고 있다. 따뜻한 조명, 잔잔한 음악, 옅은 웃음소리, 차분한 침묵 그리고 향긋한 커피 향까지, 여러모로 기묘하고 완벽하다.

왠지 레서 우리의 그림들이 생각난다. 유난히 밤 풍경을 많이 그린 독일의 인상주의 화가 레서 우리. 그중에서도 '밤의 카페'는 그의 단골 소재였다. 그는 유화, 판화, 파스텔화 등 다양한 장르를 넘나들며 커피숍의 풍경을 화폭에 담았고, 그곳의 분위기를 순간적으로 포착해 인상주의 화가로서의 면모를 드러냈다. 설레는 표정으로 누군가를 기다리는 모습을 표현한 「카페에서」, 턱을 괴고 앉아 여유로운 시간을 보내는 장면을 담은 「로마네스크풍 카페에서의 여자」, 꼿꼿한 자세로 앉아 있는 여성을 묘사한 「파란 드레스를 입고 카페에 있는 여인」 등 그 작품은 셀 수 없이 많다. 그러나 뭐니 뭐니 해도 그의 대표작은 이 그림 「카페바우어에서의 저녁」일 것이다.

해가 지고 어둠이 찾아들자 사람들이 하나둘 카페로 모여든다. 은은한 조명 아래 감미로운 선율이 흐르고, 모두 제각각 편안한 자리에 짐을 풀고 앉았다. 야외 테라스에 있는 사람들의 모습도 보인다. 시원한 밤공기를 마시며 이런저런 대화를 나누고, 도심의 불빛을 배경 삼아 밤의 정취를 만끽하고 있다. 아까부터 이곳에 있던 남자는 이미 잔을 깨끗이 비우고 신문을 정독하고 있다. 흥미로운 기사거리라도 있는지 좀처럼 눈을 떼지 못하는 모습이다. 지금 막 카페에 들어선 여자는 구석진 자리에 앉아 주변의 분위기를 살핀다. 세련된 실크드레스와 풍성한 모피코트 그리고 깃털로 장식된 고급스러운 모자가 시선을 사로잡는다. 화려한 옷차림으로 보아 중요한 모임이나 파티에 다녀오는 길인 것 같다. 그녀의 테이블에 있는 에스프레소처럼 깊고 진한 향기가 풍기는 밤이다.

레서 우리, 「카페바우어에서의 저녁」, 1898년

레서 우리, 「카페에서 신문을 읽는 두 명의 신사」, 1913년

이는 레서 우리가 1898년에 그린 작품으로, 독일 베를린에 있는 카페바우어의 내부 풍경을 묘사한 것이다. 오랜 역사를 간직하고 있는 카페바우어는 당대의 문인과 지식인 그리고 아돌프 멘첼을 비롯한 많은 화가들이 즐겨 찾은 장소로 유명하다. 특히 레서 우리는 카페에 파묻혀서 살았다고 해도 과언이 아닐 정도로 이곳을 자주 방문하며 오랫동안 머물렀다. 이곳을 배경으로 한 그림으로는 「카페바우어에서의 저녁」 외에도 테라스에서 담소를 나누는 두 남녀를 포착한 「카페바우어」, 커피를 마시며 신문 보는 신사를 그린 「카페에서 신문을 읽는 두 명의 신사」 그리고 야간 데이트를 즐기는 연인을 낭만적으로 묘사한 「베를린의 카페바우어에서」까지 다양하다. 유독 카페 내부에 관심이 많았던 그는 실내 풍경을 일관된 주제로 삼아 작품 세계를 채워갔다.

그가 이토록 카페를 자주 그린 이유는 무엇일까. 19세기 당시 카페는 문화의 중심지이자 사교의 장이었다. 사람들은 카페에 모여 정치, 사회, 철학에 대해 논하고 사소한 일상사까지 공유하며 많은 시간을 보냈다. 작은 시골마을에 살다가 독일 최대 도시인 베를린으로 이사 온 레서 우리는 첫 순간부터 도시에 대한 특별한 동경을 느꼈다. 특히 역동적인 삶이 살아 숨 쉬는 카페는 놀랍고도 황홀한 세계였다. 자유와 낭만이 넘치는 카페 특유의 분위기는 레서 우리에게 예술적 영감의 원천이 되었고, 그는 카페를 작업실로 삼아 창작에 몰두했다. 게다가 타고난 성격이 내성적이고 조용했던 그에게 카페는 혼자만의 시간을 갖기에 더없이 좋은 장소였다. 아마 그는 그곳에서 찬찬히 마음을 살피고, 바쁜 일상 속 여유를 느끼며, 스스로에게 안식을 선물했을 것이다.

그러고 보면 카페야말로 혼자 있기에 알맞은 장소다. 나라는 사람에서부터 다른 누군가와 또 다른 누군가에 이르기까지, 그곳에는 다양한 사람들의 독립이 존재한다. 나만을 위한 순간에 나만 느낄 수 있는 것에 몰입하는 사람, 이해할 수 없는 것을 이해하기 위해 자기만의 시간이 필요한 사람, 너무 외로워서 차라리 혼자이기를 자처한 사람 등 많은 이들이 하나의 장소에 모여 그곳의 공기를 공유한다. 카페는 그들에게 아무것도 묻지 않고 지켜봄으로써 모든 것을 품는다. 이것이 카페가 주는 푸짐하면서도 든든한 위로다. 만약 지금 이 순간 혼자만의 시간이 필요하다면 망설이지 말고 카페 안으로 들어가 보는 것은 어떨까. 공인된 고독 같은 것을 느끼며 잠시 숨을 돌리다 보면 어느새 근심이 소복하게 가라앉고 마음에 위안도 찾아올 테니.

누구에게나 혼자만의 시간이 필요하다. 혼자만의 시간이란 어쩌다가 우연히 홀로 남게 되어 시간을 보내야 하는 수동적인 상황이 아니다. 자발적인 선택에 의해 만들어진, 주체적이고 능동적인 시간이다. 이것이 중요한 이유는 나에게 소중한 것을 발견할 수 있

레서 우리, 「베를린의 카페바우어에서」, 1888년~1889년

는 기회이기 때문이다. 혼자 있을 때만 보이는 것이 있다. 미처 알지 못했던 마음, 감정, 생각 그리고 비밀 같은 것들. 사람은 혼자일 때 본연의 모습에 충실하다. 충실하다는 것은 자신에게 정직하다는 뜻이고, 진짜 삶을 살아간다는 의미다. 자기를 보듬는 사람만이 스스로 빛날 수 있고, 자기다움을 견지하는 사람만이 개별자로서의 나를 지킬 수 있으며, 마음에 솔직한 사람만이 삶의 존엄을 수호할 수 있다. 우리는 내 몫의 시간을 충실하게 살아가는 것으로 스스로를 원호해야 한다.

혼자만의 시간이란 일종의 인터뷰다. 자신과의 일대일 밀착 인터뷰. 내가 아닌 다른 누군가에게 완전히 솔직한 사람은 없다. 사실 그럴 필요도 없고. 하나 스스로에게 진실하지 못하면 언젠가 비극은 찾아오기 마련이다. 지금 나의 상태가 어떠한지, 이 감정은 정말 사실인지, 내가 진짜로 원하는 게 무엇인지에 관해 끊임없이 묻고 답해야 한다. 우리는 그 과정에서 무언가를 정리하고 분류하고 선택하고 결정하며 한결 가벼워지고 성숙해진다. 꼭 필요한 것이 무엇인지 알기 때문에 쓸데없는 것은 버리게 되고, 의미를 찾을 수 있기 때문에 무의미한 행위를 줄이게 된다. 내 마음을 알기 때문에 소모적인 감정에서 벗어나게 되고, 자기 객관화가 되기 때문에 타인에 대한 이해력도 높아진다. 오롯이 혼자인 시간을 보냄으로써 건전한 인간으로 살아갈 수 있는 것이다.

혼자란 모든 것의 기본이다. 일도 사랑도 관계도 삶도 바탕에는 내가 있다. 혼자 있는 시간의 가장 큰 장점은 내가 어떤 사람인지 깨닫게 된다는 것. 우리는 자기 자신에 대해 잘 알고 있다고 생각하지만 실은 그렇지 않을 수 있다. 자기만의 시간을 보내다 보면 상대를 배려하는 과정에서 외면된 나의 진짜 마음과 마주할 수 있고, 집단체제 속에서 생략된 나의 실제 모습을 발견할 수 있다. 혼자 영화관에서 영화 보고, 혼자 드라이브하고, 혼자 마트에서 장을 보고, 혼자 식당에서 식사하고, 혼자 서점에서 책을 읽고, 혼자 공원을 산책하고, 혼자 여행을 떠나고, 혼자 카페에서 차를 마시는 일은 얼핏 사소한 것처럼 보이지만 매우 중요한 일이다. 나를 알아가는 과정이기 때문이다. 내가 나를 아는 것, 삶은 거기에서부터 시작된다.

완벽한 휴식의 방

스타니슬라프 주콥스키,
「와지엔키 궁전의 실내장식」,
1924년

# 노동이라는 이름의
# 무게

맡겨둔 옷을 찾으러 세탁소에 들렀다. 문이 열리며 방울 소리가 나자 고개를 들어 내 쪽을 쳐다보는 주인 아주머니. 그녀는 등이 한껏 굽은 채 지친 얼굴로 앉아 있었다. 가벼운 대화를 나누며 이곳저곳을 살펴보는데, 세 평 남짓한 공간이 빼곡했다. 벽면을 가득 채운 옷걸이에는 비닐에 싸인 옷이 겹겹이 걸려 있고, 긴 테이블에는 재봉틀과 수선 망치가 있었다. 바닥에는 헝겊 조각이 마구 나뒹굴고, 한쪽 구석에서는 스팀다리미가 규칙적으로 소리를 내며 하얀 증기를 연신 뿜어댔다. 이 작고 남루한 곳에도 삶의 힘은 생생하게 작동하고 있었다. 안경을 반쯤 코에 걸친 채 바느질에 집중하는 아주머니를 보며 나는 불현듯 한 그림을 떠올렸다. 영국의 화가 애나 블런던Anna Blunden이 현재의 런던 이

즐링턴 지역인 핀즈베리시티에 살고 있을 당시 자신의 숙소에서 그린 작품 「재봉사(셔츠의 노래)」이다.

이른 아침, 한 여성이 창가에 앉아 하늘을 바라보고 있다. 창밖에는 낡고 허름한 공장들이 뿌옇고 탁한 공기에 둘러싸여 있다. 그 위로 보이는 푸른 하늘과 강하게 대비되는 풍경이다. 작은 테이블 위에 셔츠가 구겨져 있고, 실과 바늘 그리고 가위가 든 바느질 상자가 놓여 있다. 이 여성은 상류층 고객의 수제 옷을 만드는 재봉사로, 좁고 어두운 방에서 밤새워 일한 뒤 아침을 맞은 듯하다. 제대로 쉬지도, 자지도 못하고 매일 기계처럼 일만 하는 그녀는 얼마나 고단할까. 삶 자체가 생존을 위한 전쟁인지도 모른다. 힘주어 깍지 낀 손과 동그랗게 치켜뜬 눈이 하늘을 원망하는 것 같기도 하고 동시에 무언가를 간절히 바라는 것 같기도 하다. 저토록 열심히 일하면 언젠가 그녀의 삶이 나아질 수 있을까?

18세기 영국에서 일어난 산업혁명의 핵심은 섬유산업이었는데, 이 분야에서 여성의 노동은 중요했다. 그들은 가족을 부양하고 생계를 꾸리기 위해 공장의 노동자가 되어 매일 긴 시간 동안 열악한 환경에서 일해야 했다. 공장이 아닌 집에서까지 추가 노동을 하는 경우도 많았고 심하면 22시간까지 근무했다고 하니 일하는 기계나 진배없었다. 그러나 종일 일해서 받는 노임은 남성의 절반 수

애나 블런던, 「재봉사(셔츠의 노래)」, 1854년

준에도 못 미쳤다. 상시적인 고용 불안, 저임금과 임금 차별, 최장의 노동시간, 과중한 작업량에 시달리며 쉼 없이 일하던 그들의 삶은 피폐해졌다. 과로로 인해 건강이 악화되거나 심한 경우 죽음에 이르기까지 했다. 이런 노동에 관해 문제의식을 가진 블런던은 학대받는 재봉사의 모습을 그린 뒤, 자신의 작품을 토머스 후드의 시 「셔츠의 노래」에 나오는 구절과 함께 영국 미술가협회 전시에 출품했다. 그 시는 생계를 위해 돈벌이에 나서야 했던 재봉사의 처지를 표현한 것으로, 다음은 그 내용의 일부다.

손가락은 지쳐 닳은 채로
눈꺼풀은 무겁고 붉어진 채로
여자는 여자에게 어울리지 않는 넝마를 걸치고 앉아
바늘과 실을 부지런히 움직인다.
바느질! 바느질! 바느질!
가난과 굶주림과 더러움 속에서,
여전히 슬프고 가녀린 목소리로
셔츠의 노래를 부른다.

이 시는 그녀뿐만 아니라 리처드 레드그레이브Richard Redgrave, 존 토머스 필John Thomas Peele, 에드워드 래드퍼드Edward Radford, 프랭크 홀Frank Holl, 찰스 로시터Charles Rossiter 등 다수의 화가가 그림의

존 토머스 필, 「셔츠의 노래」, 1849년

찰스 로시터, 「셔츠의 노래」, 1854년

주제로 다루며 유명해졌는데, 이 그림들은 여성의 노동을 가시화했다는 점에서 중요한 역사적 의미를 지닌다. 특히 섬유업계에서 일하는 여성들의 고된 삶을 알리려는 의도에서 그려진 블런던의 작품은 세간의 주목을 받으며 노동문제에 대한 여론을 환기하는 데 큰 역할을 했다. 그녀가 이러한 문제에 적극적으로 관심을 두게 된 것은 재봉업자였던 아버지의 영향도 컸지만, 화가가 되기 몇 년 전까지 가정교사로 일한 경험 덕일 것이다. 이후 여성의 노동여건은 영국의 대중매체 『펀치』, 『픽토리얼 타임스』 등의 기사로 실리며 심각한 사회문제로 대두되었고, 영국 의회보고서의 안건으로 여성 노동의 근로조건이 상정되며 노동환경 개선에 시발점이 되었다.

그렇다면 그로부터 4세기가 지난 지금은 어떠한가. 현대사회에서 여성의 경제활동은 보편화되었고, 일하는 여성의 모습은 자연스럽고 익숙하다. 하지만 아직 극복해야 할 과제들이 산적해 있다. 기나긴 역사의 흐름 속에서 여성들은 남성들과 함께 일하며 사회의 일원으로 꾸준히 역할을 해왔지만 수많은 차별과 편견을 겪어야 했고 이는 여전히 현재진행 중이다. 노동현장에서 여성은 핵심인력이 아닌 주변적인 범주로 분류되거나 남성 분야에 진입한 타자적인 대상, 또는 전통적인 영역인 가정을 벗어나 있는 특수한 존재로 간주된다. 시대와 분야를 불문하고 여성들은 늘 남성보다 낮

프랭크 홀, 「종잡을 수 없는 생각들」, 1874년

은 임금을 받아왔으며, 그들의 노동은 제대로 조명되거나 기록되지도 않았다.

여성의 노동력은 본인의 경제적 자립이나 사회적 성공보다 가족의 필요에 따라 쓰이는 경우가 많다. 사회에서 독립적인 권리를 가졌다고 해도 결혼 혹은 출산 후에는 직업과 모성 사이에 갇혀 가정에 예속된 채 노동한다. 동등한 파트너로서의 관계가 아닌 부양 의무를 짊어진 남성과 남성의 보호 아래 살아가는 여성이라는 성차별적 시선은 변함이 없고, 집 안을 순화하고 풍요롭게 하는 가사노동은 결국 여성의 몫이라는 사회적 편견은 여전하다. 무임금으로 주 7일 24시간 가족 구성원의 생활 유지를 위해 일하고 있음에도 불구하고 전업주부의 일은 하찮고 쉽고 당연한 것으로 취급된다. 임신과 출산은 고귀하고 거룩한 것이라고 신성화되는 동시에 육아에서 면책된 노동력, 즉 남성 노동자를 이상적이고 바람직하게 여기는 사회체제는 공고하다.

당연한 말이지만, 여성에게도 노동은 삶의 필수 불가결한 요소다. 생계 수단이자 정서 안정의 기반이며 자아실현의 도구이자 사회 기여 활동이다. 그들은 노동을 통해 성장했고 자신의 삶을 개척했으며 인류 문명 발전에 공헌했다. 하지만 어쩌면 우리는 아직도 변곡점 위에 서 있는지도 모른다. 건강하고 평등한 노동환경을 원한다면 지금이야말로 변화해야 할 때다. 이는 단순히 여성에게만

국한되는 문제가 아니라 공동체적 책임이며 남녀노소 할 것 없이 동참해야 할 의제이기도 하다. 모든 이들이 함께 힘을 합쳐 조금씩 개선해가다 보면 여성뿐 아니라 사회구성원 전체에 긍정적인 영향을 미치리라 생각한다. 이것이 이루어질 때 비로소 직장과 가정의 양립, 일과 휴식이 공존하는 일상, 덜 치열하고 더 여유로운 삶이 가능하리라 믿는다. 결국, 우리 모두에게 달려 있는 문제다. 애나 블런던을 비롯한 많은 화가들이 그림을 통해 여성들의 고된 삶을 알리고 노동환경을 개선시켰듯이 말이다.

세상은 변한다. 하지만 저절로 변하지는 않는다.

# 마음이 소생하는
# 장소

오늘은 아무것도 안 하는 날이다. 할 일이 있다면 쉬는 것뿐. 이럴 때면 철저히 독립된 나만의 장소로 숨어버린다. 그곳에서 평화로운 시간을 누리는 것이 진정한 안식이기에.

휴식은 집중하는 것이다. 다름 아닌 나에게. 그러기 위해서는 세상과의 단절이 필수적이다. 나에게 있어 휴식이란 휴대전화를 어딘가에 던져두고 편안한 자세로 책을 읽고, 마음껏 잠을 자고, 조용히 산책하는 것이다. 소리가 없는 곳, 침묵이 가능한 곳, 그래서 나만 존재하는 곳에서 태평한 외톨이가 되는 것이다. 파스칼도 말하지 않았던가. '인간의 모든 불행은 단 한 가지, 고요한 방에 들어앉아 휴식할 줄 모른다는 데서 비롯된다'라고. 사람은 자신의 보금자리에서 오롯이 혼자일 때 한없이 충만해진다.

에드워드 하우, 「작은 은둔처의 내부 : 겨울 정원」, 1865년

루돌프 폰 알트, 「레드니체 성의 종려나무 온실 내부」, 1842년

누구에게나 그런 공간이 있을 것이다. 그곳에 있는 것만으로 안심되고 든든하고 따뜻하고 자유롭고 편안한 느낌이 드는 영혼의 안식처. 나에게 그런 곳은 언제나 식물이 있는 장소다. 집 안을 싱그럽게 만드는 크고 작은 화분들은 삶의 소소한 기쁨이고, 나무와 꽃이 소박하게 자리하고 있는 정원은 지친 일상의 쉼표이다. 푸른 잔디가 곱게 입혀진 광활한 언덕은 멋진 피크닉 장소이며, 초록의 향기가 느껴지는 공원은 숨 고르기를 할 수 있는 마음의 피난처이다. 초록색 잎, 파란 하늘, 시원한 바람, 산뜻한 공기, 싱그러운 풀 냄새…… 흔들려도 괜찮다는 듯 의연한 나무처럼, 밟혀도 상관없다는 듯 꼿꼿한 풀처럼, 시들 걱정 따위 하지 않는다는 듯 만개한 꽃처럼, 자연은 그 모습 자체로 에너지를 준다.

이는 화가들에게도 마찬가지였을 것이다. 특히 푸른 식물들로 가득한 온실은 훌륭한 쉼터이자 명상의 공간, 때론 우정의 가교 역할을 했다. 에드워드 하우Eduard Hau는 「작은 은둔처의 내부 : 겨울 정원」을, 루돌프 폰 알트Rudolf von Alt는 「레드니체 성의 종려나무 온실 내부」를 그려 온실의 내부를 묘사했는데, 이외에도 다양한 화가들이 온실 속에서 일어나는 여러 장면을 화폭에 담았다.

알베르 바르톨로메Albert Bartholomé는 온실에 들어서는 여성의 모습을 포착해 「온실에서」를 그렸고, 프랜시스 존스 배너먼Frances Jones Bannerman은 꽃과 나무가 가득한 온실에서 독서하는 여성의 모습을 묘사해 「온실에서」를 완성했다. 에두아르 마네는 「온실에서」, 「온실에 있는 마네 부인」을 연달아 탄생시켰으며, 제임스 티소는 「라일락」, 「온실에서」 등을 통해 상류층의 화려한 삶을 표현했다. 그 밖에도 이사크 레비탄Isaak Ilyich Levitan의 「온실」, 릴라 캐벗 페리Lilla Cabot Perry의 「온실에서」, 카를 블레헨Carl Blechen의 「팜 하우스 실내」 등 온실을 배경으로 한 그림은 무척 많다. 그중에서도 존 앳킨슨 그림쇼John Atkinson Grimshaw의 「사색에 잠긴 사람」은 온실의 특성을 잘 표현한 작품이다.

온실에 들어서자 거대한 숲속인 듯 새로운 세상이 펼쳐진다. 독특한 모양의 다육식물들이 신선한 공기를 내뿜고, 천장에 달린 에어플랜트는 우아한 몸짓으로 공간에 낭만을 더한다. 꽃망울을 터뜨린 새하얀 풍란, 하늘을 향해 나팔 부는 붉은 유홍초, 습기를 머금은 양치식물, 화려한 잎 무늬의 렉스베고니아까지……. 아름다운 빛깔을 뽐내는 각양각색의 식물이 옹기종기 모여 있다. 그리고 그들의 호위를 받으며 온실 한가운데 앉아 있는 여인. 한 손으로 턱을 괸 채 정면을 지긋이 바라보는 모습이 깊은 사색에 잠겨 있는 듯하다. 아늑하면서도 시원하고 조용하면서도 생기 넘치는 이곳에서 홀로 마음을 살피는 것. 어쩌면 이것이 최고의 휴식인지도 모른다. 자연 속에 파묻혀 있는 그녀가 왠지 부러워진다.

존 앳킨슨 그림쇼, 「사색에 잠긴 사람」, 1875년

이 그림은 영국의 화가 존 앳킨슨 그림쇼가 1875년에 그린 것으로, 그의 유명한 구상화 중 하나다. '달빛 화가'로 잘 알려진 그림쇼가 달빛 비치는 풍경을 본격적으로 그린 것은 그의 나이 마흔이 넘어서부터였다. 이전에는 꽃을 묘사한 정물화나 생생하고 극적인 풍경화 그리고 장식적인 실내 풍경을 많이 그렸는데, 작품 세계를 관통하는 공통된 키워드는 '자연'이었다. 이는 자연에서 겸허하게 배우는 화풍을 지향한 라파엘전파의 영향도 컸으나 식물에 관한 관심과 애정이 컸던 화가의 성향 탓이기도 했다. 그는 꽃들에 큰 매력을 느꼈고 나무들의 성장 방식에 대한 자신만의 비전이 있었다. 그런 점에서 식물들 사이에 있는 여성을 그린 이 초상화는 자연에 대한 그림쇼의 철학이 드러난 작품이라고 할 수 있다.

이토록 고급스럽고 화려한 온실을 그릴 수 있었던 것은 그의 경제력 덕분이었다. 서양 최초의 온실은 1600년대에 등장했는데, 초기에는 유리벽으로 둘러싸인 공간에서 난로로 공기를 덥히는 기본적인 형태였다. 지극히 간단하고 보잘것없는 모습임에도 불구하고 당시 온실은 극소수만이 누릴 수 있는 호화롭고 사치스러운 공간으로 여겨졌다. 상류층의 부유한 집만 소유할 수 있었던 유리온실이 대중화되기 시작한 건 산업혁명이 일어난 19세기부터였다. 기술의 발달로 인해 유리 사용이 쉬워지면서 유리로 만든 온실이 널리 퍼져나갔고, 19세기 후반에는 온실이 정원 장식에 필수요소가 될 정도로 보편화되었다. 그림쇼는 1862년에 연 전시회가 큰 성공을 거두면서 작품에 대한 수요가 많아졌고, 1870년대에 영국 리즈 근처에 있는 저택을 소유할 정도로 경제적인 부를 이루었기 때문에 온실 문화를 충분히 즐길 수 있었던 것으로 보인다.

그는 온실뿐만 아니라 숲, 호수, 계곡, 정원 등 자연에 늘 주목했다. 야외에 나가 풍경을 그리거나 식물을 실내로 들여오기도 하며 다양한 형태로 자연에 접근했다. 「이끼 낀 골짜기」에서는 커다란 바위를 덮은 이끼를 클로즈업해서 묘사했고 「호수의 고요함, 라운드헤이 파크」에서는 호숫가의 풍경을 색채 원근법을 사용해 표현했다. 「봄」에서는 햇빛이 들어오는 창가에서 드레스를 입은 여성이 화분에 물을 주는 장면을 그렸으며 「좋은 상담」에서는 풀숲에서 대화를 나누는 두 여인을 담았다. 그리고 「백합의 여왕」에서는 정원에서 새하얀 백합을 만지는 여자의 모습을 우아하면서도 처연하게 표현했다. 그림쇼는 자연을 노래하고 예찬하며 느림의 미학을 선사했고, 자연 친화적인 삶의 모습을 통해 휴식의 의미를 전하고자 했다.

휴식은 단지 노동의 부재가 아니다. 그림쇼가 다양한 모습으로 휴식의 가치와 의의를 확대했듯이, 휴식을 한마디로 정의하기란 쉽지 않으며 제각각 다른 의미로 쓰이는 경우가 많다. 하던 일을 멈추고 잠시 쉰다는 사전적 의미에서부터 돌연한 깨달음을 얻는 경험, 마음에 품위를 부여하는 시간, 억압에 대항하는 태도, 삶에 관한 집요한 질문, 자기 성찰로의 회귀, 희망을 발현시키는 과정, 새로운 영감의 탄생, 일상을 간직하려는 시도 등 수많은 유형이 존재한다. 그리고 휴식에 있어 중요한 건, 무엇보다 실천일 것이다.

휴식도 습관이고 능력이다. 쉬지 못하는 사람은 계속 쉬지 못한다. 그들은 갑작스러운 휴식에 당황하고 불안해하다가 결국 아무것도 하지 못한 채 시간만 흘려보낸다. 쉬면서도 긴장을 풀지 못하고 연거푸 초조해하며 조금의 여유도 못 견딘다. 쉬어본 적도 없고, 쉬는 방법도 모르기 때문이다. 하지만 그건 자랑도 성실도 그 무엇도 아니다. 위태롭고 아슬아슬한 상태일 뿐이다. 누구든 가능하나 누구나 할 수 없는 것이 휴식이다. 세상 모든 것이 그러하듯 휴식에도 연습과 학습이 필요하다. 멈춰야 할 때를 아는 지혜, 과감히 내려놓는 용기, 무리하지 않는 자세, 여유를 즐기는 기술 등이 요구된다. 쉬운 것 같지만 절대로 쉽지 않은 휴식, 잘 쉰다는 것은 잘 산다는 것이다.


생각해보면 우리를 쉬지 못하게 하는 것은 얼마나 많은가. 과중한 업무, 갖은 모임, 무의미한 약속, 빼곡한 일정으로 하루하루가 버겁고 숨차고 힘겹다. 쉴 시간도 없고, 쉴 곳도 없다. 쉴 수도 없고, 쉴 틈도 없다. 그럼에도 불구하고 꼭 해야 하는 것이 휴식이다. 휴식은 잔여 시간이 아니라 필수 시간이다. 시간 날 때 하는 것이 아니라 시간을 내서 해야 하는 일이다. 사람은 쉬지 않고서는 살

알베르 바르톨로메, 「온실에서」, 1881년경

프랜시스 존스 배녀먼, 「온실에서」, 1883년

수 없다. 계속 쉬지 않는 사람의 최후는 딱 두 가지다. 죽거나 미치거나. 농담이 아니다. 인간은 죽지 않기 위해서라도 쉬어야 한다. 미치지 않기 위해서라도 쉬어야 한다. 쉬는 것은 잘못이 아니다. 게으름도, 뒤처짐도, 무책임도, 시간 낭비도 아니다. 우리는 스스로에게 휴식을 허락해야 한다. 삶에 있어 휴식은 선택이 아니라 의무이다.

# 비 내리는
# 도시 풍경

어릴 때부터 비는 일종의 이벤트였다. 비 오는 날이면 동네 친구들과 진창을 차닥대며 놀았고, 우산을 내팽개친 채 함씬 비를 맞으며 신나게 거리를 활보했다. 그러다가 물웅덩이를 발견하면 일부러 발걸음을 쿵쿵거려 빗방울이 사방으로 튀게 만들었는데 바지가 흥건하게 젖어도, 신발에 물이 들어가 장화를 신은 이유가 사라져도 마냥 즐거웠다. 우천으로 소풍이 취소돼도 별로 싫지 않았다. 교실에서 친구들과 김밥을 하나씩 집어 먹으며 날씨 탓을 하면 또 그만의 재미가 있었다. 이슬비가 내리는 날이면 베란다에 앉아 지나가는 사람들을 구경하다가 그림일기장에 크레파스로 비 오는 풍경을 그렸고, 비가 추적추적 내리는 밤이면 동생과 함께 동화책을 읽거나 이불을 뒤집어쓰고 공포영화를 보기도 했다.

　나는 여전히 거의 모든 종류의 비를 좋아한다. 고흐의 「비 내리는 밀밭의 풍경」처럼 갑자기 쏟아지는 장대 같은 소나기도 좋아하고, 귀스타브 카유보트의 「예르, 비」처럼 성기게 떨어지는 빗방울도 좋아한다. 베른하르트 거트먼Bernhard Gutmann의 「비 오는 날, 유니온광장」처럼 우산을 들고 보슬비를 맞으며 공원을 산책하는 것도 좋아하고, 윌리엄 터너의 「비, 증기, 속도 : 그레이트 웨스턴 철도」처럼 장대비가 퍼붓는 날 기차를 타고 훌쩍 떠나는 것도 좋아한다. 클로드 모네의 「천둥 치는 날의 런던 국회의사당」처럼 모든 것을 휩쓸어갈 듯 강렬하게 몰아치는 폭풍우도 좋아하고, 구스타프 클림트Gustav Klimt의 「비 온 후」처럼 웃비가 그친 뒤 선선한 공기가 느껴지는 저녁 무렵의 어스름도 좋아한다. 그러나 그중에서도 가장 좋아하는 건 창밖으로 비 오는 풍경을 바라보는 일이다. 카미유 피사로의 이 그림같이.

　도시 전체에 비가 촉촉이 내렸다. 하늘에 살짝 해가 비치는 것으로 봐서 여우비가 잠깐 흩뿌리고 지나간 것 같다. 나뭇가지에 맺힌 물방울이 톡톡 떨어지고, 비에 젖어 축축해진 바닥은 빛을 반사하며 반짝인다. 양쪽으로 빽빽하게 줄지어 서 있는 고풍스러운 건물들 사이로 파리지앵들이 분주하게 발걸음을 옮긴다. 마차를 타고 어디론가 바쁘게 향하는 사람도 있고, 상점 앞에서 누군가를 기

카미유 피사로, 「오후의 생토노레거리, 비의 효과」, 1897년

다리는 사람도 있다. 아직 비가 완전히 그치지 않았는지 우산을 쓰고 길을 걷는 이들도 보인다. 근대도시 프로젝트에 의해 변화된 19세기 후반 파리 풍경이라서 그런지 거리 전체가 깨끗하고 질서 정연하다. 카페의 테라스와 광장 중심의 분수대 그리고 지나다니는 사람들마저 아름다운 풍경이 된다. 수십 년 후 사람들이 이 시기를 좋은 시대라는 뜻의 '벨 에포크belle époque'라고 부른 데에는 그만한 이유가 있는 것이다.

프랑스의 인상주의 화가 카미유 피사로는 1897년 말부터 이듬해 초까지 호텔 방에 기거하며 파리의 전경을 캔버스에 담았다. 이 그림 「오후의 생토노레거리, 비의 효과」는 당시에 완성했던 연작 중 하나로, 파리의 콩코드광장에서 루브르박물관에 이르는 패션가인 생토노레의 비 온 뒤 풍경을 잔잔하면서도 경쾌하게 묘사하고 있다. 그는 원근법을 강조한 단순하지만 강한 구성으로 입체감을 살렸고, 높은 곳에서 내려다보는 시점으로 극적인 효과를 연출했다. 짧고 힘찬 붓질로 화면을 채워나갔으며, 물결치는 듯한 붓놀림으로 바닥의 양감과 빛의 산란을 효과적으로 표현했다. 멀리서 보면 각각의 붓 자국은 사라지고 도심 속 풍경들이 서로 조화를 이루며 그림 전체에 활기를 부여하고 있음을 알 수 있다.

한편 최근 들어 「오후의 생토노레거리, 비의 효과」에 대한 이야

깃거리가 쏟아지고 있다. 1939년 제2차 세계대전이 발발하자 그림의 원소유자였던 유대인 릴리 카시러는 나치에게 작품을 헐값에 넘기고 도망치듯 독일을 떠났다. 그 후 뉴욕의 한 갤러리에 등장한 이 그림을 티센 남작이 구입했고, 1992년 티센보르네서미술관이 개관하면서 처음으로 세상에 공개되었는데, 이듬해 스페인 정부가 티센 컬렉션을 넘겨받으면서 그림은 스페인의 소유가 된다. 그런데 이야기는 여기서 끝나지 않는다. 릴리 카시러의 손자인 클로드 카시러는 어느 날 미술관에 있는 이 그림을 보고 어릴 적 할머니 집 거실에 걸려 있던 작품이라는 사실을 알게 된다. 그는 전쟁 당시 부당하게 빼앗긴 것이라며 소유권을 주장했지만 끝내 돌려받지 못하고 사망했다. 그리고 현재는 그의 아들이 아버지에 뒤이어 그림 반환을 위해 노력하고 있다.

하지만 이 작품이 특별한 이유는 많은 사람의 손을 거치며 역사의 풍파를 이겨냈고, 여전히 화제의 중심에 서 있기 때문만은 아니다. 그 진짜 이유는 피사로가 비 오는 날씨를 선택했기 때문이다. 여느 인상주의 화가들과 달리 그는 비 내리는 풍경을 그림의 중심 주제로 삼았다. 안개 낀 대기와 잿빛 하늘, 비 오는 날의 신록, 물기를 머금은 거리, 나아가 하늘과 땅의 어른거림까지 충실하게 묘사했다. 그러면서도 '빛이 곧 색채'라는 인상주의의 원칙을 지키며 형체가 명확하지 않은 빛을 담기 위해 노력했고, 어떻게 빛이 반사되고 흩어지는지 유효적절하게 그려냈다.

카미유 피사로, 「프랑스극장 앞 광장, 비의 효과」, 1898년

카미유 피사로, 「오후의 몽마르트르대로, 빗속에」, 1897년

흐리거나 비 오는 날씨를 그리기 위해서는 빛을 다루는 상당한 솜씨가 필요하다. 그런 점에서 비 온 뒤 도시 풍경을 조화롭고 밀도 있게 전달하는 이 그림은 인상주의의 선두 주자다운 면모를 여실히 드러내는 작품이라고 할 수 있다.

피사로는 이 그림 외에도 도시 곳곳을 돌아다니며 비 오는 풍경을 화폭에 담았다. 단순히 비 내리는 장면을 묘사한 것이 아니라 강도와 종류에 따라 비를 세분화해서 표현했다. 비 오기 전에 흐린 날씨나 안개가 껴서 뿌연 하늘, 혹은 비가 그친 뒤 서서히 해가 비치는 느낌까지 섬세하게 구현했다. 「프랑스극장 앞 광장, 비의 효과」, 「비 내리는 오후의 퐁뇌프」, 「생 자크교회, 디에프, 비 오는 날씨」, 「루브르박물관, 오후, 비 오는 날씨」 등 많은 작품이 있는데, 그중에서도 자신의 방에서 내려다본 거리 풍경을 그린 「오후의 몽마르트르대로, 빗속에」, 루브르호텔에 머무르며 빛나는 거리 풍경을 묘사한 「오페라거리, 비의 효과」, 또 비 내리는 날의 하늘을 서정적으로 표현한 「비 오는 날의 튈르리 정원」이 대표적이다.


피사로는 인생 대부분을 퐁투아즈나 에라니 같은 파리 교외에서 지냈다. 그림 또한 시골의 전원 풍경을 고집했는데, 그런 그가 말년에 도시 정경을, 그것도 실외가 아닌 실내에서 그리게 된 것은 건강 때문이었다. 만성적인 눈병으로 인해 시력이 점점 떨어지고 안질이 악화되어 더는 야외 작업을 할 수 없게 된 것이다. 따라서 그는 창문을 통해 바깥 풍경을 바라보며 실내 작업을 이어갔는데 아이러니하게도 이로 인해 인상주의의 본질에 더욱 충실할 수 있었다. 이 시기에 그는 동료에게 쓴 편지에서 '이곳에서 특히 좋아하는 풍경은 비 오는 날 철교의 모습이다. 그리고 창밖으로 보이는 마차, 거리를 걷는 사람들, 부두의 노동자들, 배, 연기, 멀리 퍼져 있는 안개……. 모든 것들에서 생기가 넘쳐흐른다'라며 인상주의 화가의 명료성을 드러냈다.

몇 해 전, 피사로가 머물렀던 호텔에 묵었다. 비는 며칠째 계속되었고, 그날 역시 비가 왔다. 그의 그림이 있는 곳에 갈까 하다가, 그림 속의 장소에 가기로 마음을 돌렸다. 우산을 들고 밖에 나가자 가랑비가 졸금대고 있었고, 물기를 머금은 공기의 감촉이 시원하고 상쾌했다. 안개비가 포슬포슬 내리는 몽마르트르대로와 촉촉하게 젖은 오페라거리 그리고 스산한 날씨에도 불구하고 활기를 띠는 생토노레거리는 그의 그림만큼이나 아름다웠다. 특히 퐁뇌프다리는 독특한 시각적 유희를 제공했다. 당시 피사로는 퐁뇌프 다리가 잘 보이는 곳에 아틀리에를 얻어 연작을 쏟아냈는데, 그의 그림처럼 낭만적이고 로맨틱한 다리 그대로의 모습이었다.

다시 호텔 방으로 돌아온 것은 저녁 무렵. 여전히 제법 많은 비가 내리고 있었다. 따뜻한 차 한잔에 몸을 녹이며 바라보는 저녁 풍경은 낮과는 또 다른 매력이 있었다.

카미유 피사로, 「비 내리는 오후의 퐁뇌프」, 1901년

카미유 피사로, 「생 자크교회, 디에프, 비 오는 날씨」, 1901년

왜 피사로가 끊임없이 시간, 장소, 위치 등을 달리하면서 비 오는 풍경을 그렸는지 이해할 수 있을 것 같았다. 날이 어두워지고, 조명이 하나둘 켜지고, 도심의 야경이 새로운 모습을 드러냈다. 비 오는 날 파리를 아름답다고 하면 부족한 말. 그곳은 슬프도록 매혹적이었다. 그리움과 애잔함 사이에서 공명하는 마음이 꿈틀거리고, 덕지덕지 엉기어 있던 생각들이 비와 함께 뚝뚝 떨어져 나갔다.

그날, 그 밤, 그 파리……. 비가 오는 날이면 여전히 내 눈앞에 선명하게 되살아난다. 노란 가로등 불빛, 바닥에 고인 물, 자욱하게 깔린 안개, 건물에서 새어 나온 빛, 지나다니는 사람들…….

영원히 간직될 피사로의 그림처럼, 비 오는 파리의 모습은 잊지 못할 것 같다.

# 삶의 풍미를 더하는
## 방법

따스한 햇살이 비치는 오후, 식당에 두 소녀가 있다. 햇빛을 받아 샹들리에가 반짝거리고, 원형 테이블에 예쁜 화병이 자리하고 있다. 집에서 직접 만든 것 같은 투박한 모양의 파운드케이크가 보이고, 각자 기호에 맞게 먹을 수 있는 버터와 잼 그리고 시럽이 놓여 있다. 총 일곱 개의 찻잔이 준비된 것으로 봐서 모임 준비를 하는 듯하다. 흰색 원피스를 입은 소녀가 조심스레 쿠키를 나르고, 또 다른 아이가 나뭇잎으로 테이블을 장식한다. 정성스럽게 매만지는 모습이 사뭇 진지해 보인다. 커튼, 벽, 천장, 소파, 의자 그리고 창틀까지…… 새하얗게 꾸며진 공간이 밝고 화사하며 순수한 느낌마저 자아낸다. 이곳에서 천천히 다과를 즐기면 가슴에 행복감이 가득 채워질 것 같다.

파니 브레이트, 「기념일」, 1902년

이는 스웨덴의 화가 파니 브레이트Fanny Brate가 1902년에 발표한 그림 「기념일」에 대한 묘사다. 소박하고 여유로운 전원생활을 소재로 한 이 그림은 '일상의 요리'라는 이미지에 잘 부합한다. 요리라는 것은 허기진 배를 채우기 위한 조리 행위를 넘어 맛있는 음식과 함께 좋은 시간을 보내는 것까지 포함하는 일이다. 브레이트는 일상과 요리를 연관 지어 많은 작품을 생산했고, 주방과 식당 같은 생활공간에서 찾은 미학을 세련되게 조명했다. 특히 스웨덴풍의 가구와 소품으로 채워진 식당의 실내장식을 아름답게 그려낸 이 작품은 19세기 부르주아 삶을 잘 보여주는 작품으로서 중요한 문화적 유산의 가치가 있다.

새삼스러운 이야기는 아니지만, 그림과 요리는 밀접한 상관관계가 있다. 그림처럼 요리 역시 창조를 기반으로 한 창작 행위이기 때문이다. 이를테면 대략적인 이미지를 그리고, 알맞은 재료를 선택하고, 순서에 따라 전개하고, 손끝 감각에 의존하고, 모든 것을 융합하고, 상태에 맞춰 재조정하고, 우연적인 상황에 대처하고, 관심과 정성을 기울이고, 시간이 축적됨으로써 풍성해지고, 원하는 모습에 맞춰 최종적인 결과물을 만들어낸다. 실제로 화가 중에는 직접 요리를 하거나 자신만의 조리법을 가지고 있던 이들도 많고, 전문적인 요리사로 일한 이들도 있다.

화가들은 어떤 음식을 좋아했을까. 해산물과 생선요리를 즐겼다는 화가들의 이야기는 많이 전해진다. 예컨대 르누아르는 신선한 바다 향을 품은 성게소스를 좋아했고, 마티스와 모네는 지중해식 생선스튜인 부야베스를 즐겨 먹었다. 폴 세잔Paul Cézanne은 멸치를 좋아해서 작업실에 갈 때마다 으깬 멸치가 있는 도시락을 싸갔고, 미켈란젤로Michelangelo와 뭉크는 청어를 늘 챙겨 먹었으며, 프리다 칼로는 멕시코 베라쿠르스에 있는 동안 빨간색 도미구이를 자주 먹었다. 폴 고갱Paul Gauguin 역시 해산물 요리를 즐겼는데, 근사한 요리를 뚝딱 만들어낼 정도로 요리 실력이 뛰어났다. 고갱은 고흐와 함께 아를의 노란 집에 살 때 요리에 소질이 없는 그를 대신해 직접 식사 메뉴를 정하고, 작업실을 개조한 부엌에서 요리사 노릇을 했다. 그 시절 그들이 애호했던 식재료로는 게, 청어 등이 대표적인데, 해산물 요리를 좋아했던 것이 가장 큰 이유겠지만 몇 년간 해군에 근무하며 세계를 돌아다닌 고갱의 경험도 한몫했으리라.

"죽을지언정 맛없는 음식을 먹지 않겠다"라고 말할 정도로 대단한 미식가였던 살바도르 달리는 유난히 성게를 좋아했다. 이와 관련된 재미있는 일화도 있는데, 본인의 생일 파티 때 쉴 새 없이 성게 요리를 내오자 그를 지켜보던 영화감독 루이스 부뉴엘이 달리의 머리 위에 성게를 올린 뒤 우스꽝스러운 모습을 카메라에 담

폴 고갱, 「생선이 있는 정물」, 1878년

기도 했다. 또 성게뿐만 아니라 게나 가재 같은 갑각류를 좋아했던 달리는 가재 요리에 초콜릿을 넣어 먹는 특이한 음식 취향이 있었다. 갑각류를 주제로 한 오브제 작품인 「바닷가재 전화기」 연작을 제작하고, 자서전 『살바도르 달리의 비밀스러운 삶』에서 '식당에서 구운 바닷가재를 주문했을 때, 단 한 번도 구운 전화기를 내오지 않는 이유를 모르겠다'라고 농담한 바 있듯이, 달리는 가재의 맛뿐만 아니라 형태나 성질에도 매료되었던 것 같다.

음식 애호가를 넘어 직접 요리사로 일한 화가들도 있다. 청년 시절 레오나르도 다빈치Leonardo da Vinci는 용돈을 벌기 위해 피렌체에 있는 '세 마리 달팽이'라는 식당에서 주방장으로 일했다. 하지만 지나치게 혁신적인 요리로 인해 금세 해고된 그는 절친한 친구인 화가 산드로 보티첼리Sandro Botticelli와 함께 '산드로와 레오나르도의 세 마리 두꺼비'라는 레스토랑을 열어 장사를 시작했다. 두 명의 천재 화가가 간판에 그림도 그리고, 메뉴판도 디자인하고, 창의적인 요리도 선보이며 최선을 다했으나 식당은 곧 망해 문을 닫는다. 하지만 다빈치가 누구인가. 그는 이후에도 자신의 노트에 요리법, 식사 예절, 주방 관리 등에 대해 메모하고, 조리기구 설계도까지 그리며 요리에 관한 연구를 이어갔다. 심지어 세계적인 명작 「최후의 만찬」을 그릴 때는 그림 속에 등장하는 음식을 전부 맛본 뒤에야 그림을 완성할 정도로 음식 사랑이 유별났다. 이러한 행태를 견디다 못한 당시 수도원장은 '다빈치라는 자가 벽에 물감 한번 칠하지 않고 있으며, 그가 걸작에 걸맞은 포도주를 찾아내겠다며 하나하나 맛보고는 모두 퇴짜를 놓는 바람에 수도원 술 창고가 큰 손실을 보고 있고 이제 거의 바닥을 드러내고 있습니다'라며 후원자에게 항의 편지를 보냈다. 그 내용이 놀랍고도 뻔뻔해서 웃음이 새어 나오지 않을 수 없다. 다빈치가 수도원 식당 벽에 「최후의 만찬」을 완성하는 데 걸린 시간은 총 3년이었는데, 실제 그림을 그린 것은 3개월이고 나머지는 음식을 먹으며 즐긴 시간이었다.

요리와 관련된 화가들의 그림도 많다. 펠릭스 발로통은 「스토브에서 요리하다」에서 앞치마를 두르고 요리에 집중하는 여성의 모습을 그렸고, 윌리엄 헨리 마겟슨William Henry Margetson은 「주부」에서 한 여성이 햇살이 비치는 주방에 서서 샐러드를 만드는 장면을 포착했으며, 프랑크 바이Franck Bail는 「호박 절단」에 늙은 호박을 자르는 여성의 모습을 담았다. 그 밖에도 부엌에서 감자 깎는 소녀의 모습을 묘사한 알베르트 앙커Albrecht Anker의 「감자를 깎는 어린 소녀」, 화덕에서 빵을 만드는 장면을 포착한 헬렌 알링엄Helen Allingham의 「빵 굽기」, 주방 테이블에 앉아 사과를 깎는 여인의 모습을 그린 조지 던롭 레슬리George Dunlop Leslie의 「사과 경단」 등 다양한 작품이 있다.

그런가 하면 요리하는 공간에 주목한 이들도 있다. 프레더릭 맥

프랑크 바이, 「호박 절단」, 1910년

커빈Frederick McCubbin은「올드 킹스트리트 베이커리의 주방」에서 시골의 부엌 전경을 소박하고 정감 있는 분위기로 나타냈고, 막심 모프라Maxime Maufra는「점심 식사 후의 식당」에서 노란빛으로 가득한 식당의 풍경을 따뜻한 시선으로 포착했으며, 월터 게이Walter Gay는「식당」에서 새하얀 실내장식으로 꾸며진 식당 내부를 문을 통해 바라보는 구조로 표현했다. 또 빌럼 칼프Willem Kalf는 낡은 부엌 풍경을 담아「부엌 코너」를 묘사했고, 해럴드 하비Harold Harvey는 현대적인 실내장식을 담아「주방 인테리어」를 완성했다. 부엌의 상징인 화덕을 주제로 한 작품도 있는데 이스트먼 존슨Eastman Johnson의「새로운 잉글랜드 주방」, 윌리엄 시드니 마운트William Sidney Mount의「스토니브룩에 있는 마운트 하우스의 주방」이 대표적이다.

이처럼 수많은 화가가 요리를 하고 요리하는 장면을 그리며 요리와 함께 살아왔다. 그들은 저마다 음식 취향을 가지고 기호에 따라 조리법을 개발했으며, 직접 요리사로 일하기도 했다. 그들에게 요리는 단순히 생존을 위한 행동이 아니라 몸과 마음, 나아가 정신을 지배하고 삶의 질을 결정하는 중요한 요소였다. 영양분을 섭취하고 배고픔을 해소하기 위한 행위일 뿐만 아니라 마음에 발랄한 기운을 불어넣고 일상을 풍성하게 만드는 매개였다. 재미있는 놀이이자 마르지 않는 호기심이었으며, 배움의 연속이자 도전의 영역이었다. 새삼스럽지만, 때로는 먹고 마시고 즐기는 일이 살아가

프레더릭 맥커빈, 「올드 킹스트리트 베이커리의 주방」, 1884년

월터 게이, 「식당」, 1895년경

는 데 큰 힘이 되기도 한다.

　요리가 꼭 복잡한 과정을 거친 화려한 결과물일 필요는 없다. 냉장고에 있는 재료로 손쉽게 만들 수 있는 음식부터 차근차근 따라 하다 보면 어느새 완성되는 만능 요리법까지 방식과 종류는 무궁무진하다. 호의로 채워진 다정한 맛 하나면 골치 아픈 문제들이 한번에 해결되고, 달콤하고 부드러운 디저트 한 조각이면 어마어마한 슬픔이 단숨에 날아간다. 정성이 깃든 한 그릇의 따뜻한 수프는 삽시간에 마음을 다사롭게 녹여주고, 한 잔의 시원한 음료는 메마른 가슴을 촉촉하게 적셔준다. 내가 먹을 음식들에 정성을 쏟고 이를 하나하나씩 음미하는 일은 방에서 행해지는 작은 일탈이며, 식탁을 풍요롭게 꾸미고 윤택하게 만드는 일은 삶의 풍미를 더하는 똑똑한 방법이다. 인생의 성찬을 느낄 수 있는 일상의 작은 기쁨, 요리가 주는 진리는 이토록 강력하기에 화가들의 그림에도 생생하게 묘사되었던 것은 아닐까.

# 우리 각자의
# 침실

        젊은 여성이 나체의 몸으로 침대에 누워 있다. 폭신한 침대에 배를 깔고 엎드려 독서 중이다. 그 모습이 한없이 자유롭고 편안해 보인다. 보기만 해도 포근하고 안락한 느낌이다. 산만하게 흩어진 베개와 이리저리 구겨진 침대 시트 그리고 머리맡 작은 탁자에 놓인 촛대가 어젯밤의 흔적을 보여준다. 도톰한 러그 위에 검은색 구두가 나뒹굴고 있는 것으로 보아 아침에 잠깐 외출했다가 돌아왔는지도 모르겠다. 테이블 위에 반쯤 먹다가 남은 빵 조각과 싱싱한 과일이 놓여 있고, 따뜻한 차가 쟁반 위에서 서서히 식어가고 있다. 또 한쪽에는 화사한 꽃병과 아직 펴보지 않은 신문이 자리하고 있다. 그녀는 꽤 오랫동안 혼자만의 여유를 즐기며 이 방에서 나가지 않을 것이다.

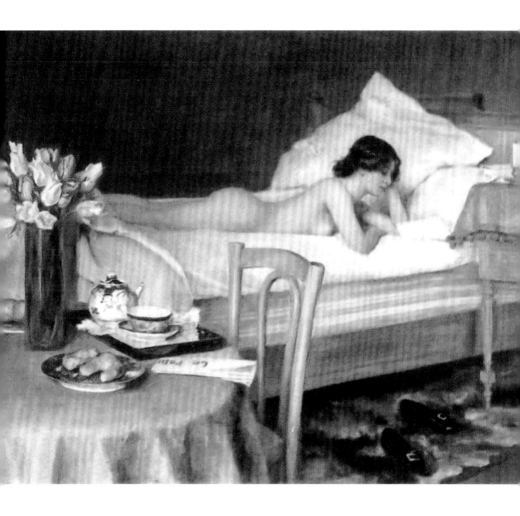

헤르만 페너베머, 「책벌레」, 1906년

장오귀스트도미니크 앵그르, 「그랑 오달리스크」, 1814년

이는 독일의 화가 헤르만 페너베머Hermann Fenner-Behmer의 「책벌레」로, 침실에서 유희를 즐기는 장면을 감미롭게 표현한 작품이다. 그는 침실이라는 공간을 화폭에 자주 담았다. 특히 이 그림은 실내장식을 통해 시대적 특성을 담아냈다는 점에서 중요한 의미를 지닌다. 간결함의 미학을 보여주는 매끈한 벽과 통일된 가구는 단순함이라는 현대적 가치를 추구하기 시작한 20세기 초 실내장식의 경향을 드러내며, 부드러운 곡선으로 이루어진 테이블 다리와 의자 등받이는 당시 유행했던 아르누보 양식(식물적 모티브에 의한 곡선의 장식 가치를 강조한 독창적인 작품이 많으며, 20세기 건축이나 디자인에 많은 영향을 미쳤다)을 보여준다. 또 동양적인 무늬의 찻잔과 찻주전자는 오랜 시간 서양미술을 관통했던 오리엔탈리즘의 산물이다.

이 그림은 종종 오달리스크를 소재로 한 작품으로 분류된다. '오달리스크odalisque'란 '방'을 의미하는 터키어 '오다'에서 유래된 말로, 왕을 위한 궁녀들을 일컫는다. 오달리스크는 동양에 대한 환상이 커진 18세기 말부터 서양회화에 본격적으로 등장해 많은 화가들이 즐겨 다뤘다. 대표적으로는 이를 주제로 여러 점의 작품을 남긴 장오귀스트도미니크 앵그르Jean-Auguste-Dominique Ingres의 「그랑 오달리스크」가 있으며, 그 외에도 외젠 들라크루아Eugène Delacroix, 쥘 조제프 르페브르Jules Joseph Lefebvre, 프랑수아 부셰François Boucher, 프란체스코 하예즈Francesco Hayez, 장바티스트카미유 코로Jean-Baptiste-Camille Corot, 프랑수아 수숑François Souchon, 귀스타브 모로, 리처드 보닝턴Richard Parkes Bonington, 자크 샤를리에Jacques Charlier, 마티스, 르누아르 등의 화가가 그림 소재로 택하면서 근대 나체화의 주요 테마가 되었다. 페너베머 역시 이를 여러 차례 다루었는데, 침대에 누워 있는 여성을 신비롭고 관능적으로 묘사한 다른 작품들과 달리 「책벌레」에서는 인물의 형체보다 행위에 더 주목했으며 공간의 분위기에 초점을 맞추어 표현했다. 비교적 격식없고 자유로운 감성으로 침실 풍경을 묘사했다는 점에서 현대적으로 재해석한 오리엔탈리즘이라고 할 수 있다.

그렇다면 궁금해진다. 침실에는 어떤 역사가 숨어 있을까? 침실이 다양한 역할을 하기 시작한 건 비교적 최근의 일이다. 중세부터 르네상스 시대까지 침실은 공적 영역이었다. 당시에는 난방시설이 열악했기 때문에 사람들은 추위를 피해 한 침대에서 두툼한 이불을 덮고 함께 잠을 잤다. 15세기에는 안락한 침실을 만드는 것이 부와 권력의 상징이 되며 고급스러운 침구와 소품으로 침실을 장식하기도 했다. 또 계급에 따라 침대의 높이가 달랐는데, 나중에는 높이가 점점 높아져서 침대에 오르기 위한 발판이 필요할 정도였다. 이는 높이가 높아야 바닥의 습기와 오염으로부터 몸을 보호할 수 있다는 실용적 이유도 컸다.

18세기 초가 되어서야 비로소 침실은 개인적인 공간이 되었다. 객실이나 응접실이 생겼기 때문이다. 이로 인해 집주인은 방문객

패트릭 윌리엄 애덤, 「노란 침대」, 연도 미상

에게 침실을 개방할 필요가 없어졌고, 구경할 사람이 없기에 방을 장식하는 사치품도 줄어들었다. 또한, 패트릭 윌리엄 애덤Patrick William Adam의 「노란 침대」처럼 캐노피를 단 침대가 유행하고 알코브(방 한쪽에 설치한 오목한 장소로 반독립적 소공간)가 있는 침실이 생기면서 독립된 공간에 대한 욕망이 나타났다.

18세기 아파트의 등장은 침실을 사적 영역으로 공고하게 만들었다. 에릭 라빌리어스Eric Ravilious의 작품 「침대 머리」에서 볼 수 있듯이, 방의 수가 많아지면서 각방을 쓰는 것이 서로에 대한 독립성을 상징했고 모든 사람이 각각 한 침대를 써야 한다는 생각이 보편화하였다. 부부를 위한 침실에는 침대뿐만 아니라 장롱, 화장대 등이 들어오면서 오늘날과 비슷한 형태를 띠게 되었고, 과거처럼 열린 공간이 아니라 성행위가 이루어지는 내밀한 장소이자 출산의 성소로서 신성불가침한 영역이 되었다. 동시에 편안함을 중시하는 개념이 나타나면서 부부라고 하더라도 별도의 침실을 사용하거나 분리된 침대를 사용하는 관행이 퍼져나갔다.

시간의 흐름에 따라 침실의 개념과 형태가 변화했듯이, 화가에게 침실이 주는 의미도 제각각이었다. 침실에 애정을 쏟은 여러 화가들 중 윌리엄 모리스William Morris는 침실을 꾸미는 데에 열정이 대단했다. 그는 침실 벽면에 직접 꽃무늬를 그리고 시 구절을 정성스럽게 수놓아 침대 덮개를 만들었으며, 침대보와 카펫, 커튼, 이

에릭 라빌리어스, 「침대 머리」, 1939년

에드워드 하우, 「겨울궁전의 실내장식 : 알렉산드라 표도로브나 황후의 침실」, 1870년

불 같은 패브릭은 물론 조명과 가구까지 섬세하게 공들였다. 또한 모네는 그림을 활용해 침실을 장식했다. 프랑스 지베르니에 있는 그의 저택에는 몇 개의 침실이 있었는데, 주로 인상파 화가들의 유화 작품이 걸려 있던 아내 알리스의 침실과 달리 그의 침실에는 일본의 풍속화 우키요에うきよえ가 대부분이었다.

에드워드 하우에게 침실은 역사적 기록물이었다. 그는 다수의 실내화를 남겼는데, 특히 상트페테르부르크의 겨울궁전은 그림의 단골 소재였다. 지금은 예르미타시미술관으로 잘 알려져 있지만 원래는 러시아의 마지막 여섯 황제가 살았던 장소로, 러시아 바로크식 건축과 1,000개가 넘는 방으로 이루어진 유럽에서 가장 큰 궁전 가운데 하나다. 그가 그린 실내화를 보면 그림이라는 것이 믿기지 않을 정도로 세밀하고 정교한 표현에 놀라게 되는데, 실례로 제2차 세계대전 당시 심하게 파괴되었던 가치나궁전이 복원될 때 하우의 그림이 내부 가이드로 사용되기도 했다. 또 「겨울궁전의 실내장식 : 세 번째 밀실인 침실」과 「겨울궁전의 실내장식 : 알렉산드라 표도로브나 황후의 침실」을 보면 황실의 침실 규모와 구조, 인테리어까지 알 수 있어 중요한 역사적 가치를 지닌다.

침실에서 임종을 맞이한 화가들도 있다. 어린 시절 겪은 교통사고로 인해 몸이 불편해 침대에 누워서 그림을 그렸던 프리다 칼로가 집 안에서 가장 오랜 시간을 머물렀던 공간은 침실이었다. 그녀는 죽음 역시 침대에서 맞았다. 멕시코시티 코요아칸에 있는 프리다 칼로의 생가 '푸른 집'에 가면 여전히 칼로의 흔적을 볼 수 있는데, 침실은 그녀가 생전 좋아했던 해골 모양의 소품, 그림 액자, 인형, 책, 거울, 보석 등으로 화려하게 장식되어 있지만 하얀 이불이 덮인 침대는 그녀의 빈자리를 실감하게 한다. 또 어머니의 사망, 학창 시절의 방황, 권총 자살 실패 등 평생 불행한 삶을 살았던 알프레트 쿠빈Alfred Kubin은 오스트리아 린츠에 있는 자택에서 말년까지 많은 시간을 보냈다. 자신이 만든 세계에서 평온함을 누리던 그는 1959년 어느 여름, 침대와 테이블 그리고 그림 몇 점이 걸려 있는 본인의 침실에서 영면에 들었다.

어떤 화가에게는 안식처가, 어떤 화가에게는 일터가, 또 어떤 화가에게는 죽음의 공간이었던 침실. 그곳에서 화가들이 저마다의 시간을 보낸 것처럼 우리는 침실에서 각자의 시간을 쌓는다.

우리는 얼마나 많은 것을 이 방에서 체험하는가. 밤의 무의식에 빠지기 전 자기 반성의 시간을 갖고, 새로운 내일을 위해 수면을 취한다. 홀로 기대어 앉아 조용히 침묵하고, 때론 웅크리고 누워 숨죽여 운다. 라디오를 들으며 그리운 사람을 떠올리고, 책을 읽으며 마음의 양식을 쌓는다. 충분한 휴식으로 재충전의 시간을 갖고, 차 한잔으로 일상의 여유를 즐긴다. 영화를 보며 낯선 세계를 여행하고, 시원한 맥주 한 캔과 함께 하루를 마무리한다.

인생에서 가장 많은 시간을 보내는 곳이자 매일을 시작하고 마감하는 곳. 침실은 우리에게 기꺼이 자리를 내준다. 자는 것, 쉬는 것, 우는 것, 노는 것, 숨는 것, 떠나는 것 그리고 죽는 것. 침실에서 이 모든 경험은 가능하다.

# 일상으로의
# 초대

        지인들을 집으로 초대했다. 집 안을 청소하고 테이블보를 깔고 식기들을 가지런히 올려놓으니 모든 세팅 완료! 별로 준비할 게 없었다. 오늘 모임은 한 사람당 한두 가지씩 요리를 해오는 포트럭 파티이기 때문이다. 다른 사람들과 함께 먹고 싶은 음식을 가져와서 나눠 먹을 수 있으니 서로에게 부담도 없고 골라 먹는 재미도 쏠쏠한 효율적인 방식이다. 총 일곱 명이 모였는데, 해물 떡볶이, 와인 홍합찜, 훈제연어 카나페, 시저 샐러드, 토마토 카프레세, 과카몰리, 치킨 퀘사디야, 새우 버터구이까지 종류도 모양도 다양했다. 저마다 정성스럽게 준비한 음식들을 쭉 펼치니 풍성하다 못해 테이블이 넘칠 정도다. 곧이어 가벼운 샴페인 한잔과 함께 저녁 식사가 시작되었다.

오랜만에 만난 자리라서 그런지 밀린 수다가 끊이지 않았다. 이번에 재개봉한 영화를 봤는지, 요즘 어떤 책을 읽고 있는지, 휴가는 어디로 다녀왔는지, 부모님 용돈은 얼마를 드려야 적당한지와 같은 시시콜콜한 내용부터 제일 갖고 싶은 초능력이 무엇인지, 외계인의 존재를 믿는지와 같은 조금은 허무맹랑한 주제까지 이야기하며 한참을 웃고 떠들었다. 맛있는 음식을 먹으며 때론 유쾌하게, 때론 다정하게, 또 때론 진지하게 대화하다 보니 분위기가 한층 무르익었다.

그때였다. 자분자분하게 이야기하던 일행 중 한 명이 별안간 눈물을 터뜨리는 게 아닌가. 다들 당황했지만 제일 당혹스러운 건 본인일 터. 요즘 힘든 일이 많은 것 같았다. 잠깐의 침묵 끝에, 누구에게라도 털어놓고 싶었다는 그녀의 말이 아프게 다가왔다. 살다 보면 세상이 너무너무 추워서 누구라도 끌어안고 싶을 때가 있는 법이니까. 눈물 스민 웃음을 애써 지어 보이는 그녀에게 모두들 따뜻한 눈빛과 진심 어린 응원을 건넸다. 그녀 역시 곧 엷은 미소로 화답하며 고마운 마음을 표했다. 늘 그렇듯 사람에게 힘이 되는 건 요란스럽고 화려한 말이 아니라 작지만 진실된 표정 하나 그리고 사려 깊고 다정한 눈빛이 아닌가 싶다. 마음이 전해지는 순간이었다.

매일 마주치는 각자의 삶을 살다 보니 누군가를 챙길 겨를이 없고 저마다 바쁜 까닭에 한자리에 모이기도 힘들지만, 그런데도 우리는 서로를 기억하고 견인하며 살아간다. 내 앞에 놓인 인생을 살아내기도 버거울 만큼 하루하루 힘들고 지치는 일투성이지만, 그럴 때일수록 상대를 살피고 마음을 기울이며 서로에 대한 관심과 애정을 거두지 않는다. 문득 이런 사람들이 내 곁에 있어서 참 다행이라는 생각이 들었다. 그날 우리는 마지막 잔을 부딪치며 기쁘면서도 슬픈, 힘들면서도 즐거운 삶을 예찬했다. 그리고 우리 모두 오랫동안 함께이기를 바랐다. 그날은 내 머릿속에 잔상처럼 남아 오래도록 기억될 것 같다. 흡사 이 그림 속 장면처럼.

싱그러운 햇살이 비치는 정원에서 파티를 하고 있다. 야외에서 벌어진 흥겨운 잔치다. 테이블 위에 각종 와인과 샴페인, 간단한 음식들이 차려져 있고 모두 의자에 빙 둘러앉아 유쾌하게 대화를 나누고 있다. 맛있는 요리를 먹으며 왁자지껄 떠드는 모습이 신나고 즐거워 보인다. 무슨 좋은 일이 있는 걸까? 누군가 크게 구호를 외치자 다들 차례로 기립해 술잔을 높이 들고 축배를 올린다. 일제히 환호성을 지르고 손뼉을 치며 기뻐하고 있다. 발그스름히 상기된 표정에서 달뜬 마음이 전해지고, 환하게 웃는 얼굴에서 행복한 감정이 드러난다. 보는 것만으로 설레는 기분이다. 현장의 분위기에 나도 모르게 흠뻑 빠져들게 된다.

이 그림은 덴마크의 자연주의 화가 페데르 세베린 크뢰위에르

페데르 세베린 크뢰위에르, 「힙, 힙, 호레이!」, 1888년

Peder Severin Krøyer의 「힙, 힙, 호레이!」로, 스카겐 예술집단의 연회 장면을 그린 작품이다. 스카겐 예술집단은 1870년대 말에 공동체를 형성한 예술가 그룹이다. 그들은 덴마크 유트란드섬 북쪽에 있는 스카겐에 모여 함께 생활하고, 서로의 작품에 영향을 미치며 독특한 예술세계를 구축했다. 크뢰위에르는 이 모임의 실질적인 리더였는데, 그들 중에 가장 유명했기 때문이기도 하지만 적극적이고 활발한 성격이 핵심적인 이유였을 테다. 스카겐에 대한 애정이 누구보다 컸던 그는 많은 모임을 주관하고 이끌며 활약했다.

「힙, 힙, 호레이!」 속의 파티는 덴마크 화가 미카엘 안케르Michael Ancher의 주선으로 이뤄졌는데, 그는 화면의 왼쪽에서부터 여섯 번째에 있는 남성이다. 파티가 끝난 후 크뢰위에르는 곧장 집으로 돌아가 즐거웠던 장면을 그리기 시작했다. 그리고 며칠 뒤, 그는 좀 더 자세히 스케치하기 위해 이젤과 물감을 챙겨 다시 안케르의 집을 찾는다. 그러나 그건 너무 갑작스러운 방문이었고, 마침 혼잡한 도시 생활을 피해 조용히 휴식을 취하고 있던 안케르는 그의 예의 없는 행동에 분노했다. 결국 그들은 심하게 다투었고, 곧 화해하긴 했지만 크뢰위에르는 그 후 안케르의 집에 마음대로 드나들 수 없었다. 하지만 그림의 진행을 멈출 수 없었기에 정원 풍경을 찍은 사진을 토대로 작업하며 오랫동안 고군분투했고 그런 연유로 이 그림을 완성하기까지 총 4년이 걸렸다.

페데르 세베린 크뢰위에르, 「아침 식사 : 예술가와 그의 아내 그리고 작가 오토 벤슨」, 1893년

페데르 세베린 크뢰위에르, 「브뢴덤호텔에서 예술가들의 점심」, 1883년

크뢰위에르는 이 그림 외에도 '스카겐 예술가 공동체'를 주제로 많은 작품을 남겼다. 대표적으로는 여유롭게 아침 식사를 즐기는 장면을 담은 「아침 식사 : 예술가와 그의 아내 그리고 작가 오토 벤슨」, 예술가들이 한데 모여 식사하는 모습을 묘사한 「브뢴덤호텔에서 예술가들의 점심」그리고 그의 오랜 후원자이자 미술 애호가였던 하인리히 히르슈스프룽이 가족들과 함께 테라스에서 시간을 보내는 장면을 그린 「히르슈스프룽 가족」 등이 있다. 그러나 그가 스카겐에만 머물렀던 것은 아니다. 그는 평생 여행을 하며 많은 화가와 교류했고, 파리에 있는 동안 프랑스 예술학교인 에콜 데 보자르의 교수이자 화가인 레옹 보나Léon Bonnat 밑에서 공부했으며, 인상주의 화가들과 친분을 쌓기도 했다. 타고난 성향이 활달하고 외향적이었던 그는 기본적으로 사람들을 좋아했고, 긍정적이고 리더십 있는 성격 덕에 주변에는 늘 많은 동료가 있었다.

크뢰위에르의 삶은 타자를 초대하는 방식을 이야기한다. 살피고 허락하고 이해하고 맞이하고 전달하는 열린 태도 같은 것들 말이다. 실상 초대라는 것도 그렇지 않은가. 집 밖에서 유지되던 관계를 집 안으로 들여오는 데는 언제나 용기가 필요하다. 초대란 울타리를 개방해 누군가 들어올 공간을 마련하는 일, 두 팔 벌려 어떤 존재를 절대적으로 환영하는 일이다. 나를 둘러싼 담장을 허물어 상대를 기꺼이 받아들이는 태도이며, 타인을 너그럽게 포용해

페데르 세베린 크뢰위에르, 「히르슈스프롱 가족」, 1881년

아낌없는 친절과 선의를 베푸는 행위다. 갑작스럽게 안케르를 방문해 그를 당황하게도 했지만, 크뢰위에르는 귀중한 사람들과의 만남을 통해 삶의 의미를 찾아가는 사람이 아니었을까. 그리고 그것이 인생에서 진정으로 중요한 가치가 아닐까.

날이 갈수록 체감하는 것은 급한 일보다 중요한 일을 먼저 해야 한다는 사실이다. 중요한 일이 가장 급한 일이기 때문이다. 우리가 살면서 미루지 말아야 할 것은 성공하고 출세하는 일이 아니다. 그보다는 좋은 친구와 맛있는 음식을 먹고, 그리운 사람에게 전화하고, 사랑하는 이에게 사랑한다고 말하는 일, 곁에 있는 소중한 사람들과 시간을 보내는 일이다. 설령 언젠가 그 사람이 사라진다 해도, 훗날 그들을 떠나보낸다 해도, 그때 서로가 나눈 생각과 그 순간의 말들과 그날의 공기는 영원히 내 곁에서 머문다. 그 시간을 어떤 식으로든 떠올릴 수 있다면, 만지지 않아도 느껴진다면, 그건 존재하는 것과 다름없다. 마침내 우리에게 남는 것은 누군가와 함께했던 기억, 그것뿐이다.

# 일시적으로 슬픔을
# 잊는 법

　　새벽 한 시, 청소를 시작했다. 굳이 지금 이 시각에 청소를 하는 이유는 기분 전환을 위함이다. 알 수 없는 무거움을 덜어내고 울적함을 털어내기 위해. 먼저 집 안의 창문을 활짝 열어 환기를 시킨 뒤, 티끌 하나 남기지 않겠다는 자세로 곳곳을 헤집고 다니며 먼지떨이를 흔들어댔다. 다음 단계는 쓰레질. 너무 늦은 시간이라 청소기를 켤 수 없기에 빗자루로 바닥을 쓸었다. 걸레로 먼지를 닦고, 설거지하고, 손빨래하고, 쓰레기통을 비우고, 화장실 청소까지 완료! 그렇게 몇 시간에 걸쳐 털고 쓸고 닦고 씻고 정리하고 비우다 보니 어느새 반들반들할 정도로 깨끗해진 실내가 눈에 들어왔다. 그제야 숨통이 트이는 기분이다.

　　나는 청소의 효용을 믿는다. 방법은 쉽고 행위는 단순한 반면

효과가 뛰어나다. 기본적으로 청소는 공간을 청결하게 만드는 행위지만 일시적으로 슬픔을 잊게 하는 방법이기도 하다. 청소와 기분 사이에 정확히 어떤 상관관계가 있는지 모르겠으나 신기하게도 이는 백발백중이다. 청소는 몸과 마음 그리고 정신까지 활력 있는 상태로 되돌릴 수 있는 확실한 수단이다. 필요하지 않은 것들은 과감하게 버리고 어지럽게 흩어진 것은 바로잡아 정돈하며 마음을 가다듬을 수 있는 안전한 방식이다. 청소라는 행위 하나로 복잡하고 혼잡스러운 마음이 상쾌함과 안정감, 나아가 충만함으로까지 바뀐다는 것은 놀라운 일이 아닐 수 없다. '청소를 통한 기분전환' 하면 떠오르는 이미지가 있다. 해럴드 나이트Harold Knight의 「호랑이가 갔을 때」이다.

　한 소녀가 춤을 추고 있다. 직접 보이지는 않지만 식당 안에 빨간빛이 가득한 것으로 봐서 의자 옆에 난로가 자리하고 있다는 것을 알 수 있다. 따뜻한 온기에 기분이 좋아진 것일까. 아니면 추위 때문에 일부러 몸을 움직이는 것일까. 치맛자락을 붙든 소녀가 현란한 발동작으로 빠르게 스텝을 밟는다. 탭댄스처럼 딸깍딸깍 소리를 내며 자신만의 리듬에 몸을 싣는다. 식탁을 정리하고, 바닥을 쓸고, 걸레질도 해야 하는 등 할 일이 태산이지만 지금 이 순간만큼은 누구에게도 방해받고 싶지 않다. 아무도 없으니 눈치 볼 필요도 없다. 이미 앞치마는 의자 위에 던져두었다. 힘들고 고된 생활

속에서도 잠깐의 여유를 가지려는 의지가 참 예뻐 보인다. 아마 그녀는 혼자만의 시간을 즐기다가 곧 다시 손에 빗자루를 들 것이다.

　일상의 순간을 담담하면서도 유려한 필체로 그려낸 이 그림은 영국의 화가 해럴드 나이트가 영국 노팅엄 예술학교에 다니던 당시인 1893년, 그러니까 그의 나이 열아홉 살 때 그린 작품이다. 3년 뒤 영국 로열아카데미에 전시되며 처음 세상에 공개된 후 지금까지 많은 이들에게 사랑받고 있는 이 그림은 그의 또 다른 작품 「아침 해」, 「독자」, 「글 쓰는 소녀」 등과 함께 해럴드 나이트의 대표작 중 하나로 손꼽힌다. 조용하고 내성적인 성격의 소유자였던 그는 대부분의 시간을 집에서 보냈고, 방의 내부와 집 안에서 일어나는 일상의 모습을 화폭에 담았다. 이 그림은 어린 하녀가 주인이 없는 틈을 타서 홀로 자유 시간을 만끽하는 장면을 묘사한 것으로, 청소를 단순한 육체노동이 아닌 기분 전환이나 마음의 환기 같은 목적으로 보는 시선이 흥미롭다.

　더불어 눈에 띄는 것은 색을 활용하는 방식이다. 비슷한 계열의 색으로 화면 전체를 물들였다. 강한 명암 대비가 심원한 깊이를 부여한 가운데 밝고 선명한 색채가 공간의 분위기를 압도한다. 나이트는 다채로운 색을 사용하는 대신 미색, 주황색, 빨간색, 갈색, 고동색 등 난색 계통을 조화롭게 배치해서 강렬하고 묵직한 느낌을 연출했다. 그리고 또 한 가지, 은유적인 작명 감각도 이 그림에서

해럴드 나이트, 「호랑이가 갔을 때」, 1893년

빼놓을 수 없다. 「호랑이가 갔을 때」라는 제목은 '호랑이 없는 굴
에는 토끼가 왕이다(책임자가 없으면 평소에는 할 수 없었던 일들도 마음대로
할 수 있다)'라는 17세기 영국 속담에서 원용한 말로, 그림 속 하녀의
상황을 잘 설명해준다. 화가는 작품의 주제와 내용 그리고 의미에
이르기까지 이미 많은 정보를 제목에 함축해놓았다.

이 그림 외에도 서양회화를 살펴보면 '청소하는 하녀'를 주제로
한 작품이 많은데, 이는 그만큼이나 과거에 하녀가 많았다는 사실
을 알려준다. 특히 17세기부터 20세기 초까지 근대 유럽에서 활동
했던 화가들은 하녀들의 생활상을 화폭에 담으며 그들이 겪는 고
달픈 삶의 애환을 진솔하게 기록했다. 계급 구분이 뚜렷했던 그 시
대에 육체노동을 하는 하녀는 명백한 하층 계급의 상징이었기에
집안일을 하면서도 자신의 모습을, 더 정확히는 청소하는 모습을
드러내서는 안 됐다. 따라서 그들은 지붕 밑 다락방 같은 눈에 띄
지 않는 곳에 살면서 주인이 일어나기 전까지 모든 일을 끝마쳐야
했다. 당시 하녀가 하는 일은 다양했는데 주된 노동은 청소였다.

17세기 네덜란드의 화가 피터르 더 호흐는 청소하는 하녀의 모
습을 캔버스에 자주 담았다. 그가 활동할 당시 네덜란드는 황금시
대를 구가하고 있었기에 부유한 중상류층은 살림이 많았고 모든
일을 주부 혼자서 감당하는 것은 불가능했다. 따라서 하녀들은 주

장바티스트시메옹 샤르댕, 「그릇을 부시는 여인」, 1736년경

카미유 피사로, 「어린 시골 하녀」, 1882년

인의 주문에 따라 집안일을 도왔는데, 당시의 모습은 호흐의 그림 「뜰에 있는 여인과 하녀」, 「네덜란드 집의 방」 등에서 살펴볼 수 있다.

18세기 프랑스의 화가 장바티스트시메옹 샤르댕Jean-Baptiste-Siméon Chardin의 그림에서도 하녀의 모습은 어렵지 않게 발견된다. 약간 넋 빠진 표정으로 식기를 닦는 하녀의 모습을 묘사한 「그릇을 부시는 여인」과 허리를 잔뜩 구부린 채 물통에 물을 담는 하녀를 그린 「물통」이 대표적이며, 그 밖에도 「세심한 하녀」, 「빨래하는 여인」, 「가정부」 등의 작품이 있다.

다음 세기에도 하녀는 화가들의 그림에 계속 등장한다. 19세기에 들어 집 안의 청소 상태가 부와 도덕성을 상징하게 되면서 사람들은 청결에 집착하기 시작했고, 계단을 쓸고 창문을 닦아 집 안을 윤기 나게 하는 것은 필수적인 일이 되었다. 이는 카미유 피사로의 「어린 시골 하녀」나 포드 매덕스 브라운Ford Madox Brown의 「어린 하인」, 베르트 모리조의 「어린 하인」 등을 통해서도 드러나며, 특히 폴 마테Paul Mathey의 「아이와 여인이 있는 실내」에서는 19세기 후반의 하녀 모습을 살펴볼 수 있다. 이 그림 앞쪽에는 훌라후프를 든 마테의 아들이 서 있고, 그의 아내 페르난드 샤르통이 아파트 안에서 다림질을 하고 있으며, 저 멀리로는 앞치마를 두른 하녀가 청소하고 있는 모습이 보인다. 화가는 공간의 분리를 통해 그들 각각이 지닌 집안에서의 역할과 위치를 나타냈다.

폴 마테, 「아이와 여인이 있는 실내」, 1890년경

일련의 그림에서 전해지듯이 시대에 따라 청소의 의미와 모습은 변모했다. 그리고 21세기를 사는 지금, 청소는 더 이상 계급이나 신분을 나타내는 행위가 아니다. 청소에 대한 정의는 사람마다 다르겠지만, 나는 청소란 결국 환경을 변화시키는 일이라고 생각한다. 청소라는 것은 방의 청결부터 수납, 정리까지 모든 것을 총괄한다. 공간을 깨끗하게 하는 것뿐만 아니라 머릿속에 그린 이상적인 생활환경에 맞게 공간을 창조해가는, 대단히 구체적이고 전략적인 행위다. 물건을 세분화하여 정리하고, 각각의 용도에 맞게 분류하고, 일정한 법칙에 따라 수납하는 청소의 과정에서 우리는 무엇을 버리고 버리지 말아야 할지, 어떤 것이 필요하고 불필요한지 파악하며 스스로 원하는 생활상을 만들어간다.

의외로 외부적인 변화가 삶에 얼마나 큰 영향을 미치는지 모르는 이들이 많다. 공부하거나 기도하거나 책을 읽으며 가르침을 찾는 것 못지않게 청소하거나 방을 꾸미거나 조명을 바꾸는 데서 큰 깨달음을 얻을 수 있다. 때론 마음가짐을 바로잡는 것보다 형식을 갖추는 게 중요하다. 물건이 줄어들면 마음의 여유가 늘어나고, 공간이 청결해지면 정신도 깨끗해진다. 방의 분위기가 환해지면 생각도 밝아지고, 좋은 여건이 갖추어지면 좋은 감정들이 쌓이게 된다. 이렇게 하나하나씩 주변을 정비하다 보면 내 공간에 대한 애정도 커지고, 말끔해진 공간만큼이나 마음의 역량도 늘어난다. 청소란 삶을 긍정적으로 변화시키는 실질적인 지름길이다. 만약 마음의 전환이 필요하다면, 자신의 삶을 변화시키고 싶다면, 우선 청소를 해보라고 권하고 싶다. 청소란 치우고 비우고 정리함으로써 환경을 바꾸는 일이고, 환경을 바꾼다는 건 다른 세계에 들어가는 것, 즉 새로운 시간을 살아보는 것이다. 아마 첫발을 내딛는 그 순간, 눈앞에 놀라운 세계가 펼쳐질 것이다.

# 겨울이 주는
# 소소한 기쁨

　　세밑의 어느 날, 창밖을 바라보는데 소담
스럽게 함박눈이 내리고 있었다. 앙상한 나뭇가지에 새하얀 눈꽃
이 피고, 바람이 불 때마다 가랑눈이 흩날리며 장관을 이뤘다. 폭
신한 양탄자를 깔아놓은 듯 거리 전체에 눈이 소복이 쌓여 있었고,
하늘과 땅의 경계가 사라져 온 세상이 하얗게 물들었다. 세상의 추
한 모습은 하나도 남기지 않고 모든 것을 하얗게 덮어버린 눈. 이
런 세상 속에서는 시간도 공간도 가늠하기 어렵다. 소리마저 눈 속
에 묻힌 듯 고요했다. 누구의 흔적도 찾을 수 없는 온통 하얀 세상
이었다. 아마 두 세기 전 그녀도 이런 겨울을 보내지 않았을까. 이
탈리아의 화가 주세페 데니티스가 겨울철 안온한 실내 풍경을 묘
사한 그림 「겨울날, 데니티스 부인의 초상」 속 그녀 말이다.

주세페 데니티스, 「겨울날, 데니티스 부인의 초상」, 1882년

응접실에 한 여성이 앉아 있다. 창문을 통해 보이는 바깥세상은 온통 순백의 눈밭이다. 바람이 세차게 불고, 눈발이 휘날리는 풍경이 꽤 추워 보인다. 그런데 그녀는 살이 비칠 정도로 얇은 옷차림으로 소파에 기대 쉬고 있다. 차 한잔의 여유를 즐기며 사부작사부작 손뜨개질하는 모습이다. 살짝 미소를 머금은 표정에서 여유로움이 배어 나오고, 발그스레한 볼에서 다사한 열기가 느껴진다. 외부와 내부의 온도 차가 심해서인지 유리창 모퉁이에 뽀얗게 성에가 끼어 있다. 이런 요소들로 인해 실내와 실외가 대비되면서 따뜻한 온기가 극대화되었고, 고전적이면서도 우아한 가구들이 집 안의 분위기를 한층 포근하게 만들어준다. 그녀는 이곳에서 정기적인 사교모임을 하거나 이따금 미술전람회를 열 것이다. 혹은 지금처럼 조용히 혼자만의 시간을 보낼 것이다.

이 그림은 주세페 데니티스의 아내 레옹틴이 응접실에서 여유로운 시간을 보내는 장면을 담은 것으로, 그녀는 그가 가장 좋아하고 자주 그렸던 모델이다. 실내와 실외를 동시에 보여주는 독특한 화면, 위에서 아래를 내려다보는 하이앵글, 사진을 찍듯 화면의 정 가운데를 응시하는 인물의 시선 등 각도와 관점 면에서도 혁신적인 작품이지만, 특히 눈에 띄는 것은 그림의 재료다. 그는 파스텔을 택했다. 파스텔은 착색이 안정적이지 못하고, 가벼운 접촉이나 변화에 의해서도 쉽게 손상되기 때문에 다루기 힘든 용재다. 하지만 그는 과감하게 파스텔을 선택해 문지르고 덧입히고 가볍게 터치하며 파스텔화에서만 가능한 효과를 최대한 끌어냈다. 빠른 속도감으로 바깥의 경치와 인물의 모습은 물론 방 안의 풍경까지도 생생하게 기록했다.

아울러 눈여겨보아야 할 점은 '난방'이다. 옛날에는 난방시설이 제대로 갖추어지지 않았기 때문에 방에 들어가면서 두툼한 실내용 외투를 겹쳐 입어야 할 정도로 실내가 추웠다. 시간이 지나면서 다양한 난방기구들이 만들어지긴 했으나 품질이 열악하고 구하기도 쉽지 않았다. 그나마 대중적으로 보급되었던 벽난로도 열의 순환이 잘 안 돼서 그 주변에 서면 앞은 너무 뜨겁고 뒤는 너무 차가웠다. 나무 가격도 비싸서 땔감을 구하기도 어려웠기에 서민들은 건초, 볏짚, 마른 소똥 같은 것들로 겨울을 버텨야 했다. 18세기에 비로소 난로가 보급되기 시작하면서 열효율이 높아졌고, 뒤이어 목탄, 석탄, 가스, 석유, 전기가 등장하면서 따뜻한 겨울을 보낼 수 있게 되었다.

이 그림이 그려진 시기는 19세기 후반이므로 난방시설이 어느 정도 발달한 상황이었다. 그러나 실질적으로 따뜻한 실내를 누릴 수 있는 것은 대도시의 부르주아 가정에만 해당하는 일이었다. 난방이 보편화되기 위해서는 시간과 돈이 필요했고, 기술적으로 부족한 면이 많았기 때문이다. 가난한 사람들은 여전히 춥게 지내는 반면에 부유층이 사는 아파트는 실내와 실외의 온도 차가 점점 벌어졌다. 그들에게 히터와 난로는 생활필수품이었고 중앙난방장치가 설치되면서 온풍과 온수를 마음껏 사용할 수 있었다. 더 이상 극한의 추위를 이겨내기 위해 시커먼 연기로 뒤덮인 실내에서 생활하거나 두꺼운 실내용 외투를 입을 필요가 없게 된 것이다. 더구나 데니티스는 경제적으로 부유하고 풍요로웠기 때문에 추운 겨울에도 난방비 걱정 없이 따뜻하게 생활할 수 있었고, 이 그림에서도 그런 모습을 볼 수 있다.

당시 데니티스의 아파트는 파리 16구의 포슈가에 있었다. 그곳은 에투알개선문과 인접한 고급 거리로 파리에서도 최상류층이 사는 동네였다. 그의 집은 '예술가들의 아지트'로 불리며 수많은 화가가 선호하는 모임 장소가 되었고, 그 모임에는 인상파 화가들은 물론 당대의 지식인과 작가들이 총동원됐다. 특히 절친한 동료 화가인 드가와 마네는 그곳에 자주 드나들었고, 공쿠르, 졸라, 뒤랑티 등 다수의 비평가와 소설가도 포함되었다. 그는 "만약 이탈리아에 있었다면 오늘날 내가 가지고 있는 것을 거의 가지지 못했을 것이다"라고 말할 정도로 파리 생활에 만족했고, 자신의 집에서 그들과 함께 예술을 논하고 담소를 나누며 좋은 시간을 보내는 것에 즐거움을 느꼈다.

집에 대한 사랑이 각별했던 그는 서재, 거실, 침실, 발코니, 정원 등 집 안의 풍경을 화폭에 자주 담았다. 창가에서 싱그러운 봄바람을 만끽하는 아내를 그린 「내닫이창」은 아르누보양식의 백미를 보여주고, 서재에서 뒷짐을 지고 서 있는 본인의 모습을 그린 「자화상」은 뒤로 보이는 밝은 응접실과 화가가 대비를 이루며 묵직한 멋을 더한다. 그 밖에도 정원에서 여유롭게 식사하는 아내와 아들을 그린 「정원에서의 아침 식사」, 알코브가 있는 침실을 묘사한 「알코브의 모퉁이」, 커피 한잔의 여유를 즐기는 아내를 담은 「베란다의 카페, 밀라노」 등 다양한 작품이 있다. 그림 속에 등장하는 집 안의 가구와 실내장식만 봐도 고급스러움이 물씬 풍기며, 정성스럽게 꾸민 장식에서 방에 대한 애정이 느껴진다.

데니티스는 사계절 중에 겨울을 제일 좋아했던 것 같다. 실내 생활을 좋아했던 화가이지만 그의 작품에는 유독 겨울 풍경이 자주 등장한다. 살롱에서 큰 성공을 거두며 인생의 중요한 분기점이 된 「완전 추위!」를 비롯해 「겨울 풍경」, 「눈의 효과」, 「어느 겨울의 풍경」, 「스케이트 타기 수업」, 「스케이트 타는 사람」 등 다수의 작품이 순백의 겨울을 무대로 하고 있다. 새하얀 눈이 쌓인 공원에서 강아지와 즐겁게 뛰노는 장면이나 거센 겨울바람을 맞으면서도 웃고 있는 사람들의 표정, 빙판 위에서 신나게 스케이트 타는 모습에서 겨울에 대한 호의적인 관점이 드러난다.

그는 겨울이 주는 기쁨을 충분히 누리며 살았다. 추운 날이면 집에서 가족들과 대화하며 따뜻한 겨울을 보냈고, 친구들을 초대

주세페 데니티스, 「자화상」, 1883년경

주세페 데니티스, 「내닫이창」, 1883년

해 맛있는 음식을 먹으며 좋은 시간을 보냈다. 아내와 함께 야외로 나가 눈 쌓인 공원을 산책했고, 빙판에서 겨울 놀이를 즐기는 사람들의 모습을 화폭에 담았다. 그렇게 완성된 그림들을 살롱에 출품해 크게 주목받았다. 특히 1878년 파리에서 개최된 세계박람회에 열두 점의 그림을 전시해 금메달을 수상하면서 국제적인 명성을 얻었다. 또 같은 해 프랑스 최고 훈장인 레지옹도뇌르훈장을 받으며 명예와 인기를 모두 거머쥐었다. 그렇게 어느 하나 부족함이 없이 행복하게 살아가던 중 그는 갑작스러운 뇌졸중으로 인해 38세라는 젊은 나이에 세상을 떠났다. 아마 그해가 생의 마지막이 되리라는 것을 아무도 알지 못했을 것이다.

그는 비록 세상을 빨리 떠났지만 그가 남긴 정신은 여전히 많은 이들에게 기억되고 있다. 그는 삶에서 소중한 것이 무엇인지 아는 사람이었고, 가진 만큼 베풀 줄 아는 이였다. 긍정적인 마음의 소유자였으며, 인생을 즐길 줄 아는 인물이었다. 그는 다정한 남편이자 친근한 아빠였고, 좋은 친구이자 든든한 동료였다. 무엇보다 매사에 성실하고 근면하면서도 자유로운 영혼을 가진 훌륭한 화가였다. 그가 화폭에 그려낸 세상은 '삶이란 무엇인가'라는 근본적인 질문을 던진다. 보편적인 장면들로 밀도 있게 채워나간 그림들은 평범한 일상의 소중함을 다시 한번 깨닫게 하고, 세상을 바라보는 우아하고 따뜻한 시선은 인생의 의미가 무엇인지 생각해보도록

한다. 삶의 본질이란 하루하루를 즐겁고 생기롭게 살아가는 데 있음을 시사한다.

그렇다. 삶의 기쁨은 온갖 명랑하고 잡다한 일에 있다. 집 앞 골목을 깨끗이 쓸고 뿌듯해하는 것. 섬유유연제의 잔향을 맡으며 빨래를 털어 너는 것. 갑자기 찾아온 친구와 함께 라면을 끓여 먹는 것. 난로 앞에 앉아 타닥타닥 나무 타는 소리를 듣는 것. 우울한 밤에 달콤한 코코아 한잔을 마시는 것. 이런 하찮고 사소한 것들이야말로 삶의 빛나는 순간들일 것이다. 결국 인생에 남는 것은 작은 부분들이다. 이런 소소함을 놓치면 삶은 건조하게 메말라간다. 삶에서 소소한 기쁨을 누리는 일은 설령 그것이 순식간에 사라질 허상 같은 것이라 할지라도 무엇과도 바꿀 수 없는 소중한 경험이다.

화가가 캔버스에 그림을 그리듯 삶의 매 순간을 작은 기쁨들로 채워나가는 것, 어쩌면 그것이 우리가 할 수 있는 전부인지도 모른다.

주세페 데니티스, 「어느 겨울의 풍경」, 1875년

혼자 울기 좋은 방

빌헬름 함메르쇠이,
「스트란가데 30번지 : 달빛」,
1900년~1906년

# 익숙한
# 불면의 밤

잠이 오지 않는다. 벌써 세 시간째다. 온갖 감각들이 몰려오는 시간, 잠은 이미 떠난 지 오래이고 꼬리에 꼬리를 무는 상념들이 걷잡을 수 없이 커지고 있다. 오늘의 허망과 내일의 걱정이 뒤섞여 마음 둘 데 하나 없고, 여전히 많은 생각을 내려놓지 못한 채 움켜잡고 있다. 출처를 알 수 없는 감정에 혼란스러워 영영 뒤척일 것처럼 잠이 오지 않는다. 이렇게 저렇게 자세를 바꾸어보지만 결과는 매한가지. 어떻게든 잠을 청하기 위해 발버둥질해봐도 소용이 없다. 계속 시간만 흘러갈 뿐이다. 눈을 감아도 깜깜하고 눈을 떠도 깜깜한, 세상에 홀로 남겨진 것 같은 기분. 익숙한 불면의 밤이다.

필사적으로 노력해도 잠들 수 없는 밤이 있다. 자야 한다는 생각과 자지 못하는 영혼이 합치를 이루지 못하는 거대한 딜레마 속에서 절망스러운 밤. 언제부터 취침 시간이 하루 중에 가장 고통스러운 시간이 되어버린 것일까. 따뜻한 물로 샤워하고, 은은한 향초도 켜보고, 우유를 데워 마시고, 속으로 양을 세어도 도통 잠이 오지 않는다. 정신이 너무 말똥말똥해서 당황스러울 정도다. 한참을 몸부림치다가 결국 다시 불을 켰다. 공연스레 방 안을 배회하다가 창밖을 살펴보는데, 거리에는 아무도 없다. 아스라한 불빛도 모두 꺼졌고 무거운 적막만이 밤공기를 지배한다. 그렇게 홀로 앉아 있다 보니, 홀연 페테르 일스테드Peter Ilsted의 「침실에서」가 떠올랐다.

한 여자가 침대에 우두커니 앉아 있다. 침대 끝에 걸터앉아 말없이 바닥을 내려다보는 모습이다. 커튼 사이로 비치는 바깥세상이 짙은 푸른빛을 띠는 것으로 봐서 새벽 즈음인 것 같다. 좁은 탁자 위에 있는 스탠드 조명만이 빛을 발할 뿐 침실 안은 어둡고 캄캄하다. 그녀는 왜 이 시간까지 잠들지 못하고 깨어 있는 것일까? 얇은 슬립 차림, 아무렇게나 흐트러진 이불, 구겨진 베개……. 잠을 자다가 중간에 깬 것 같기도 하고, 혹은 아예 잠을 청하지 못하고 뒤척이다가 답답함에 벌떡 일어난 것 같기도 하다. 밤사이에 무슨 안 좋은 일이라도 생긴 것일까? 역광을 받은 얼굴이 어딘가 그늘져 있고 구부러진 등에서 커다란 무게감이 느껴진다. 그녀의 표

페테르 일스테드, 「침실에서」, 1901년

정과 자세가 복잡한 심경을 대변하고 있다.

덴마크의 화가 페테르 일스테드는 심리적 요소와 환경적 특성을 조화롭게 구성해서 침실이라는 공간을 밀도 있게 채웠다. 침실은 개인적인 장소다. 세상과 완전히 차단된 사적이고 은밀한 방이자 어떠한 사회적 가면도 쓰지 않은 자연인으로서의 내가 존재하는 곳. 그런 비밀 공간에서 우리는 고유한 개인으로 실존한다. 그곳은 몸과 마음이 무장해제되는 보금자리이자 갖가지 추억이 서려 있는 공간이다. 우리는 그 안에서 놀고 쉬고 자고 머무르고 생각하며 무수한 시간을 보낸다. 깊은 내면으로 들어가 숨겨진 진심을 들여다보고, 모든 것으로부터 자유로운 진짜 나와 마주한다. 하지만 그런 곳에서조차 마음 편히 잠들지 못하는 사람도 있다. 화가는 그들에 대한 연민을 이 그림 안에 담아두었다.

'실내화의 대가'답게 일스테드는 침실, 거실, 현관, 주방 등 다양한 실내 공간을 그린 그림으로 작품 세계를 구축했다. 초기에 초상화와 장르화에 주목하던 그가 본격적으로 실내에 관심을 두게 된 것은 누나가 유명 화가 빌헬름 함메르쇠이Vilhelm Hammershøi와 결혼한 뒤부터였다. 처남과 매형 사이가 된 그들은 함께 어울리며 많은 시간을 보냈고, 자연스럽게 영감을 주고받으며 서로의 작품에 영향을 끼쳤다.

이후 이들은 또 다른 실내화의 거장 카를 홀세에Carl Holsøe와 친분을 쌓으며 덴마크 미술계의 선구적인 역할을 했고, 1890년 창설된 진보적인 미술단체 '자유 전시'의 구성원이 되었다. 햇살이 비치는 고요한 방이나 공간의 질서 정연함을 반영한 그림들로 유명해진 이들은 훗날 '코펜하겐 실내파'라고 불리며 크게 사랑받았다.

일스테드와 함메르쇠이의 작품은 비슷한 양식과 구성을 공유하고 있지만 화풍에는 분명 차이가 있다. 함메르쇠이가 잿빛 위주의 단조로운 색을 사용하고 인물의 얼굴이 드러나지 않는 구도를 택해서 고독과 사색의 정서를 표현했다면, 일스테드는 여러 가지 원색을 과감하게 활용하고 은은한 빛으로 집 안의 안락함을 구현해서 평화로운 일상의 단면을 보여준다. 따라서 차분하게 가라앉은 분위기가 주를 이루는 함메르쇠이와 달리 일스테드의 그림은 따뜻하고 포근하며 안온하다.

그래서였을까. 일스테드의 그림은 많은 이들의 마음을 사로잡기에 충분하다. 미묘한 빛이 비치는 실내 풍경은 안정감과 동시에 신비감을 불러일으키고, 모든 것이 멈춘 듯한 그림 속 고요함은 관객들의 시선을 확실하게 붙잡는다. 그는 단순히 빛을 재현하는 것을 넘어 빛이 사물에 반사되면서 어떻게 다른 질감을 만들어내는지에 관해 관심이 많았다. 그래서 빛의 성질, 파장, 굴절 등 빛을 다각도로 해석하고 공간에서 빛이 어떻게 기능하는지 탐구하며 수많은 작품을 탄생시켰다.

페테르 일스테드, 「책을 읽고 있는 어린 소녀」, 1901년

빌헬름 함메르쇠이, 「하얀 의자 위의 이다와 실내 풍경」, 1900년

빛과 실내의 조화가 아름다운 그의 그림은 미술 수집가에게도 인기가 많았다. 대표적으로 미국의 화가 제임스 애벗 맥닐 휘슬러 James Abbott McNeill Whistler와 프랑스의 미술평론가 테오도르 뒤레는 일스테드의 그림을 동경했으며, 그 가치를 알아보고 많은 작품을 소장했다.

일스테드의 그림은 보편성을 지니고 있다. 그는 과장하지 않는다. 그의 그림에는 장대하고 압도적인 힘이나 깊이 있는 감정은 없으나 인간이 일반적으로 느끼는 정도의 희로애락이 자연스럽게 담겨 있다. 강요하거나 주장하지 않고 일상에서 건져낸 삶의 이야기를 담담하게 펼쳐 보인다. 눈부시게 밝은 것이 아니라 그윽하게 빛나며, 뜨거운 에너지가 아닌 따뜻한 온기로 채워져 있다. 먹고 자고 쉬고 일하고 머무르는 평범한 삶과 맞닿아 있다. 촛불을 켜고 독서하는 소녀, 거실에서 피아노 치는 소년, 창가에서 뜨개질하는 노인, 의자에 앉아 사색에 잠긴 여자, 현관에서 누군가를 기다리는 남자 등 자신만의 보금자리에서 조용히 시간을 보내는 사람들로 가득하다.

그의 그림은 '방'이라는 관념의 적확한 예시처럼 보인다. 안락하고 포근한 가장 완벽한 형태의 방. 사람이 거처하기 위해 집 안에 만들어놓은 공간이라는 정의에 더할 나위 없이 들어맞는 본보기다. 하지만 그의 그림 속 방에 있는 대부분의 사람이 무언가 결

페테르 일스테드, 「창문 옆에서 뜨개질하는 여인」, 1902년

핍된 상태라는 것을 인지하고 나면 뒤늦게 서늘한 각성이 밀려온다. 단지 보편적인 삶의 모습을 재현하고 있는 것 같으나 그 이면에는 각자의 슬픔이 있다. 오지 않는 누군가를 기다리고, 끝나지 않을 것 같은 밤을 보내고, 잊히지 않는 기억을 떠올리고, 아무것도 하지 못한 채 멈춰 있다.

그의 그림은 평범한 일상의 단면을 담백하게 묘사하고 있지만, 그 안에 깃든 삶의 모순과 역설에 대해 생각하게 한다. 그가 그린 삶 속에는 작고 소박한 이야기와 복잡하고 어두운 사연이 공존한다.

돌이켜보면 우리의 일상도 그렇지 않은가. 밝게 빛나고 있지만 발밑에 그림자가 드리워져 있고, 만사가 순조롭게 보이지만 실상은 총체적 난국이다. 언뜻 평화롭게 보이지만 곳곳에 위기와 역경이 자리하고 있다. 일상은 소중한 순간들이지만 때로는 더럽고 험하고 어지럽고 초라하고 삭막하며 권태라는 괴물이 파멸의 세계로 이끌기도 하는, 두 얼굴의 소유자다.

그리고 밤은, 일상의 이런 아이러니들이 장황하게 펼쳐지기 좋은 시간이다. 똑같아 보이는 매일이 조금씩 다른 날이듯, 매일의 밤도 매번 다른 모습으로 찾아온다. 별다를 것 없는 밤에 별스러울 것 없는 고민이 자리하고, 특별할 것 없는 꿈의 조각이 모여 기이한 악몽을 재현한다. 자야 한다는 생각에 잠을 이루지 못하고, 잠들지 못할 것을 알면서도 눈을 감는다. 아니, 어쩌면 밤을 잊기 위해 어둠을 피하고자 눈 감는 것인지도 모르겠다. 이제는 정말 밤의 요람으로 돌아갈 시간. 오늘은 편히 잠들었으면 좋겠다. 어둡고 무거운 밤에 잠 못 이루는 존재들이여, 모두 굿나잇.

# 잃어버린 꿈을
# 찾아서

지금 내가 앉아 있는 이 벤치는 사랑하는 친구와 함께한 마지막 장소다. 그녀는 한 달 전, 뉴욕으로 떠났다. 떠난다는 소식을 전하기 위해 이곳으로 나를 찾아왔을 때, 그녀는 시종일관 덤덤한 표정이었다. 왜 꼭 떠나야만 하느냐는 나의 물음에 담담한 듯 완고한 목소리로 그녀가 말했다.

"나는 행복해지고 싶어. 그뿐이야."

그녀의 음성은 뜨거움보다는 애틋함에 가까웠다. 그리고 나는 더 이상 아무 말도 하지 않았다. 할 수 없었다고 하는 편이 맞을지도 모른다. 얼마 후 그녀는 정말 거짓말처럼 사라졌고 그제야 몇 해 전 그녀의 말이 생각났다. 꿈이 축복이 아니라 저주 같다고. 벗어나려야 벗어날 수 없는 족쇄 같다고. 어려운 집안 사정 때문에 실질적인 가장 역할까지 수행해야 했던 그녀에게 꿈을 꾸는 행위는 가족들에 대한 죄책감의 발로였다. 그래서 참고 숨기고 묻으며 하루하루를 견뎠고 겨우 모든 것이 제자리를 찾아가는 즈음, 삶의 이유였던 아버지가 돌아가셨다. 그 마음이 어떨지 나로서는 짐작할 수조차 없다.

공항에서 보내온 그녀의 마지막 메시지인 '앞으로 꿈꾸게 될 미래를 스스로 축하하고 싶다'라는 말에 나는 기쁨과 슬픔을 동시에 느꼈다. 현실이라는 진창 속에서 꿈을 지키기 위한 투쟁이 여태까지의 과정이었다면, 지금부터는 꿈을 이루기 위한 여정이 시작된 것이리라 생각했다. 더는 아파하지도 미안해하지도 않고 또 누군가를 원망하지도 않으며 자유롭게 살아가기를, 자신에게 찾아온 변화의 순간을 기쁘게 받아들여 담대하게 앞으로 나아가기를, 그녀가 발 디딘 그곳에서 의연하고 당당하게 살아가기를, 그리고 부디 행복하기를 바랄 뿐이다. 오직 자신을 위해.


한 달 전 그날의 그녀를 떠올리면 이 그림이 생각난다. 이탈리아의 화가 비토리오 마테오 코르코스Vittorio Matteo Corcos가 1896년에 그린 「꿈」이다. 프랑스 파리에서 시대의 생활상을 그리며 활발히 활동하던 어느 날, 코르코스는 군대에 가기 위해 이탈리아 피렌체로 돌아온다. 그리고 그곳에서 한 여자를 만나 가정을 꾸리는데 그림 속 모델이 바로 그의 아내인 엠마 치아바티로 추정된다.

이 작품에서 코르코스는 벤치에 앉아 책 읽는 여성의 모습을 통해 '꿈'의 의미를 다층적으로 나타냈다.

초록 잎이 단풍으로 물들어가는 계절, 젊은 여자가 벤치에 앉아 있다. 세 권의 책과 밀짚모자 그리고 양산이 옆에 놓여 있고 바닥에는 떨어진 낙엽과 함께 붉은 장미꽃잎이 이리저리 나뒹군다. 방금 독서를 마친 여자가 정면을 응시한 채 거대한 몽상에 잠겨 있다. 뭔가 알 수 없는 꿈의 세계에 빠져 있는 듯하다. 여기서 꿈이란 중의적인 의미를 지니는데, 방금 책에서 읽은 꿈 같은 이야기 속에서 헤매고 있는 것일 수도 있고 간밤에 꿈에서 겪었던 일을 하나하나씩 떠올리며 되짚어보는 것일 수도 있다. 혹은 오랫동안 가슴에 품었던 찬란한 청운의 꿈을 이루겠노라고 다짐하는 것일 수도 있다. 어느 쪽이든 지금 이 순간 꿈을 꾸고 있는 그녀는 찬연하게 아름답다.

코르코스는 이 그림 외에도 들꽃 한 다발을 손에 들고 벤치에 기대 쉬고 있는 여성을 그린 「정원에서」, 유모차에서 잠든 아이를 옆에 두고 공원 벤치에서 독서하는 장면을 담은 「조용한 시간」, 프랑스 생말로 해변에 있는 벤치 앞에 서서 누군가를 기다리는 모습을 묘사한 「생말로의 우아한 여성」 등의 작품에서 벤치를 그렸다. 그는 벤치를 앉는 용도로 사용하는 것을 넘어 휴식, 독서, 사색, 기

비토리오 마테오 코로코스, 「꿈」, 1896년

다림, 몽상, 대화 등을 위한 다양한 쓰임새로 활용했다. 그의 그림에서 벤치는 잠시 쉬어갈 수 있는 쉼터이자 집 밖에서도 편안함을 누릴 수 있는 가구이며, 공간의 분위기를 연출하는 조형물이자 여러 명이 대화를 나누는 만남의 자리다. 그리고 다른 이용자들과 독립된 곳에서 홀로 책을 읽으며 진리의 깨달음을 얻는 장소이기도 하다.

코르코스 외에도 많은 화가들이 캔버스에 벤치를 담았다. 작업실을 벗어나 주로 야외에서 활동한 인상주의 화가들은 파리 개선문 북동쪽에 자리한 몽소공원을 즐겨 찾았다. 그들은 공원 벤치에 앉아 스케치를 하거나 이젤을 펴고 그림을 그렸는데, 나무 그늘 밑 벤치에 앉아 여유를 즐기는 사람들의 모습을 담은 모네의 「몽소공원」, 녹음 짙은 공원에 열 맞춰 서 있는 빈 벤치를 묘사한 카유보트의 「몽소공원」이 대표적이다. 또 말년에 정신 질환으로 고통 받던 고흐는 생레미의 생폴 정신병원에 머무르며 벤치를 주제로 「정신병원 내 정원의 돌벤치」, 「정신병원 내 정원 그리고 나무 몸통과 돌벤치」, 「세인트폴 병원 정원의 돌벤치」 등의 그림을 연달아 탄생시켰다. 놀라운 집중력으로 예술혼을 쏟아 부은 그는 얼마 후 숨을 거둔다. 아마 그는 마지막 순간까지 그림을 그리며 자신의 꿈을 펼치고 싶었을 것이다.

비토리오 마테오 코르코스, 「조용한 시간」, 1885년

귀스타브 카유보트, 「몽소공원」, 1877년

내게도 꿈이 전부이던 시절이 있었고, 꿈이 전부는 아니란 걸 깨달은 때도 있었다. 꿈을 이루어야 한다는 강박에 시달리며 스스로를 내몰았고, 꿈을 이룰 수 없는 현실에 세상을 원망했고, 기어이 꿈을 버렸던 나 자신을 미워한 적도 있다. 너무 많은 것을 알아버렸기 때문일까. 마음만 먹으면 해낼 수 있으리라 자신했던 배짱은 이제 없다. 삶은 오직 선택에 의해 결정된다고 생각했던 지난날의 확신은 이미 훼손되었다. 열심히 노력하면 이루어진다고 말하는 동화 속 교훈을 믿기엔 더 이상 순진하지 않다. 모든 게 의기양양했던 그 시절로 되돌아가는 것은 불가능하다. 지나온 것은 지나온 것이다. 그런데 나는 왜, 어째서, 자꾸만, 또다시 꿈을 꾸는 것일까. 끝끝내 어쩔 수 없는 것, 그것이 꿈이다.

수많은 이들을 떠올린다. 꿈에만 취해 아무것도 볼 수 없던 사람, 꿈을 갖는 게 꿈이었던 사람, 꿈을 너무 빨리 이뤄 방황하던 사람, 꿈을 버리고 직업을 택한 사람, 다른 이의 꿈을 대신 꾸는 사람, 이룰 수 없는 꿈을 꾸는 사람. 이중 무엇이 가장 슬플까. 그건 아마도 각자의 슬픔일 것이다. 누군가에게 꿈이란 황량한 허무만 진하게 남은 흔적이고, 누군가에게 꿈이란 사그라진 영광에 대한 하소연이며, 누군가에게 꿈이란 여전히 해갈되지 않는 목마름이고, 누군가에게 꿈이란 오늘 내가 살아갈 이유다. 어떤 이에게는 눈앞의 일자리보다 가슴속 꿈이 더 확실한 현실일 수 있다. 꿈이 막연한 이상이나 판타지가 아니라 피부에 와닿는 떨림, 가슴 벅찬 현재일

빈센트 반 고흐, 「세인트폴 병원 정원의 돌벤치」, 1889년

수 있다. 누군가에게 꿈은 이루는 것이 아니라 꿈꾸는 이, 그 자신이다. 내 안에 꿈이 없다면 세상 어디에서도 살아갈 수 없는 사람이 세상엔 존재한다.

나는 우리 모두 꿈을 가져야 한다고 주장할 마음은 없다. 그건 폭력적인 것이다. 세상에는 세상에 존재하는 사람의 머릿수만큼 각각의 사연과 처지가 있다. 상황도 환경도 여건도 제각각이기 때문에 천차만별일 수밖에 없다. 따라서 같은 꿈을 꾸더라도 같은 경우란 없다. 다만 꿈을 꾸고 있는 모든 사람은 그 자체로 위대하다. 그들은 꿈을 포기해야만 하는 수많은 이유가 있음에도 불구하고 온 힘을 다해 자신의 꿈을 지켜내고 있는 존재들이다. 코로코스가 벤치에서 독서하는 여성의 모습을 통해 꿈의 의미를 다층적으로 나타냈듯이, 모네와 카유보트를 비롯한 여러 인상주의 화가들이 묵묵하게 자기 길을 걸으며 꿈을 이루어나갔듯이, 또 고흐가 생의 마지막 순간까지 그림을 그리며 자신의 꿈을 펼쳤듯이, 꿈은 희망 없는 사람들의 최후 무기다. 자신을 지켜낼 수 있는 강한 방패이자, 계속해서 용기를 낼 수 있는 삶의 동력이다. 성장의 발판으로, 긍정의 지렛대로 인생을 이끌고 나갈 엄청난 자산이다.

꿈은 이제 새롭게 규정되어야 한다. 꿈을 이룬다는 것은 직업의 획득이 아니다. 꿈을 성패의 대상으로만 여기는 건 꿈의 의미를 지나치게 축소하는 일이다. 꿈을 이룰 수 있을지 없을지는 우리가 결정할 수 없지만, 어떤 꿈을 꿀 것인가는 고를 수 있다. 그리고 그 선택이 마음에 든다면, 그건 이미 꿈을 이룬 것이나 다름없다. 원래 꿈이란 그런 것이니까.

이제는 조금 알 것 같다. 반드시 꿈을 이뤄야만 하는 것은 아님을. 이루지 못한 꿈도 충분히 소중하다는 것을. 만약 가닿을 수 있다면, 지금 이 순간에도 꿈꾸고 있는 세상의 모든 이들에게 응원을 보내고 싶다. 꿈을 지키기 위해 버텨낸 용기는, 꿈을 이루기 위해 노력한 시간은 충분히 박수 받을 만하다. 설혹 실패한다고 해도 지지할 것이다. 당신의 꿈을, 꿈꾸는 당신을.

# 내 눈물이
# 하는 말

　　　잘츠부르크는 예술가들이 사랑한 도시로
유명하다. 이곳은 모차르트의 고향으로 잘 알려져 있는데, 어릴 때
부터 유럽 전역으로 연주 여행을 다닌 그는 "자신이 본 그 어떤 장
소도 이곳의 아름다움에 비견할 수 없다"라고 말했을 정도로 잘츠
부르크의 찬연한 풍광을 찬미했다. 루돌프 폰 알트, 후베르트 새틀
러Hubert Sattler, 요한 미하엘 새틀러Johann Michael Sattler, 테오도어 요
제프 에토퍼Theodor Josef Ethofer, 요제프 미하엘 메이버거Josef Michael
Mayburger 등의 화가도 이곳 풍경을 캔버스에 담았다. 또 인근의 호
수 지역인 잘츠카머구트는 천혜의 자연경관을 자랑하는 곳으로
브람스, 슈베르트, 말러, 하이든은 이곳을 자주 찾아 예술적 영감
을 얻었다. 특히 클림트는 매년 여름마다 이곳에서 긴 휴가를 보냈

는데 물에 비친 고요한 정경을 그린 그의 풍경화는 대부분 이곳을 배경으로 탄생한 것이다.

　그들이 영감을 얻은 그 도시의 매력을 보기 위해 아침 일찍 잘츠부르크로 향했다. 며칠 동안 빈에 머물며 클림트의 그림을 보다 보니 그곳에 가고 싶어졌다. 기차에서 책을 읽으며 시간을 보내니 어느새 잘츠부르크 중앙역. 호텔에 짐을 풀고 서둘러 게트라이데거리로 나섰다. 구시가의 번화가라서 사람들로 붐빌 거라고 예상했는데, 생각보다 거리는 꽤 한산했다. 가게마다 업종을 알리는 독특한 모양의 철제간판이 걸려 있고, 오랜 전통을 자랑하는 수제 우산, 그릇, 보석, 인형, 신발 등 다양한 물품을 파는 아기자기한 상점들이 즐비했다. '세계에서 가장 아름다운 거리'로 불리는 곳답게 고풍스러우면서 아늑한 분위기가 물씬 풍겼다.

　그림 속에 들어온 듯 고아한 거리를 누비며 걷다 보니 레지덴츠 광장에 도착했다. 광장 중심에서 퍼포먼스를 하는 행위예술가와 거리 음악가들의 현란한 연주가 눈과 귀를 사로잡는다. 그들을 지나쳐 내가 찾은 곳은 카페토마셀리. 이곳은 잘츠부르크에서 가장 오래된 카페로, 1705년 개점한 이래 300년이 넘는 역사를 가진 곳이다. 마침 자리가 있어 야외 테라스에 앉아 커피를 마시며 여유를 만끽하다가 저녁 무렵이 돼서야 카페를 나왔다. 그래도 괜히 아쉬운 마음에 광장을 기웃거리는데, 저 멀리 청록색 돔이 눈에 들어왔다.

어떤 건물인지도 모르고 무작정 걸어 앞에 도착하니, 잘츠부르크 대성당이었다. 입구에 대리석으로 조각한 베드로와 바울, 잘츠부르크의 두 수호성인 루퍼트와 베르길의 상이 서 있고, 그 안에는 믿음, 사랑, 소망을 상징하는 청동대문 세 개가 있었다. 또 철문에는 황금색으로 774와 1628 그리고 1959라는 숫자가 적혀 있었다. 이는 성당이 완성된 해, 대화재로 인해 소실된 후 재건된 해, 제2차 세계대전 당시 파괴되었다가 복구된 해를 의미한다.

우연히 도착한 곳이라서 별 기대가 없었는데 안에 들어선 순간 입이 떡, 벌어졌다. '대성당'이라는 이름에 걸맞게 웅장한 규모와 뛰어난 조형미가 경외감을 불러일으키고 묘한 신비감에 압도되는 느낌이었다. 그리고 가장 이상한 점은 1만 명이 들어갈 수 있는 커다란 홀에 아무도 없다는 것. 아무리 주위를 둘러봐도 혼자뿐이었다. 성당 안에 흐르는 낯선 공기에 조금 망설여졌지만 조용히 둘러보기로 하고 발걸음을 옮겼다. 발소리도 내기 조심스러울 정도로 적요한 침묵 속에서 구석구석을 살피는데, 너무 고와서 감탄하는 것조차 잊을 정도였다. 은은하게 빛나는 우윳빛 대리석이 고급스러운 분위기를 연출하고, 섬세함과 정교함을 갖춘 17세기 바로크 양식의 조각들이 우아한 감성을 자아내고 있었다.

고개를 들어보니 완벽하게 좌우대칭이 맞는 십자가 형상의 천장화가 보이고, 프레스코기법으로 그려진 화려한 벽화들이 사방에 가득했다. 또 한쪽에는 유럽에서 가장 큰 파이프 오르간이 위엄 있는 모습으로 존재감을 더하고, 수많은 사람이 소원을 빌며 놓고 갔을 촛불이 밝게 빛나고 있었다. 그렇게 이리저리 거닐다가, 구석에 자리를 잡고 앉았다. 자연스레 눈을 꼭 감고 두 손을 모아 기도하는데 이게 웬걸, 갑자기 눈물이 나는 게 아닌가. 당황스러울 정도로 눈물이 멈추지 않았다. 왜 우는지조차 알지 못한 채 한참을 울 수밖에 없었다.

대체 왜 그랬을까. 사람은 이유가 있어서 우는 게 아니라 눈물을 흘린 뒤 이유를 짐작하는 것뿐인지도 모른다. 눈물은 늘 마음보다 빠르다.

세상에는 말로 설명할 수 없는 순간이 있다. 까닭 모르게 울컥하고 목이 메어올 때, 꿀꺽꿀꺽 삼킨 슬픔이 한꺼번에 쏟아져 나올 때, 오로지 울음만이 깊은 침묵을 깨뜨릴 수 있을 때. 눈물은 때로 우리를 불가해한 영역으로 초대한다. 어떤 눈물은 날것 그대로인 나와의 만남이고, 어떤 눈물은 숨김없이 토로했던 생생한 고백이며, 어떤 눈물은 영적 진동이 일어나는 기이한 체험이다.

내가 그날 그곳에서 흘린 눈물의 의미는 아직도 잘 알지 못한다. 다만 그것은 들리지 않는데 들리는 것 같은 이상한 속삭임이었다. 그 속삭임이 나라는 사람을 흔들기도 하지만 단단하게 묶어준다는 것을, 흐릿하게도 하지만 선명하게 만든다는 것을 성당 문을 열고 나오며 깨달았다. 그때 이 그림이 생각났다. 네덜란드의 화가

피터르 얀스 산레담, 「하를럼 성 바보교회의 내부」, 1648년

피터르 얀스 산레담의 「하를럼 성 바보교회의 내부」다.

　문을 열고 들어서자 교회 안의 엄청난 규모에 잠시 놀라게 된다. 규모보다 더 놀란 것은 말문이 막힐 정도로 아름다운 내부이다. 아치형 천장과 끝없이 이어지는 하얀색 기둥들, 유리를 통과하는 밝은 햇빛, 크고 작은 타일을 이어 붙인 바닥, 황금색으로 빛나는 샹들리에까지……. 고전적이면서 기품 있는 멋이 흐른다. 흑백사진에 색을 입히듯 엄정하게 사용한 색과 극도로 절제된 붓놀림에서는 응축된 힘이 느껴진다. 벽의 갈라진 틈과 창틀의 모양까지 세세하게 묘사한 관찰력에서 화가의 치열했던 지난 시간이 눈앞에 절로 펼쳐진다.

　산레담은 하를럼에 있는 성 바보교회를 유난히 자주 그렸다. '건축물을 사실적으로 묘사한 최초의 화가'라고 불리는 그는 최소화된 색조와 오묘한 빛 그리고 정밀한 원근법으로 교회 내부를 엄격하게 재현했다. 전체적으로 하얀색을 써서 깨끗하고 성스러운 분위기를 연출했고, 교회의 엄숙함을 표현하기 위해 그림 곳곳에 금빛을 사용했다. 또 수직으로 상승하는 원근법을 적극적으로 활용했는데, 회화의 극적인 효과를 위해 실제보다 훨씬 더 과장해서 높이와 크기를 강조했고, 인물은 조그맣고 단순하게 묘사함으로써 공간이 상대적으로 더욱 웅장해 보이도록 만들었다.

가장 주목할 점은 체계적인 작업 방식이다. 산레담은 상세하고 치밀한 방법으로 작품을 제작했다. 먼저 현장에서 스케치한 다음 작업실로 돌아가 이를 수학적으로 철저히 계산해서 실제 작품 크기의 도면을 만들었다. 그 도면을 반투명의 종이에 그린 뒤 이를 다시 패널 위에 대고 베껴 그렸으며, 그렇게 완성된 밑그림에 따라 꼼꼼하게 묘사하는 것이 채색 작업의 시작이었다. 이런 힘든 과정 때문에 최초의 드로잉을 하고 몇 년이 지난 후에야 실제 그림이 그려지는 일이 많았으며, 결국 평생 몇 점의 그림밖에 생산하지 못했다. 하지만 초안부터 완성된 작품에 이르기까지 모든 스케치와 도면에 날짜가 기재되어 있고, 작업 과정이 명확한 절차에 따라 이뤄져 건축회화 발전에 중요한 역할을 했다.

그의 그림은 사람보다 공간이 강하다. 공간은 인물을 압도하고 공간에 둘러싸인 인간은 작고 미천하다. 그러나 이는 역설적으로 인간을 드러내는 방식이기도 하다. 그는 공간의 조형미를 탐색하는 데 그치지 않고 그 안에 다양한 이야기를 담았다. 우리는 그의 그림을 통해 교회의 구조와 형태는 물론 당대의 미의식과 예술적 역량 그리고 건축 기술 발달에 관한 보다 구체적인 정보를 얻는다. 나아가 교회를 짓기 위해 얼마나 많은 사람의 노고와 희생이 요구되었는지, 크고 무거운 대리석을 어떻게 운반하고 시공했는지, 또 누가 저 높은 천장에 올라가 일일이 그림을 그렸는지에 대해 한번

피터르 얀스 산레담, 「하를럼 성 바보교회의 내부」, 1628년

피터르 얀스 산레담, 「하를럼 성 바보교회의 내부」, 1631년

쯤 깊이 생각하게 된다. 즉 산레담은 인간을 그리지 않음으로써 인간을 그려낸 것이다.

사람들은 한 가닥 희망을 안고 교회를 찾는다. 그곳에는 누군가의 간절한 바람이, 지켜지지 못한 약속이 그리고 또다시 좌절된 꿈까지 수많은 이들의 사연이 녹아 있다. 살다 보면 누구에게라도 기대어 울고 싶을 때, 그러나 누구에게도 눈물을 들키고 싶지 않을 때가 있다. 그럴 때 공간은 아무 말 없이 우리를 안아준다. 결국 당신은 울게 될 거라는 듯이 담담하고 묵묵하게. 이것이 공간이 인간을 위로하는 방식이다. 비록 눈물의 의미를 알지 못하더라도 그곳에서의 시간을 기억한다면 사람은 다시 힘을 내어 살아갈 수 있다.

그 여름 잘츠부르크로 향하는 기차에서 읽었던 뮈세의 시 「슬픔」에는 잊히지 않는 구절이 있다. 이 시를 볼 때마다 성당에서의 그날이 떠오를 것 같다.

이 세상에서 내게 남은 유일한 진실은 가끔 울었다는 것.

# 존재하는 것에 대한 경의

가을은 다양한 신호로 자신의 존재를 알리며 찾아온다. 그것은 매일 지나다니는 가로수길이 오색빛 단풍으로 물든 것일 수도 있고, 무심코 올려다본 하늘이 높고 청명해진 것일 수도 있다. 제 무게를 이기지 못하고 툭툭 떨어진 감이 바닥에 널브러진 것일 수도 있고, 아침저녁으로 느껴지는 쌀쌀한 기운에 서랍에서 카디건을 꺼내 입는 일일 수도 있다. 아무리 세상이 시끄럽고 거리에 소음이 넘쳐도 가을은 언제나 우리 곁에 다가온다. 그러고 보면 계절은 참 정확하다. 정확하지 않은 건 내 마음뿐인 듯하다. 때맞춰 찾아오는 가을을 맞이하며 나는 한 화가의 그림을 떠올린다. 프랑스의 화가 제임스 티소의 「요양」이다.

제임스 티소, 「요양」, 1876년

정원에 가을이 찾아왔다. 나뭇잎이 초록색에서 노란색으로 물들고, 바람이 불자 연못 위로 잔물결이 일렁인다. 꽃, 나무, 화분, 낙엽, 연못, 기둥이 환상적인 조화를 이루는 아름다운 풍경이다. 날씨가 꽤 쌀쌀한 것일까? 어깨에 도톰한 숄을 두른 모녀가 의자에 앉아 있다. 근사한 다과상이 차려져 있고 어머니의 손에는 책이 들려 있지만, 왠지 분위기가 무거워 보인다. 어머니의 신경은 온통 딸에게 쏠려 있다. 그녀가 많이 아프기 때문이다. 딸이 병약한 것이 괜히 죄스럽고 안쓰러운지, 걱정스러운 눈으로 그녀를 살핀다. 딸 역시 건강을 회복해서 기운을 차리고 싶지만 심신이 너무 지쳐 있다. 파리하게 시들고 야윈 모습이다. 그런 모습을 보여주기 싫은지 아예 등을 돌리고 앉았다. 언젠가 이들에게도 좋은 날이 찾아올까? 장담할 수는 없을 것 같다.

이는 티소의 집 정원을 배경으로 한 작품으로, 1876년 왕립아카데미 전시회에서 처음 세상에 공개되었다. 티소를 전문적으로 연구한 한 학자는 그림 속 아픈 여성이 그의 아내 캐슬린 뉴턴이 아니라 티소의 「국화」나 「맨 위로 이동」을 포함한 다수의 그림에 등장하는 다른 전문 모델이라고 밝혔다. 그럼에도 불구하고 많은 이들이 그녀를 캐슬린으로 추정하는데, 여기에는 근거가 있다. 그림이 그려진 1876년은 캐슬린이 티소의 집에서 함께 살기 시작한 해이다. 그림의 제목인 「요양」처럼 당시 그녀는 폐결핵을 앓고 있는 환자였다. 티소가 정원에 있는 그녀의 모습을 자주 그렸던 것은 햇볕을 듬뿍 쐬고 신선한 공기를 마시는 것이 병을 이기는 데 도움이 된다는 의사의 처방 때문이었다. 그런데 안타까운 건, 그녀의 병세가 심해짐에 따라 그림에서도 그 징후를 짙게 살펴볼 수 있다는 점이다.

파리 상류층의 모습을 주제로 한 그림으로 활발히 활동하던 티소는 프로이센에 점령당해 모두가 떠나버린 파리에 남아 '파리 코뮌(1871년 파리의 시민들이 봉기를 일으켜 수립한 자치정부)'에 참여했다. 그러나 곧 정부군의 역습으로 인해 정권이 무너졌고 그는 체포를 피해 영국으로 망명을 결심한다. 런던에 도착한 티소는 이름을 영국식으로 바꾸고, 영국인들의 기호에 맞는 초상화를 그리며 큰 인기를 얻었다. 대중들은 물론 평단도 그를 사랑했다. 뛰어난 화가로 자리매김한 티소의 그림은 고가에 팔려나갔고, 영국에 온 지 불과 2년 만에 최고급 주택가인 런던 북서부의 세인트존스우드 그로브 엔드로드 17번가(지금의 44번가)에 있는 저택을 살 정도로 큰 성공을 거두었다. 그리고 그는 그곳에서 인생을 바꾼 운명적인 만남을 하게 된다. 평생의 연인이었던 캐슬린 뉴턴과의 만남이 그것이다.

티소의 집 근방에 있는 언니 부부의 집에 머물고 있던 캐슬린은 그와 우연히 만나 사랑에 빠졌고 곧 동거에 들어갔는데, 이들의 사랑은 누구에게도 환영받지 못했다. 그녀는 혼외 자식을 낳은 이혼녀였고, 그런 그녀와 결혼이 아닌 동거를 택했다는 이유로 두 사람

제임스 티소, 「해먹」, 1879년

제임스 티소, 「휴일」, 1876년

에게 극심한 비난이 쏟아졌다. 당시 영국 사회의 윤리로는 그들의 삶은 죄악이었다. '천박한 관계'라며 만인의 손가락질이 이어졌고 '그가 그녀를 포로로 잡아 집에 가두었다'라는 악소문을 퍼뜨리는 사람도 있었다. 심지어 티소는 1881년까지 왕립아카데미 전시회에 작품 출품을 포기해야 했을 정도로 사회적으로 따돌림을 당했다. 하지만 주위에서 아무리 삿대질해도 이들은 아랑곳하지 않고 사랑으로 모든 고난을 이겨냈다. 함께 산 지 얼마 뒤에는 둘 사이에 아들이 태어났고 이들은 단란하고 행복한 나날을 보냈다.

어느 때보다 마음이 충만했기 때문일까. 이 시기에 티소는 창작 의욕에 불타 다수의 그림을 생산했다. 캐슬린을 모델로 한 첫 번째 그림인 「지나가는 폭풍우」를 시작으로 「미인」, 「내 사랑」, 「휴일」, 「숨바꼭질」, 「공원 벤치」, 「해변」, 「무도회」, 「10월」, 「겨울 산책」, 「의자에 앉아 있는 캐슬린 뉴턴」, 「명상하는 여인 혹은 여름 저녁」, 「피아노 치는 캐슬린 뉴턴」 등 많은 그림에 그녀의 모습을 담았다. 특히 정원은 작품의 단골 소재였는데, 햇빛을 피해 노란 양산을 쓰고 있는 그녀를 아름답게 묘사한 「여름」과 여유롭게 정원을 산책하는 장면을 그린 「파라솔을 든 뉴턴 부인」, 해먹에 누워 신문을 보며 한낮의 평화를 만끽하는 「해먹」 등이 대표적이다.


정원 일부만 보여주는 일련의 그림에서 우리는 그의 저택 규모가 어마어마했음을 짐작할 수 있다. 티소는 그녀를 위해 정신적으

제임스 티소, 「숨바꼭질」, 1877년

로나 물질적으로나 최선을 다했지만 끝내 병을 이길 수는 없었다. 지병인 폐결핵으로 인해 침대에서 일어날 수조차 없게 된 그녀는 그와 함께 산 지 불과 6년 뒤인 1882년, 스물여덟 살의 나이로 세상을 떠난다. 사인은 자살이었다. 그녀가 죽자 세상이 무너지는 듯한 충격을 받은 티소는 며칠 동안 그녀의 관을 지키다가 모든 것을 그대로 버려둔 채 고향인 파리로 돌아가 은둔 생활을 시작한다. 그때부터 그는 종교에 전념하며 10년간 팔레스타인을 순례했고, 그녀를 잃은 상실감에서 벗어나지 못했는지 윌리엄 에글린턴이라는 강신술사가 이끄는 모임에 참석해 죽은 그녀의 영혼과 만났다고 주장하며 이상행동을 보이기도 했다. 그러다가 말년에는 뷔용의 한 수도원에서 종교화에 몰두하면서 조용히 생을 마감했다.

생전에 티소는 "그녀와 함께한 시간이 인생에서 가장 행복한 시기였다"라고 회상하곤 했는데 이는 캐슬린도 마찬가지였을 것이다. 사랑이라는 단 하나의 이유로 모든 걸림돌을 이겨낸 티소와 캐슬린. 그들은 사랑이라는 것이 인간을 얼마나 아름답고 강하게 만드는지, 또 그것이 얼마나 감사하고 위대한 일인지 일깨워준다. 비록 허무하게 끝난 생이었지만 열렬히 사랑했던 그 순간만큼은 찬란하게 빛났다. 다만 건강이 허락해서 조금이라도 더 오랫동안 함께할 수 있었다면 어땠을까, 하는 진한 아쉬움이 든다. 너무 어린 나이에 죽었고, 많이 아팠으며, 짧은 시간을 사랑하는 사람과 함께 했고, 엄청난 사회적 비난을 감수했기에 안타까운 마음이 더 크게 밀려오는 것 같다.

　미처 펴보지도 못하고 아스라이 스러져간 그녀의 삶을 생각하며, 결국 인간의 생은 하나의 낙엽과도 같음을 깨닫는다. 싱그럽고 탐스러운 잎사귀들이 자라, 나름의 색으로 산천을 곱게 물들이다가, 시나브로 빛바래고 부서지고 묻혀서 삶을 마감하는 것이 나뭇잎의 생인 것처럼 사람도 태어나고 살아가고 소멸한다. 살아 있다는 것은 죽어간다는 것이고, 죽어간다는 것은 살아 있다는 것이다. 주어진 시간 동안 온 힘을 다해 꽃을 피우는 나무처럼, 살아 있는 동안 자신의 정원을 아름답게 가꾸어가는 것이 모든 인간에게 공통된 생의 사명일 테다. 열매를 맺지 않아도 고유의 색으로 잎을 물들일 수 있다면 그것만으로 충분하다는 것. 이것이 낙엽이 건네는 곡진한 삶의 위로다.

　다시 새로운 계절이다. 가을은 또 이렇게 우리 곁에 찾아왔다. 햇빛을 머금은 이파리들과 싱그러운 바람에 흩날리는 꽃잎, 그리고 한결 차가워진 공기가 가을의 하모니를 이룬다. 구름 한 점 보이지 않는 새파란 하늘과 색색의 낙엽이 우리를 낭만과 환희의 세계로 초대한다. 꽉 찬, 향긋한, 부푼, 풍성한, 여문, 강렬한, 생생한, 감미로운, 달콤한 기운이 사방에 그득하다. 뜨거운 모습으로 빛나며 세상을 찬란하게 물들이는 가을. 바싹 다가오는가 싶다가도 어느새 떠날 채비를 하고 순식간에 자취를 감추어버리겠지만 이 계절은 영원한 현재로 기억되리라. 이 순간 존재하고 있는 것들에 경의를 표하며, 지금 머물러 있는 시간을 사랑하겠다고 다짐해본다. 생은 너무나 짧고 모든 것은 유한하므로.

# 불안하지 않은
# 인생은 없다

주위를 둘러본다. 두려울 정도로 적막하다. 언제 샀는지 모를 향초가 탁자 위에 놓여 있고, 다 쓰지 못한 노트 한 권이 책장의 구석진 자리를 차지하고 있다. 오랫동안 묵혀둔 옷장의 재킷, 먼지가 수북이 쌓인 카메라, 속이 텅 빈 채로 방치된 저금통, 노랗게 빛바랜 사진첩, 생을 다한 탁상시계, 뚜껑이 열린 채 굳어버린 만년필이 방안 곳곳에 자리하고 있다. 오늘따라 내 방이 낯설게 느껴진다. 아무런 관심을 주지 않아도 언제나 그 자리를 지키고 있는 존재들. 분노도 슬픔도 없이 담담하게 앉아 있는 내 인생의 사물들. 그런데 자꾸 이상한 불안감이 드는 것은 왜일까.

불안이 피어오르는 순간이 있다. 뭔가 알 수 없는 기운이 서서히 잠식해 들어오는 느낌. 짐짓 뒷골이 서늘해지고 싸한 기류가 온

몸을 감싸며 왠지 모를 공포감이 밀려든다. 사방이 꽉 막혀 있는 벽처럼 느껴져 자꾸만 겁이 나고 모든 게 두렵기만 하다. 익숙한 공간이지만 어딘가 어색해 의문을 품게 되는 시간. 이럴 때 우리는 저 문 뒤에 무엇이 있을지 모른다는 불안감에 휩싸이게 된다. 마치 이 그림 속 아이처럼.

현관 앞에 한 소녀가 서 있다. 하얀색 보닛 사이로 보이는 흐트러진 금발 머리와 푸른빛이 감도는 커다란 눈동자 그리고 약간 상기된 듯 발그스레한 볼이 귀엽고 사랑스럽다. 그런데 아이의 모습을 유심히 살펴보니 조금 겁을 먹은 것 같다. 문을 열고 밖으로 나왔지만 어디로 가야 할지 몰라 망설이는 것일까? 아니면 문밖에서 누군가를 애타게 기다리고 있는 것일까? 바닥에 두 발을 딱 붙이고 굳은 자세로 서 있는 모습이 부자연스럽게 느껴지고, 코트에 달린 커다란 리본 끈을 살짝 잡고 있는 행동이 뭔가 알 수 없는 두려움에 사로잡혀 있는 듯하다. 울먹울먹한 표정으로 정면을 바라보는 아이의 시선은 정확히 관객들을 향해 있다. 아이는 눈으로 말하는 것이다. 두렵고 불안하다고. 나를 어떻게 좀 해달라고.

이 그림은 벨기에의 상징주의 화가 페르낭 크노프Fernand Khnopff가 1885년에 그린 「잔 케퍼」로, 인간이 갖는 필연적인 불안감을 담은 명작이다. 크노프는 중심인물로 소녀를 설정하고 아이에게 커다

페르낭 크노프, 「잔 케퍼」, 1885년

랗고 단단한 문에 기대는 자세를 요구함으로써 그에 대비되는 작고 유약한 이미지를 강조했다. 또한 반사된 창문을 자유롭고 추상적인 붓놀림으로 칠해서 상대적으로 위축되고 경직된 아이의 모습을 부각했다. 배경을 문으로 가로막아서 단절된 심리를 나타냈으며, 공간을 납작하게 만들어서 밀폐되고 고립된 상태에서 느껴지는 불안감을 증폭시켰다. 또 전체적인 구도를 살펴보면 바닥이 사선으로 기울어져 있는 것을 확인할 수 있는데, 이는 불안정성을 증대하기 위한 화가의 의도적인 장치이다.

그림 속 모델은 크노프의 친구이자 피아니스트인 귀스타브 케퍼의 딸 잔 케퍼로, 그녀의 다섯 살 때 모습이다. 원래 이 초상화는 벨기에 브뤼셀의 미술단체인 레뱅이 1885년 개최한 전람회에서 처음 선보일 예정이었으나 그림을 완전히 끝마치지 못해 다음 해 열린 다른 전시회에서 소개되었다. 그림이 세상에 공개되자마자 동료 화가들과 평단은 이 그림에 크게 주목하며 긍정적인 평가를 했다. 이후 벨기에의 미술사학자 미셸 드라겟이 저서 『페르낭 크노프 : 잔 케퍼의 초상화』를 발표하면서 이 그림은 더욱 유명해졌는데, 이 책에서 드라겟은 그 시대의 문학과 예술의 움직임 그리고 사회적 환경과 함께 그림을 분석하며 상징주의 예술에 대한 좀 더 넓은 틀을 제공했다.

불안에 대한 탐색은 크노프의 오래된 주제였다. 그의 작품에는 불안이라는 감정의 주조가 일정하게 흐른다.

「소녀의 초상화」, 「시몬 헤거의 초상화」, 「웰몽트가의 앙리」, 「마드모아젤 에슈트의 초상화」, 「가브리엘 브라운의 초상화」, 「몽시외르 네브의 아이들」, 「하얀 옷을 입고 서 있는 소녀의 초상화」 등 다수의 작품에서 그는 '아이'라는 매개를 선택해 불안이라는 심리상태를 효과적으로 전달했다. 유아가 상징하는 미성숙에 초점을 맞췄고 그들의 위태롭고 무질서하며 부서지기 쉬운 성질에 집중했다. 그 시기 아이들의 순수하고 맑은 모습을 통해 불안의 근원에 다가가고자 했고, 흔들리는 눈빛을 통해 불안의 내재적 요인에 대해 말하려 했다. 또 정면을 똑바로 바라보는 구도를 반복적으로 사용했는데, 이는 아이들 이면에 감추어진 불안감을 함축적으로 나타내기 위한 수단이었다.

크노프가 한평생 불안이라는 주제를 다룬 것은 유전적 요인과 환경적 요인이 모두 투영된 결과다. 그는 타고난 기질이 내향적이었고 은둔형의 성격을 지니고 있었다. 무려 3년 동안 아틀리에에만 틀어박혀 있을 정도로 폐쇄적인 성향의 소유자였다. 게다가 19세기 말 브뤼셀은 염세주의가 활개를 치고 비관주의가 팽배한 시기였다. 우울한 도시 분위기에서 자란 그는 여러 가지 사회문화적 영향을 받을 수밖에 없었다. 하지만 그가 그림을 통해 보여주려 했던 것은 자신의 불안감이 아니었다. 불안한 상태에 놓인 아이들을 통

페르낭 크노프, 「웰몽트가의 앙리」, 1884년

페르낭 크노프, 「마드모아젤 에슈트의 초상화」, 1883년

해 그림을 보는 이들에게 불안이란 거대한 흔들림이기도 하지만 동시에 내면의 세계로 들어가는 통로이며, 때론 성장과 발전의 중요한 요소가 된다고 증언한 것이다.

불안은 대개 상상 때문에 만들어진다. 실제로 존재하는 것이라기보다 환상일 경우가 많다. 다시 말해 상상력이 만들어낸 허상이다. 인간의 정신은 그렇게 이성적이거나 합리적이지 않다. 눈앞의 역경을 과장하기 쉽고, 진실을 왜곡할 가능성이 크다. 너무 두렵기 때문이다. 사람은 대상의 실체가 명확하지 않을 때 극도의 불안감을 느낀다. 그러나 이는 마음의 착각에서 비롯된 잘못이다.

어제까지 좋았던 것이 오늘부터 싫어지는 게 사람 마음이다. 아까까지 자신만만했던 것이 갑자기 두려워질 수도 있다. 그만큼 변덕스럽고 취약하며 불확실하다. 마음은 늘 내 마음 같지 않고, 마음먹은 대로 움직여지지도 않는다. 살다 보면 내 선택과는 상관없이 불안한 감정들이 찾아오기 마련이다. 그리고 이러한 감정은 사람을 혼란스럽게 한다. 하지만 내가 인정하지 않으면 그 감정은 나의 것이 아니다. 내가 받아주지 않으면 감정은 이내 휘발되기 마련이다. 그러니 마음에 지나치게 얽매여 괴로워할 필요는 없다. 잊지 말아야 한다. 마음은 오류투성이고, 거짓일 수 있으며, 변하기 쉽다는 것을. 그리고 반드시 지나간다는 것을.

페르낭 크노프, 「가브리엘 브라운의 초상화」, 1886년

페르낭 크노프, 「몽시외르 네브의 아이들」, 1893년

우리는 삶의 순간마다 다양한 이유로 불안감에 빠진다. 원인을 모르는 공포심이나 앞날에 대한 막연한 걱정 같은 불확실성이라는 요소가 마음에 들어오면 불안은 더욱 증폭된다. 하지만 불안하다는 것은 자연스러운 일이다. 그건 살아 있다는 증거이기에.

불안은 삶의 당연한 조건이며, 영원한 구성 요소다. 억누르거나 외면해서 소멸할 수 있는 종류의 것이 아니라 부단히 조절하고 다스려야 하는 동반적 관계다. 불안에 잠식당하지 않기 위해서는 불안을 똑바로 직면하는 태도가 중요하다. 어떤 감정인지 세세하게 짚어보고, 정체부터 명확히 밝히는 일이 불안을 길들이는 첫걸음이다.

불안을 다루려면 불안 속으로 들어가야 한다. "적당히 불안해하는 법을 배운 사람은 가장 중요한 일을 배운 셈"이라는 키르케고르의 말처럼, 불안을 억지로 없애려 하지 말고 오히려 그 상황을 적극적으로 수용하고 대처해서 불안과 함께 살아가는 법을 배우는 것이 현명한 자세일 것이다. 불안하지 않은 인생은 없으니 말이다.

# 도시를 그 도시로
# 만들어주는 사람들

늦은 저녁, 지하철역으로 향했다. 퇴근 시간이 훨씬 지났음에도 불구하고 역사 안은 꽤 북적거렸다. 발 디딜 틈 없이 꽉 찬 인파를 뚫고 플랫폼에 도착하자 많은 사람이 두 줄로 서서 열차가 오기를 기다리고 있었다. 다들 하나같이 풀기가 꺾여 수그러진 모습이다. 분주한 일터에서 종일 사투하며 아등바등 하루를 버텨낸 것일까. 피곤함에 지친 얼굴로 고개를 푹 숙인 채 땅만 쳐다보는 사람도 있고, 일일이 슬퍼할 겨를 따위 없다는 듯 심드렁한 표정을 한 사람도 보인다. 금방이라도 쓰러질 것처럼 위태로이 비틀거리는 사람도 있고, 삶의 이유를 잃어버린 듯 하염없이 허공을 응시하는 사람도 있다. 익숙해서 슬프고 무섭기까지 한 풍경이다. 잠시 후, 멀리서 노란 불빛이 반짝이고 시끄러운 소리와 함께 열차가 도착했다.

마침 자리가 있어 의자에 앉아 주위를 둘러보는데, 오늘따라 전철 안 풍경이 쓸쓸하게 느껴진다. 팔짱을 끼고 자는 남자, 책을 읽는 젊은 여자, 통화 중인 중년 남성, 노트를 펴고 공부하는 소녀, 아기를 품에 안은 엄마, 신문 보는 할아버지, 스마트폰을 들여다보는 학생, 소곤소곤 대화하는 연인, 다리 사이에 짐을 끼고 앉은 아주머니, 꾸벅꾸벅 조는 취객, 골똘히 생각에 잠긴 남성까지.

그렇게 한참 동안 그들을 지켜보는데, 불현듯 미국의 화가 릴리 푸레디Lily Furedi가 1934년 뉴욕 지하철 풍경을 묘사한 그림 「지하철」이 겹쳐졌다. 고개를 푹 숙인 채 서로에게 무신경한 사람들의 모습을 화폭에 담은 이 그림은 80여 년 전 작품이라고는 믿기지 않을 정도로 지금과 흡사한 풍경을 보여준다.

왼쪽 구석에 립스틱을 바르는 여자가 앉아 있고, 한 남자가 그녀의 모습을 가만히 바라본다. 그 뒤에 신문 읽는 남성과 그가 읽고 있는 기사를 곁눈질로 훔쳐보는 여성이 있다. 반대편 좌석에는 바이올린 케이스를 들고 잠든 음악가가 눈에 띈다. 음악가를 그림 중심에 배치한 것은 화가의 개인적 삶이 반영된 결과로 보인다. 유명 첼리스트인 아버지와 음악학교 선생님이었던 어머니 그리고 바이올리니스트인 삼촌 등 푸레디 집은 대대로 음악가 집안이었다. 맨 앞쪽에 앉은 두 여성은 즐겁게 대화를 나누고 있다. 서로를

릴리 푸레디, 「지하철」, 1934년

향해 몸을 돌린 채 시선을 마주치며 웃는 모습이 꽤 친밀해 보인다. 그 밖에도 의자에서 졸고 있는 남자, 기둥을 잡고 서 있는 여자, 문에 기대 잡지를 보는 남자 등 다양한 사람들이 전철 안을 가득 메우고 있다.

푸레디는 가감 없는 사실적 재현으로 현실적인 공간을 그림 속에 옮겨놓았다. 공간을 채우고 있는 사람들의 모습을 나열하는 데 그치지 않고 지하철이라는 실증적 세계를 밀도 있게 풀어냈다. 옷차림과 생김새를 통해 개개인의 특성을 드러냈고, 인물들의 자세와 표정으로 서로의 관계를 보여주었다. 빛과 손잡이의 흔들림으로 빠른 속도감을 나타냈다. 광고판과 포스터, 역명 표시까지 가급적 정직하게 묘사하기 위해 노력한 흔적이 보인다. 그림을 가만히 들여다보고 있으면 미세한 진동과 함께 귓가에 덜커덩덜커덩 소리가 들리는 것 같다. 졸고 있는 사람의 고개가 앞뒤로 흔들리고, 손잡이를 잡은 손에 절로 힘이 들어가며, 중심을 잡기 위해 이따금 다리의 방향을 바꾸는 감각이 오롯이 전해진다. 실제로 지하철을 타고 있는 듯 생생한 승차감이 느껴진다.

이 작품은 1934년에 이루어진 미국의 공공예술사업 프로젝트 'PWAP Public Works of Art Project'에 의해 탄생했다. 이 프로젝트는 루스벨트 대통령이 대공황을 극복하기 위해 추진한 경제 정책인 뉴딜 정책의 일환으로, 생계를 위협받는 수천 명의 예술가에게 일자리를 제공해서 그들의 창작 활동이 공공가치를 지향하도록 설계한 프로그램이었다. 여기에는 수많은 미술가가 참여했는데, 그중에 한 명이 푸레디였다. 단, 반드시 '미국적인 장면'을 주제로 해야 했기에 그녀는 미국의 중심이라고 할 수 있는 뉴욕 지하철 풍경을 택했다. 그렇게 완성된 「지하철」은 백악관에 선물하기 위한 스물다섯 개 작품 중 하나로 선택되었고, 루스벨트 대통령이 최고라고 선정한 작품 그룹에 속하는 영광을 안았다. 이후 이 그림은 『뉴욕타임스』를 비롯해 도서, 기사, 인터넷 웹사이트에서 빈번히 사용되며 널리 알려졌다.

　푸레디는 헝가리 부다페스트 출신으로 미국 땅을 처음 밟은 것은 1927년, 그녀의 나이 서른한 살 때였다. 그녀가 미국에 도착하기 전에 어떤 삶을 살았는지에 대한 기록은 남아 있지 않으나 로스앤젤레스로 오는 배 승객 명단에 본인의 직업을 화가라고 적은 것으로 보아 이미 헝가리에서 화가로 활동했었다는 것을 짐작할 수 있다. 이후 그녀는 아젠트갤러리에서 매년 개최되는 크리스마스 쇼에서 「마을」이라는 그림으로 수상하며 명성을 쌓기 시작했다. 1934년에는 『뉴욕타임스』와 『뉴욕썬』에 그녀의 이름이 연달아 언급되기도 했다. 또 같은 해 열린 한 전시회에서 비평가 C. H. 본태는 '아주 높은 인정을 받은' 혹은 '제일 잘 알려진' 미국 여성 그룹에 푸레디를 포함했는데, 이는 화가로서 그녀가 어느 정도의 위치에 도달했는지를 잘 알려준다.

이후 그녀는 연방 예술 프로젝트에 참가했고, 벽화가로 바쁘게 활동했다. 또한 뉴욕의 도예학교인 그린위치 하우스 파터리에서 1950년에 열린 그룹 전시회에 도자기 조각을 선보이며 주목받기도 했다. 여러 분야에서 다재다능함을 뽐내며 빼어난 실력으로 이름을 떨친 그녀는 1969년 어느 가을, 일흔세 살의 나이로 뉴욕에서 생을 마감했다.

도시의 삶이 역동적으로 살아 숨 쉬는 지하철은 푸레디 외에도 많은 화가가 주목한 그림 주제였다. 미국의 화가 대니얼 셀렌타노 Daniel Celentano는 만석의 지하철 내부를 생동감 있게 묘사한 「지하철」을 그렸고, 프랜시스 루이스 모라 Francis Luis Mora는 열차 좌석에 일렬로 앉아 신문 보는 사람들의 모습을 유머러스하게 풀어냈으며, 레지널드 마시 Reginald Marsh는 빠른 걸음으로 플랫폼을 걷는 사람들, 발 디딜 틈 없이 붐비는 인파 등 지하철 역의 떠들썩한 풍경을 캔버스에 담았다. 또 추상표현주의 거장 마크 로스코 Mark Rothko 역시 초창기 리얼리즘 시기에 「지하철 입구」를 포함한 지하철 연작을 그렸다.

지하철은 다양한 이야기를 품은 채 매일 도시를 가로지른다. 그 안에는 만남, 이별, 추억, 그리움, 고독, 방황이라는 여러 가지 삶의 유형이 들어 있다.

레지널드 마시, 「14번가의 지하철」, 1930년

대니얼 셀렌타노, 「지하철」, 1935년경

마크 로스코, 「지하철 입구」, 1938년

프랜시스 루이스 모라, 「뉴욕시티의 지하철 탑승객들」, 1914년

바쁘게 일하는 누군가에게는 빠르고 편리한 교통수단이 되어주고, 심신이 지친 누군가에게는 앉아서 쉴 수 있는 쉼터가 되어준다. 반복되는 일상이 지겨운 누군가에게는 사색하기 좋은 여행지가, 근심에 짓눌린 누군가에게는 고민을 털어놓는 상담실이 되어주며, 마음의 허기를 느끼는 누군가에게는 멋진 도서관이, 또 후락한 나날을 보낸 누군가에게는 달리는 음악 감상실이 되어준다. 삶을 둘러싼 얄궂은 향취와 일상의 무게감이 가득한 공간, 지하철. 세상의 비밀들이 봉인된 지하세계인 지하철은 도시의 모든 역사를 아는 침묵의 목격자다.

지하철에는 떠남과 머무름이 공존한다. 누군가 멀어지면 누군가 가까워지고, 누군가 사라지면 누군가 나타난다. 그 치열한 반복 속에 세상은 돌아가고 삶은 이어진다. 땅 속의 어둠을 뚫고 끝없는 공간을 질주하는 열차처럼 사람들은 제각각 삶의 무게를 짊어진 채 부단히 앞으로 나아간다. 하루하루가 힘들고 사는 게 녹록지 않지만 저마다 소소한 계획들을 실현하며 조금씩 전진한다. 거대한 도심 속 세계에서 우리는 작디작은 존재에 불과하지만, 도시를 그 도시로 만들어주는 것은 결국 이렇게 살아가는 사람들이다. 부디 힘을 내서 이 도시를 계속 밝혀주기를. 도시 속의 삶이 척박하지만은 않기를. 모두 건투를 빈다.

# 바다는
사라지지 않는다

사라지면 그만이라고 생각한 것일까. 그가 떠났다. 아니, 증발했다. 어느 날 갑자기 잠적해버린 내 지인에 대한 이야기다. 이제는 누군가 사라진다는 것에 담담해질 만도 한데 도무지 괜찮지가 않다. 정말 슬픈 건 그가 사라졌다는 사실이 아니라 사라져간 방식인지도 모르겠다. 그건 존재의 부재가 아니라 존재의 불요를 의미하니까. 그러다 문득, 그런 생각이 들었다. 그 외에도 더 많은 것들이 사라지고 있다는 생각이. 이미 놓쳐버렸는데 그 사실을 너무 늦게 깨달아 언제 어떻게 잃었는지 짐작조차 힘든 어떤 것. 입김이 공기 중에 흩어지듯 순식간에 기화해 자취를 감춰버린 무언가. 손가락 사이로 모래가 빠져나가듯 찰나에 소멸돼 흔적조차 없어진 무엇. 그렇게 그 여름, 나는 그것이 무엇인지도 모른 채 무언가를 부단히 좇고 있었다.

바다를 찾은 건 그 무렵이다. 몇 방울씩 내리던 빗줄기가 점점 굵어지더니 금세 천둥과 번개를 동반한 장대비로 변했다. 창연한 바다가 창흑빛으로 물들고, 염분을 머금은 차가운 바닷바람이 거칠 것 없이 불어왔다. 무서운 기세로 파도가 출렁이자 사람들의 눈에 당황한 기색이 역력했다. 하나둘씩 자리를 떠나고 어느덧 배 위에는 나만 덩그러니 남았다. 그렇게 얼마의 시간이 흘렀을까. 일망무제의 바다를 바라보며 이런저런 생각에 잠겨 있다가 언뜻 고개를 돌렸는데, 저 멀리 선상에 있는 한 여자가 보였다. 그녀는 두 팔을 살짝 벌리고 고개를 한껏 젖힌 채 온몸으로 바람을 맞고 있었다. 그녀의 모습은 애벗 풀러 그레이브스의 그림 「갑판 위에서」 속 주인공 같았다.

한 여자가 배 난간에 기대 먼 곳을 응시하고 있다. 하늘에 먹구름이 짙게 드리웠고 쪽빛 바다에는 거센 풍랑이 일고 있다. 여자의 모자 장식이 왼쪽에서 오른쪽을 향해 휘날리고, 치맛자락은 반대 방향으로 펄럭이는 것으로 보아 사방에서 정신없이 바람이 불고 있다는 것을 알 수 있다. 세찬 바람이 휘몰아쳐 몸을 가누기가 힘들 정도다. 아직 비는 내리지 않지만 당장 폭우가 쏟아져도 이상할 것이 없는 날씨다. 한마디로 을씨년스럽다. 그런데 그녀는 지금 어디를 가고 있는 것일까. 누군가를 만나러 가는 것일 수도, 여행을 떠나는 것일 수도, 단지 바다가 보고 싶어 배에 오른 것일 수도 있다. 그녀의 계획을 우리는 알지 못한다. 다만 이 순간, 하얀 갈매기들이 바다 위를 선회하며 그녀를 배웅하고 있다는 것을 알 수 있을 뿐이다.

이는 미국의 인상주의 화가 애벗 풀러 그레이브스가 시시각각 변하는 바다의 모습을 순간적으로 포착한 것으로, 미묘한 빛의 흐름과 색조의 진동이 느껴지는 그림이다. 그는 세부적인 묘사보다 전체적인 양감에 초점을 맞춰서 얼굴과 머리의 명암을 드러냈고, 캔버스의 오돌토돌한 질감까지 보일 정도로 물감을 얇게 펴 발라서 여성의 맑은 피부를 표현했다. 또 단숨에 휘갈긴 필촉으로 모자 장식의 가볍고 유연한 성질을 효과적으로 나타냈으며, 물감을 촘촘하고 도톰하게 중첩해서 드레스의 부드러우면서도 묵직한 느낌을 살렸다. 반면에 바다 풍경은 정제되지 않은 거친 느낌으로 묘사했는데, 자유분방한 색채와 대담하고 경쾌한 붓질로 역동적인 움직임을 표현했다.

19세기 후반, 미국의 많은 화가들이 대서양을 건너 유럽으로 향하는 배에 몸을 실었다. 당시 새로운 미술사조로 떠오른 인상주의에 깊이 매료된 그들은 유럽에서 몇 년간 공부하고 고향으로 돌아가 미국식 인상주의를 전파했는데, 그중에 한 명이 애벗 풀러 그레

애벗 풀러 그레이브스, 「갑판 위에서」, 연도 미상

이브스였다. '꽃을 묘사하는 데 있어 최고의 화가'라는 명성을 얻을 만큼 꽃 그림에 일가견이 있는 화가였지만, 꽃만큼 몰두했던 것이 바다였다. 선상에서 일어나는 다채로운 이야기를 담은 「바람둥이」와 「집을 앞두고」, 해안가의 평화로운 정경을 그린 「가든 하우스, 글로스터」와 「이스턴 포인트, 글로스터」 그리고 어부들의 소박한 일상을 묘사한 「어부의 수업」과 「대화하는 어부들」 등 그는 바다를 주제로 한 여러 작품을 남겼다.

그가 이토록 바다를 자주 그린 이유는 그가 살았던 장소에서 찾아볼 수 있다. 4년간의 파리 생활을 마치고 가족들과 함께 미국 보스턴으로 돌아가 자신의 미술학교를 설립한 그는 얼마 뒤, 미국 메인 주 케네벙크포트 해안마을에 새로운 거처를 마련한다. 그는 그곳으로 집과 학교를 옮겨 유화와 수채화를 가르쳤다. 동시에 다수의 작품을 생산하며 화가로서도 활발히 활동했다. 특히 「케네벙크 출입구」, 「케네벙크포트 근처에」, 「메인 주 케네벙크포트」 등 마을 풍경과 일상을 묘사한 그의 그림들은 당대의 평론가와 수집가에게 인기가 많았다. 이러한 작품들은 달력과 엽서의 형태로 복사되어 그 지역을 홍보하는 데 사용되기도 했다.

그레이브스는 마을 일에도 적극적으로 참여했다. 그런 그를 두고 한 지역 신문은 '미술에서만큼 사회적인 일에서도 리더'라고 평가할 정도였다. 이후 다시 파리로 건너가 상업 일러스트레이터로 일할 때도, 카리브해와 남미로 여행을 갔을 때도, 보스턴에서 전시

애벗 풀러 그레이브스, 「바람둥이」, 1900년

애벗 풀러 그레이브스, 「집을 앞두고」, 1905년경

회를 열었을 때도, 뉴욕 국립 디자인아카데미의 준회원으로 선출되었을 때도 그는 여름이면 늘 케네벙크포트를 찾았다. 말년이 돼서는 계속 그곳에 머물렀는데 그때에는 주로 마을의 농부와 어부 그리고 나이 든 선장을 주제로 한 풍속화나 정원 그림을 그렸다. 그리고 1936년 여름, 조용히 숨을 거둔다. 그때 그의 나이 일흔일곱으로, 인생 대부분의 시간을 그곳에서 보낸 셈이다.

그에게 케네벙크포트는 어떤 의미였을까. 스스로 선택한 제2의 고향이자 최고의 휴가처이며 삶의 보금자리였던 곳. 그리고 자신의 수많은 작품이 탄생한 그곳을 그는 진심으로 좋아하고 아꼈던 것 같다. 그림에서도 보이듯이 햇살, 바람, 공기 등 그곳의 자연을 사랑했을 것이고, 끝없이 펼쳐진 푸른 하늘과 코발트빛 바다에서 커다란 해방감을 느꼈을 것이다. 마을 사람들과의 교류를 통해 우정의 소중함을 배웠으며, 소박하고 따뜻한 일상에서 진정한 삶의 의미를 찾았을 것이다. 사실 인간이 살아가는 데 있어 엄청난 거처가 필요한 것은 아니다. 마음 놓일 곳 딱 한 군데만 있으면 된다. 언제든 찾아가도 편하게 쉴 수 있는 곳. 그에게 바닷마을은 그런 장소가 아니었을까.

바다에서는 모든 것이 사라지지만 아무것도 사라지지 않는다. 물은 흘러가고 바람은 움직이고 빛은 흩어지고 모래는 쓸려가지만, 결국 다 제자리에 있다. 거듭 유실되고 확장되고 변화되며 끝없는 생멸을 되풀이할 뿐이다.

하얗게 부서지는 파도를 보며 사라진 것들을 생각한다. 바다에 묻는 안부처럼 사라진 존재를 하나씩 호명해본다. 놓쳐버린 말, 듣다 만 이야기, 조각난 믿음, 떠나간 사랑, 끊긴 전화벨 소리, 어린 목숨들, 잊힌 이름, 간절한 맹세, 좌절된 꿈, 빛바랜 기억, 부질없는 다짐들. 이렇게 하나둘씩 사라진 것들의 목록을 적어본다. 맹렬히 사라져간 것들을 애도하고 허무하게 떠나간 것들에 인사를 전한다. 그들에게 말을 걸고 마음을 전하고 끝내 떠나보내는 것, 이것은 사라짐에 대한 일종의 작별 의식이다.

종종 생각한다. 삶이란 상실을 축적해가는 일이라고. 반복되는 부재를 견디며 살아가는 여정이라고. 살면서 우리는 끝없는 상실을 경험한다. 만났다가 헤어지고, 기억했다가 망각하고, 채웠다가 비워지고, 가졌다가 놓아주고, 왔다가 떠나가고, 얻었다가 잃어버리고, 탄생했다가 소멸한다.

산다는 건 끊임없이 이별하는 일이다. 무언가를 잃어가는 반복 속에 표류하는 일이다. 세월은 자꾸 빈자리를 만들고, 빈자리는 영영 채워지지 않는다. 만물은 유실되어 사라지고, 이윽고 소멸해버린다. 사라짐이 곧 인생이다. 존재하는 모든 것은 사라짐의 운명이 있다.

# 내 마음을 지키는
# 일

웃지 않겠다고 다짐했던 적이 있다. 나를 보호하기 위한 수단으로 마음의 문을 걸어 잠갔던 때가 있었다. 그때의 나는 어떤 선의에도 흔들리지 않겠다고, 어떤 손길도 잡지 않겠다고, 어떤 유혹이 다가와도 웃지 않겠다고 매일 생각했다. 설혹 실패한 날이면 내일만큼은 절대 웃지 않겠노라고 다시 주문을 외웠다. 마음속으로 되뇌고 또 되뇌었다. 그렇게 얼마간 나는 웃지 않겠다고 작정한 사람이었다. 그게 어떤 마음이었는지는 정확히 설명하기 어렵다. 그런데 돌이켜 생각해보면, 너무 웃고 싶어서 웃지 못한 시간이 아니었나 싶다. 이제는 안다. 웃음의 비밀을. 어떤 사람이 밝다고 해서 행복한 것은 아니다. 어떤 사람이 눈부시다고 해서 외롭지 않은 것은 아니다. 웃고 있는 사람들 전부가 즐거

지나이다 세레브리아코바, 「화장대에서」, 1909년

운 것은 아니다. 모두 각자의 방식으로 견디고 있는 것뿐이다. 바로 이 사람, 세레브리아코바처럼.

　화장대 앞에서 젊은 여자가 머리를 빗고 있다. 발그스레한 볼과 입술, 또렷한 눈썹으로 보아 화장이 거의 마무리된 것 같고, 마지막으로 한 번 더 용모를 다듬고 있는 듯하다. 분첩, 향수, 촛대, 시침핀, 진주 목걸이와 같은 화려한 물건들도 눈에 띄지만, 가장 시선을 끄는 건 그녀의 얼굴이다. 그녀는 눈부시게 빛난다. 맑고 총명한 눈동자는 자신감으로 가득하고, 해사한 미소에서 싱그러움이 느껴진다. 일체의 허영이나 허세도 보이지 않는 꾸밈없고 자연스러운 표정이 사랑스럽고, 동그란 눈에서 자존적이고 독립적인 품위가 느껴진다. 그녀에게서 뻗어 나오는 긍정의 기운이 방 안을 가득 채우고 있다. 보고만 있어도 기분이 좋아진다.

　러시아의 화가 지나이다 세레브리아코바Zinaida Serebriakova의 「화장대에서」는 스물다섯 살 때의 화가 자신을 그린 자화상이다. 예술가 집안에서 태어나 체계적인 미술교육 아래 성장한 그녀는 유럽에서 그림 공부를 하던 중 사촌이자 철도 엔지니어인 보리스 세레브리아코프와 혼인해 가정을 꾸리고 네 자녀의 엄마가 되었다. 이 그림은 둘째 아이가 태어나고 2년 뒤인 1909년에 그린 것으로, 이듬해 러시아 예술가 연합이 주최한 대형 전시회에서 처음 선

보인 직후 대중의 관심을 끌며 유명해졌다. 이후 그녀는 활발하게 작품 활동을 펼쳤는데 '예술을 위한 예술'을 내세운 러시아 미술운동인 미술계파에 참여하고, 무대미술가 알렉산더 브누아에게 모스크바에 있는 카잔 기차역을 장식해달라는 요청을 받는 등 화가로서 전성기를 맞았다.

그렇게 일과 가정을 병행하며 행복한 나날을 보내던 어느 날, 삶이 송두리째 바뀌는 사건이 일어난다. 1917년 10월에 발생한 러시아혁명이 그것이다. 이로 인해 그녀의 삶은 산산조각이 났다. 가족 소유의 땅을 비롯해 전 재산을 약탈당하고, 남편 보리스는 볼셰비키 교도소에서 발진티푸스에 걸려 돌연 세상을 떠난다. 하지만 슬픔을 느낄 틈도 없이 당장 네 명의 아이들과 아픈 어머니를 부양해야 했기에 생활 전선에 뛰어들었고, 어려운 경제 상황 속에서 그녀와 가족들은 오랫동안 굶주려야 했다. 결국, 물감조차 사기 힘들어 유화를 포기해야 하는 상황까지 이르렀지만 그림 자체를 그만둘 수 없었기에 비교적 저렴한 재료인 목탄과 연필 그리고 파스텔에서 새로운 활로를 찾는다. 그녀의 그림에 유난히 파스텔화가 많은 것도 이러한 이유에서다.

나중에 그녀가 회상하기도 했듯 '인생에서 가장 고통스러운 시기'를 보내던 세레브리아코바에게 새로운 기회가 찾아온다. 프랑스 파리의 대형 장식 벽화를 의뢰받은 것이다. 그녀는 곧장 파리로 건너가 성실히 일하며 돈을 모았고, 얼마 후 고향에 남아 있던 어머니와 어린 자녀들을 그곳으로 데려오려 한다. 하지만 복잡한 정치적 상황으로 인해 네 명의 아이 중 두 명만 건너올 수 있었다. 심지어 러시아 정부는 러시아에 있는 가족들과 연락하는 것조차 허락해주지 않았다. 또다시 힘든 시간이 찾아온 것이다. 어쩔 수 없이 그녀는 그림을 그리고 또 그리며 하루하루를 버텼다. 그렇게 세월이 흘러 1947년, 마침내 프랑스 시민권을 얻게 된 그녀는 그제야 남은 두 자녀와 재회할 수 있었다. 36년 만이었다.

이제 그녀의 삶에도 좋은 날이 찾아온 걸까. 이후 그녀는 러시아 모스크바와 상트페테르부르크에서 성공적인 전시를 개최하며 '러시아를 대표하는 화가'로 발돋움한다. 수백만 명의 사람이 그녀의 작품집을 샀고, 르누아르나 보티첼리와 비교 대상이 되며 러시아 미술 교과서에 등장한다. 그러나 행복도 잠시, 그녀는 갑작스러운 죽음을 맞는다. 고국인 러시아에서 살기를 누구보다 간절히 바랐으나 프랑스에서 훨씬 오랫동안 살다가 그곳에서 세상을 떠난 세레브리아코바. 일련의 역사적 사건들로 인해 고난과 시련으로 점철된 삶을 살아야 했던 그녀를 떠올리면 한없이 가엾고 안타깝고 왠지 억울한 마음마저 든다. 그녀는 파리 근교에 있는 러시아인 묘지에 안장되었고, 작품 대부분은 여전히 프랑스에 남아 있다.

그녀는 앞서 살펴본 「화장대에서」뿐만 아니라 수많은 자화상을 남겼는데, 특히 말년에 그린 「자화상」을 보면 절로 마음이 숙연해

지나이다 세레브리아코바, 「자화상」, 1956년

진다. 이 그림은 그녀가 일흔두 살 때의 모습을 담고 있다. 세월이 흐르면서 주름이 깊어지고 얼굴에 살이 빠져 눈썹 뼈와 광대가 도드라졌지만 여전히 예쁜 미소를 간직하고 있다. 젊었을 때의 자화상이 영롱한 총기로 반짝였다면, 지금의 자화상은 은은하지만 깊은 빛을 발한다. 그리고 전혀 변하지 않은 한 가지는 눈빛이다. 눈동자는 생기와 활력으로 가득 차 있고, 마음의 때나 지친 기색이 보이지 않는다. 오히려 언제 힘들었냐는 듯 초연하고, 아무런 문제가 없다는 듯 당당하다. 온갖 고난을 겪어내고도 끝끝내 희망을 포기하지 않은 사람의 얼굴은 이토록 아름답고 눈부신가 보다.

그녀의 자화상들은 명확한 목적을 지닌 연출이 돋보이는 구도다. 나이에 따라 변하는 본인의 모습을 기록하려는 의도도 있었겠지만 화가라는 정체성을 드러내고 이를 세상에 각인시키기 위한 수단으로서의 의미가 크다. 또 비슷한 구도로 일관되게 표현한 이유는 한결같이 지켜온 그림에 대한 열정을 이미지로 형상화한 것이며, 삶에 대한 굳건한 정신과 태도를 나타낸 것이다. 그녀는 관객들을 정면으로 바라보는 구성을 통해 힘들고 고단한 삶 속에서도 똑바로 앞을 보고 나아가라고, 쉽게 훼손될 수 있는 약한 마음을 지켜내라고 힘주어 강조하고 있다. 평생에 걸쳐 화폭을 지킨 위대한 화가의 의지와 함께, 긴 세월을 견딘 한 인간의 삶이 가슴에 잔잔한 파문을 일으킨다.

하루아침에 사랑하는 남편을 잃고, 모든 재물을 빼앗기고, 극심한 가난과 싸우고, 가족들과 헤어져 있으면서도 단 한 번도 작품 활동을 멈추지 않은 이유는 그림이 그녀의 전부이자 유일한 버팀목이었기 때문이다. 인생을 송두리째 바쳐 완성한 그림들을 통해 그녀는 증명하고 있다. 내가 바로 세레브리아코바라고. 묵묵히 자신의 인생을 이끌어온 그녀는 자기 삶의 진정한 담지자였다.

나를 지키며 살아간다는 건 어려운 일이다. 이토록 모질고 험한 세상에서 내 마음을 지킨다는 건 지옥에서 꽃을 피우는 것만큼 힘들지 모르지만 충분히 그럴 만한 가치가 있다고 생각한다. 삶의 신념은 고정된 것이 아니다. 끝없는 흔들림 속에 비로소 지켜내는 것이다. 사는 게 비록 고달프고 세상이 아무리 지독할지라도 소신을 저버리지 않는 일, 세상살이에 지치고 하루하루가 고통의 연속이어도 영악해지려는 마음과 타협하지 않는 일, 어떤 경우라도 자신을 내다버리지 말고 소중히 여기는 일, 스스로 용기를 북돋아주고 긍정의 태도를 견지하는 일, 자신이 가진 한계 속에서 삶을 아름답게 가꾸어가는 일. 이런 것들이야말로 세레브리아코바가 우리에게 전하는 생의 의의일 테다.

좋은 마음이 좋은 마음을 낳는다고 믿는다. 세상을 향해 환하게 미소 지으면 그 미소는 오롯이 나에게도 새겨질 것이라는 믿음이 있다. 그것은 헛된 기대나 바람과는 다른, 희망의 한 종류다. 미소는 삶의 여정에서 진화한다. 반복되는 위기와 역경, 욕심과 집착, 실패와 좌절 등 저마다의 사건을 겪으며 우리는 단정한 웃음으로 자신을 바라보는 법을 배운다. 불행 속에서 희망을 노래하는 방법을 익히고, 좀 더 따뜻하게 마음을 어루만지려 애쓰며, 어쨌거나 씩씩하게 살아가고자 하는 의지를 품는다. 삶은 우리에게 말한다. 자꾸 미소 지으면 결국 살아진다는 것을. 미소 짓는 인간만이 온전할 수 있다.

오래 머물고 싶은 방

에드워드 하우,
「겨울궁전의 실내장식 :
네 번째 객실의 옷방」, 1868년

# 지금 이 순간의 행복

한 사람의 인생을 그림이라고 가정하고 그 그림을 이루는 성분을 둘로 나눈다면 불행과 행복의 비율은 어느 정도일까. 아마 숱한 불행과 드문 행복이 불규칙하게 섞여 있을 것이다. 삶의 과정에서 우리를 불행하게 하는 것은 얼마나 많은가. 사랑하는 이와의 이별, 믿었던 친구의 배신, 타인에 대한 집착, 서로에 대한 오해 등 관계에서 오는 불행. 아픈 몸, 경제적 어려움, 불규칙한 생활, 밥벌이의 고단함, 일상의 권태 등 상황이 주는 불행. 걱정, 불안, 질투, 증오, 두려움, 죄책감, 자기 연민 등 온갖 감정이 일으키는 불행. 하다못해 날씨가 더워도, 길이 막혀도, 주위가 시끄러워도 삶은 괴롭다. 불행할 조건이 차고 넘칠 정도로 많아서 인생의 기본값이 불행인 것 같을 때도 있다.

그렇다면 우리가 행복하지 않은 이유는 불행 때문일까? 불행에서 벗어나면 행복해질 거라는 믿음은 행복에 대한 오해에서 비롯된 결과다. 많은 부를 쌓았지만 마음이 가난한 사람, 큰 인기를 누리지만 공허감에 시달리는 사람, 괄목할 만한 업적을 쌓았지만 건강을 잃은 사람, 막대한 권력을 지녔지만 불안에 떠는 사람, 엄청난 성공을 거두었지만 웃음을 상실한 사람을 우리는 수없이 봐왔다. 불행과 행복은 함께 존재하지만 따로 작용하는 삶의 질서다. 불행은 행복을 방해하는 걸림돌도, 가로막는 장애물도 아니다. 이 둘은 독립된 개념이자 별개의 문제이며 서로 혼합되지도 상쇄되지도 않는다. 횟수와 밀도만 다를 뿐 인생에는 불행한 시기와 행복한 시기가 각각 존재한다.

행불행은 다분히 추상적이고 주관적이라서 계량화하거나 정형화되기 어렵다. 다만 이것만은 분명하다. 시도 때도 없이 닥치는 불행과 달리 행복은 제 발로 찾아오지 않는다는 점이다. 행복한 삶을 영위하기 위해서는 행복을 끌어안는 나름의 방식을 찾아야 한다. 눈앞에 직면한 현실을 부정하거나 왜곡하지 않고 정직하게 받아들이는 태도, 불행할 요소를 없애려고 하기보다 주어진 행복에 집중하는 자세, 멀리 있는 이상을 좇는 것에 앞서 현재 내 곁에 있는 것을 사랑하는 마음 그리고 무엇보다 행복하기 위한 구체적인 노력이 필요하다.

여기, 이 사람의 인생을 따라가 보자. 미국의 인상주의 화가 다니엘 가버Daniel Garber는 자신의 삶을 행복하게 만들었다. 학창 시절, 같은 미술학도였던 메리 프랭클린과 사랑에 빠져 결혼한 그는 아내와 함께 유럽 유학을 다녀온 뒤 미국 펜실베이니아 남동쪽 기슭에 있는 벅스카운티에 정착한다. 그곳은 푸른 나무와 색색의 꽃들로 가득한 곳이었다. 가버는 그곳을 배경으로 한 낭만적인 풍경화를 모아 순회 전시회를 열고, 샌프란시스코에서 열린 파나마 태평양 국제 전시회에서 금메달을 수상하는 등 화가로서 활발히 활동했다. 또 펜실베이니아아카데미에서 40년 넘게 교수로 재직하며 후학을 양성했는데, 순수회화뿐만 아니라 상업예술도 가르쳤으며 여성들을 위한 디자인 강의를 아주 오래 했다.

그는 뛰어난 화가이자 스승이기 이전에 좋은 남편이자 아빠였다. 유학 생활의 마지막 해인 1906년에 딸 타니스가 태어났고 4년 뒤에는 아들 존이 태어났다. 이때부터 그는 가족들의 모습을 화폭에 자주 담았다. 특히 타니스는 그의 단골 모델로, 그 그림들을 연도별로 나열하면 한 소녀의 성장 과정을 보는 듯하다. 가버는 1915년 작 「타니스」에서 새하얀 원피스를 입은 소녀가 커다란 창문 앞에 서 있는 모습을 묘사했고, 「동화」에서는 타니스가 의자에 책상다리하고 앉아 책 읽는 장면을 담았다. 1920년 작 「그린스트리트의 남쪽 방」에서는 햇살이 가득한 방에서 타니스가 엄마와 함께 시간을 보내는 모습을 포착했다. 또 그로부터 3년 뒤에 그린 「아침 햇살」을 보면 어느새 훌쩍 자라 숙녀가 된 타니스의 모습을 확인할 수 있다.

가족들에 대한 가버의 사랑은 남달랐다. 그들과 단란한 시간을 보내는 것이야말로 인생에서 가장 행복하고 의미 있는 일이라고 생각했던 가버는 아이들이 어렸을 때 오랫동안 떨어져 있는 것이 싫어서 화가로서의 활동을 미국 내로 한정했다. 그들의 학창 시절에는 교육을 위해 펜실베이니아 시골에 버려진 작은 공장을 화실로 개조해서 함께 그림을 그렸다. 또 일이 끝난 오후나 주말에는 집에서 아이들과 체스를 두며 놀거나 아내와 정원에서 많은 시간을 보냈는데, 이는 그의 그림 「메이데이」, 「스튜디오」, 「엄마와 아들」 등에서 살펴볼 수 있다. 그곳은 시냇물이 흐르고 비포장도로가 있는 깊고 깊은 시골이라서 세상과 완전히 차단된, 그러나 한없이 개방된 장소였고 화가는 아이들이 자연과 함께 어울려 마음껏 뛰어놀기를 바랐던 것 같다.

그렇지만 이는 비단 아이들만을 위한 것은 아니었다. 집 주변은 꽃과 나무가 풍성했고 일조량이 좋아서 인상주의 화가인 그에게도 여러모로 적합한 장소였다. 그는 매일 밖으로 나가 햇빛에 의해 시시각각 변하는 풍경을 캔버스에 담았다. 그렇게 화가로서의 삶과 아빠로 사는 삶을 병행하던 어느 날, 그는 자신의 스튜디오에 있는 사다리에서 추락해 그만 사망하고 만다. 지금 생각해도 너무

다니엘 가버, 「그림 그리는 학생들」, 1923년

다니엘 가버, 「과수원 창문」, 1918년

안타깝고 허무한 죽음이다. 모든 죽음은 급작스럽고, 삶은 그것으로 끝이기에. 하지만 사람은 떠나도 작품은 남아 있는 것처럼 그의 그림들은 행복했던 지난날을 기억하고 있다. 특히 이 그림 「과수원 창문」에서는 그가 그토록 사랑해 마지않았던 딸 타니스가 '지금 이 순간의 행복'을 재현하며 미소 짓고 있다.

커다란 창문 앞에 소녀가 앉아 있다. 바닥에 방석을 깔고 앉아 책을 읽고 있다. 무슨 책인지 정확히 알 수 없으나 시선이 고정된 채 한 장씩 한 장씩 페이지를 넘기는 모습이 흥미진진한 이야기에 흠뻑 빠진 것 같다. 입가에 미소를 머금고 자기만의 세계에 몰입한 표정이 더없이 충만해 보인다. 이는 타니스의 열두 살 때 모습으로, 긴 머리를 곱게 땋고 메리제인구두를 신은 모습이 귀엽고 사랑스럽다. 키도 꽤 크고 표정도 다부진 것이 제법 의젓해 보이기까지 하다. 그녀 뒤로 보이는 창밖 풍경은 펜실베이니아 주 럼버빌에 있는 과수원으로, 풍성하게 자란 초록 잎 사이로 노란 꽃들이 고개를 내밀고 있다. 방 안 가득 쏟아지는 눈부신 빛과 파스텔 색조의 화사한 색, 감미로운 붓 터치가 조화를 이룬다. 평범한 일상의 단면이지만 딸에 대한 아버지의 사랑이 느껴져서 그런지 마음속에 깊은 여운을 준다.

다니엘 가버의 그림은 행복에 관한 기록이다. 그는 일상의 단면

다니엘 가버, 「엄마와 아들」, 1933년

을 생생하게 묘사함으로써 행복한 삶을 표현했다. 행복을 선언하거나 주장하려던 것이 아닌 행복한 순간을 있는 그대로 보여주려 했다. 처음 아내를 만나 사랑에 빠진 학창 시절에도, 결혼하고 가정을 이룬 뒤 떠난 유학 시절에도, 두 아이의 아빠이자 화가로 활동한 삶의 전성기에도, 학교에서 학생들을 가르치던 인생 말년에도, 그는 늘 용감하게 행복을 쟁취했고 적극적으로 행복을 실현하며 살았다. 과거의 영광에 빠져 현재를 등한시하지도, 미래의 행복을 위해 현재를 포기하지도 않았다. 그가 평생에 걸쳐 세상에 전하고자 한 메시지는 '행복은 지금 이 순간에 존재한다'라는 것이었다.

행복은 바로 지금, 오직 여기에만 있다. 아끼고 미루다 보면 행복은 영원히 찾아오지 않는다. 내일 세상이 멸망하더라도 나에게 주어진 오늘의 행복을 즐기겠다는 자세로 행복을 느껴야 한다. 먹고 싶은 음식이 있으면 지금 최대한 맛있게 먹고, 읽고 싶은 책이 있으면 꼭 시간을 내서 읽고, 보고 싶은 영화가 있으면 바로 찾아서 보고, 그리운 사람이 있으면 당장 달려가서 만나고, 가고 싶은 곳이 있으면 지금 떠날 수 있어야 한다. 다 하지는 못해도 생각만 하다가 끝나지 않는 삶, 나에게 주어진 시간 속에서 하나씩 실천해보는 힘, 이런 것들이야말로 일상을 풍요롭게 하고 궁극적으로 삶을 견디게 한다.

힘들고 고달픈 하루하루에 있어 우리는 내일, 다음에, 나중에, 언젠가를 기약하며 행복을 뒤로 미룬다. 그러나 행복을 누릴 완벽한 때란 오지 않는다. 지금만이 삶을 펼칠 수 있는 유일한 무대이고, 행복을 체현할 수 있는 최적의 장소다. 행복의 비결, 행복의 조건, 행복의 정석, 행복의 지름길은 따로 없다. 행복은 발견하는 것이고 선택하는 것이며 체험하는 것이다. 차지하기 위해 노력하고 누리는 것이다.

우리는 이미 알고 있지 않은가. 지금 행복하지 않으면 끝내 행복할 수 없음을. 불행한 일들은 지긋지긋하게 겪었다. 이제 행복할 시간이다. 우리는 행복해질 권리가 있다.

# 아이의 마음으로
# 살기

출판사 미팅을 마치고 다음 일정으로 이동하던 길, 시간이 남아 서점에 들렀다. 매대에서 우연히 영국작가 알랭 드 보통의 장편소설 『낭만적 연애와 그 후의 일상』을 발견하고 천천히 페이지를 넘기던 중 한 문장이 눈에 들어왔다.

어린애 같은 건 어린애들만이 아니다. 어른들 역시—허세의 이면에는—장난스럽고, 엉뚱하고, 상처를 잘 받고, 히스테리를 부리고, 겁에 질리고, 가엾고, 위로와 용서를 찾는 면이 있다. (……) 많은 사람들이 아이들에게 다정함을 보이는 세상에서 산다는 건 멋진 일이다. 우리가 다른 사람의 어린애 같은 면에 조금 더 다정함을 보이는 세상에서 산다면 더욱 멋질 것이다.

언젠가 알랭 드 보통에게 연락이 와서 그림에 관해 이야기를 나눴다. 그간 다수의 서적에서 예술에 대한 견해를 드러낸 바 있듯, 그는 그림에 상당한 관심이 있어 보였다. 며칠간의 짧은 대화였지만 그때 내가 그에게 받은 인상은 지금까지 책을 통해 느꼈던 가끔은 불편할 정도로 까칠하고 냉소적이며 예민한 작가라기보다는 온갖 호기심에 눈빛이 반짝거리는 어린아이 같은 모습이었다. 어떤 분야에서건 창조를 업으로 살아가는 사람들은 아이의 마음으로 세상을 바라보고 감응하는 것이 아닐까. 나는 그를 보며 이 그림을 떠올렸다. 러시아의 사실주의 화가 니콜라이 보그다노프벨스키의 「새로운 동화」다.

동네 아이들이 모였다. 한 친구가 새로운 동화책을 구해왔기 때문이다. 이곳은 어디일까? 바닥에 양동이가 나뒹굴고, 지푸라기가 어지럽게 널브러져 있는 것으로 보아 버려진 외양간을 개조해서 만든 그들의 아지트인 것 같다. 남자아이가 책을 소리 내어 읽기 시작하자 시끌벅적하게 떠들던 아이들이 금세 그의 주변으로 모여든다. 편안한 자세로 앉아 친구의 목소리에 집중하다 보니 어느새 이야기에 푹 빠져들고, 저마다 머릿속에서 상상의 나래를 펼친다. 자신도 함께하고 싶은 것일까. 책을 깔고 누운 고양이가 내용을 다 알아듣는다는 듯 조용히 눈을 감고 아이의 목소리에 귀를 기울인다. 지나가던 염소도 문턱에 서서 그들의 모습을 가만히 지켜

니콜라이 보그다노프벨스키, 「새로운 동화」, 1891년

니콜라이 보그다노프벨스키, 「시골 친구들」, 1912년

보고 있다. 참으로 정겹고 따뜻한 풍경이다.

　보그다노프벨스키는 주로 시골 아이들의 일상생활을 화폭에
담았다. 친구들과 함께 책 읽는 소녀들, 피아노 치며 노는 아이들,
옹기종기 모여 바둑 두는 소년들, 소파에 앉아 발랄라이카를 연주
하는 소녀들, 썰매를 타고 등교하는 아이들, 냇가에서 수영하는 소
년들, 모닥불을 피우고 담소를 나누는 아이들, 말을 타고 일하러
가는 소녀들 등. 실내 활동뿐만 아니라 야외 활동까지, 그는 아이
들의 다양한 모습에 주목했다. 「시골 친구들」, 「양치기 소녀」, 「방
문객들」, 「오후 낚시」, 「정원에 있는 작은 소녀」, 「눈 속에서 나무를
옮기는 아이들」 등의 작품을 통해 알 수 있듯이, 화가는 해맑고 꾸
밈없는 아이들의 모습을 사실적으로 구현해서 생동감 넘치는 세
계를 완성했다.
　특히 교실은 보그다노프벨스키의 그림에서 빼놓을 수 없는 공
간이다. 그의 그림에는 「작성」, 「여학생」, 「신입생」, 「학급의 아이
들」 등 교실을 무대로 한 이야기가 끝없이 이어지는데, 이는 대부
분 모교에서의 경험을 바탕으로 한 작품이다. 그는 「시골 학교의
주말 독서회」에서 진지한 표정으로 수업에 임하는 마을 사람들의
모습을 그렸고, 「학교 문 앞에서」에서는 농번기에 집안일을 돕느
라 장기 결석한 후 오랜만에 학교에 나타난 아이가 해진 옷차림으
로 문 앞에 서서 교실에 들어가기를 주저하는 모습을 실감 나게 표

현했다. 또 그의 작품 중 최고로 평가받는 「암산 : 세르게이 알렉산드로비치 라친스키의 사립학교에서」는 학창 시절에 함께 공부했던 친구들과 존경하는 스승의 모습을 잊지 못하고 훗날에 그린 것으로, 19세기 시골 학교의 분위기를 선명하게 묘사하고 있다.

그가 이토록 교실을 많이 그린 데에는 스승인 세르게이 알렉산드로비치 라친스키의 영향이 크다. 러시아 최고 명문인 모스크바 대학교의 식물학 교수였던 라친스키는 농민을 대상으로 사회개혁을 이루고자 일으킨 계몽운동인 '브나로드운동'이 일어나던 시기에 퇴직했다. 그리고 자신의 영지가 있는 스몰렌스크로 낙향하여 아동교육에 헌신했다. 그는 타테브 마을에 자선 학교를 세우고 암산을 위한 독특한 교육방법을 개발해서 아이들을 가르쳤는데, 그 학생 중 한 명이 보그다노프벨스키였다. 가난한 집안의 사생아로 태어나 학교에 다닐 처지가 못 되었던 그에게 라친스키는 교육의 기회를 제공하고 후원도 해주며 따뜻한 손길을 건넸다. 또 미술에 재능을 보이자 상트페테르부르크 예술아카데미에서 공부할 수 있도록 추천해주었다.

보그다노프벨스키는 라친스키에 대해 '그는 내 인생의 스승이고 나는 그에게 모든 것을 빚졌다'라고 회고하곤 했는데, 그가 그림을 통해 보여준 아이들에 대한 끝없는 관심과 애정은 자신이 받은 은혜를 베풀고 사랑을 돌려주는 과정의 일환이었는지도 모른다. 1881년, 라친스키가 세상을 떠난 뒤에도 벨스키의 창작 활동

니콜라이 보그다노프벨스키,
「암산 : 세르게이 알렉산드로비치 라친스키의 사립학교에서」, 1895년

은 계속되었다. 파리, 리가, 베를린, 암스테르담 등 세계 주요 도시에서 전시회를 개최하며 화가로서 명성을 떨쳤고, 보수적인 아카데미 미술교육에 반발하여 탄생한 러시아 사실주의 미술운동 그룹인 이동파에 참여하기도 했다. '이동파'라는 이름은 모든 사람에게 예술작품을 감상할 기회를 주고자 지방 곳곳을 이동하며 전시회를 연다는 의미로, 이 그룹의 활동은 후대의 러시아미술과 서양미술에 막대한 영향을 끼쳤다.

아마 보그다노프벨스키만큼 아이들의 세계를 진솔하게 그린 화가는 흔치 않을 것이다. "아이들은 나를 항상 매혹시킨다. 나는 내 삶을 그들에게 헌신했고 지금도 그러하다"라고 말할 정도로 그는 아이들을 진심으로 사랑했고 그들이 자유롭게 살 수 있는 세상을 염원했다. 그리고 예술이야말로 사람들에게 아름다움을 인식할 수 있는 기쁨과 행복을 준다고 믿었던 그는 평생 아이들을 관찰하고 연구하며 그들의 생활상을 면면히 기록했다. 아이들의 가난, 차별, 기근, 노동까지 있는 그대로의 삶을 가감 없이 담아냄으로써 그들을 향한 투명한 시선을 강조했다.

떠올려보면 아이들이 하는 행위 대부분이 예술 그 자체다. 거울을 보며 표정 연기를 하고, 벽에 색연필로 낙서하고, 텔레비전에 나오는 가수의 춤을 따라 하고, 땅에 쪼그리고 앉아 모래성을 쌓고, 목청 높여 노래 부르고, 소꿉놀이를 하며 연극을 한다. 그렇게

니콜라이 보그다노프벨스키, 「방문객들」, 1913년

아이들은 스스로 예술가가 된다. 쓸모없는 것에서 즐거움을 찾는 일, 어쩌면 이것이 아이들이 알려주는 삶의 교훈이 아닐까. 그가 동심의 세계를 통해 삶의 의미를 전하려 했듯, 세상을 아름답게 하는 힘은 아이들의 순수한 마음에서 시작되는 것인지도 모른다.

   우리는 누구나 어린아이였던 때가 있다. 지치는 줄 모르고 뛰놀던 골목길, 벤치 아래 타임머신을 묻어놨던 놀이터, 친구들과 둘러앉아 공기놀이하던 교실, 틈만 나면 찾아 군것질하던 문구점, 배를 깔고 누워 밀린 일기를 쓰던 다락방 등등. 옛 추억들을 하나씩 하나씩 떠올리다 보면 미처 잊고 지낸 내 안의 아이와 마주하게 된다. 그 아이는 여전히 그 자리에 있다. 아이의 마음으로 산다는 건 그때가 생애 최고의 순간이었다거나 예전으로 다시 돌아가고 싶다는 의미가 아니다. 그 시절의 마음을 간직하며 살겠다는 다짐이다. 가슴 한편에 어렴풋하게나마 아이의 마음을 품고 산다면 우리의 삶도, 우리가 사는 세상도 조금은 더 아름다워지지 않을까. 이것이 과거의 우리가 현재의 우리에게 보내는 따뜻한 메시지일 것이다.

# 자기만의 방이
# 필요하다

어제는 커튼을 바꿨다. 계절의 변화가 느껴지기도 하고 조금은 지겨워서. 기존의 무겁고 두꺼운 커튼 대신 가볍고 시원한 소재의 커튼으로 교체하니 방의 분위기도 한층 밝아지고 전체적으로 활기를 띠는 느낌이다. 덩달아 기분도 좋아지고 삶의 의욕도 높아지니 이 얼마나 멋진 일인가. 인테리어란 특별한 게 아니다. 부귀를 자랑하거나 성공을 과시하기 위한 수단이 아니라 삶을 변화시키는 일상의 사소한 움직임이다. 화려한 장식들로 찬란한 위상을 뽐내거나 야심 찬 기획을 실현하려는 목적이 아니라 자기 정체성의 표현이며 조금씩, 천천히, 미완의 삶을 채워가는 과정이다.

화가 중에도 집 가꾸기에 열중한 이들이 많다. 소니아 들로네 Sonia Delaunay에게 방은 캔버스였다. 그녀는 벽과 바닥 그리고 천장을 화려한 색으로 칠하고, 장식적인 패턴이 돋보이는 태피스트리, 바닥 깔개, 가구 등을 직접 디자인했다. 덩컨 그랜트Duncan Grant와 버네사 벨Vanessa Bell은 집안의 가구와 화실의 벽난로를 도화지 삼아 그림을 그렸고, 침실 벽에 수채화를 그리거나 거실 벽면을 스텐실기법으로 채색하기도 했다. 파스텔 색조의 벽지와 직접 설계한 옷장이 자리하고 있는 르네 마그리트의 아파트는 화가의 미적 감각과 인테리어 취향이 고스란히 반영되어 있으며, 프랑스 지베르니에 있는 클로드 모네의 저택은 노란색 주방, 아라비아풍의 푸른 주방, 빛을 머금은 화실, 일본식 목판화로 장식된 벽면 등이 그대로 보존되어 있어 그의 그림만큼이나 위대한 유산이다. 또 관절염을 앓아 거동이 불편했던 모드 루이스Maud Lewis는 대부분의 시간을 집 안에서 보냈는데, 그녀는 덧문에 새와 나비를 그리고 벽과 창문, 계단에 알록달록한 꽃을 그려 넣었으며, 수를 놓은 러그와 소박한 가구들로 집 전체를 아기자기하게 꾸몄다. 캐나다 노바스코샤에 있는 그녀의 작고 아담한 집은 생활공간이자 화실이었으며 모드, 그 자체였다.

그리고 또 한 명, 실내장식하면 떠오르는 사람이 있다. 프랑스의 화가 에두아르 뷔야르Édouard Vuillard이다. 그는 벽지, 커튼, 러그, 융단, 식탁보 같은 다양한 직물을 좋아했고 집착에 가까울 정도로

에두아르 뷔야르, 「마리 블랑슈 드 폴리냑 백작 부인」, 1928년~1932년

에두아르 뷔야르, 「햇빛이 드는 실내」, 1920년경

카펫을 사랑했다. 「마리 블랑슈 드 폴리냑 백작 부인」이나 「화가 케르 자비에르 루셀과 그의 딸 아넷」 같은 그림만 봐도 직물에 대한 그의 각별한 애정을 느낄 수 있다. 또한 「촛대」, 「장식 선반」, 「테이블 세팅」, 「꽃의 항아리」 등을 살펴보면 인테리어 소품에도 관심이 많았음을 알 수 있다. 뷔야르는 직물 모티프를 강조해서 장식성이 두드러지는 장면을 연출했고, 가구와 정물을 유기적으로 배치해서 화면을 리듬감 있게 구성했다. 특히 이 그림 「햇빛이 드는 실내」에서는 잔잔하고 섬세한 감수성으로 내밀한 일상을 그려내고 있다.

상쾌한 아침이다. 창문을 활짝 열자, 따스한 햇볕과 신선한 공기가 피부에 스며든다. 부드럽게 살랑이는 바람에서 풋풋한 향기가 나고, 테라스 너머로 펼쳐진 녹음에서 자연의 정취가 느껴진다. 햇빛과 바람, 공기를 마음껏 누릴 수 있는 이곳은 침실이다. 방 안을 둘러보니 아기자기한 가구들이 가득하고, 의자 옆에 한 여자가 서 있다. 그녀는 이 방의 주인으로, 손에 의자 커버를 들고 있는 것으로 보아 간단하게 인테리어를 바꾸려는 듯하다. 묵직하지만 귀여운 원목 옷장과 작지만 튼튼한 나무 의자, 또 테이블에 놓인 꽃병까지 자연 친화적인 느낌이 물씬 난다. 특히 다양한 직물로 실내를 장식한 것이 눈에 띈다. 벽면에 포인트를 준 띠벽지와 수술이 달린 테이블보 그리고 바닥에 깔린 각종 러그가 포근하면서도 발랄하다. 편안하게 머물며 조용히 시간을 보내고 싶은 방이다.

에두아르 뷔야르, 「화가 케르 자비에르 루셀과 그의 딸 아넷」, 1903년

이 그림은 뷔야르가 '앵티미스트'로 분류되는 이유를 잘 알려준다. 앵티미스트란 일상적 대상을 친밀한 정감으로 표현하는 화가를 나타내는 말이다. 그는 감미롭고 서정적인 감성으로 공간에 앵티미슴적인 특성을 부여했다. 평범한 일상생활을 주제로 내밀한 분위기를 연출했고, 가정적인 정경을 통해 화면에 다사로운 애정을 채웠다. 섬세하고 미묘한 붓질로 평화로운 장면을 창출했으며, 포근한 색채 사용으로 실내 풍경을 정감 있게 묘사했다. 그의 그림은 대단히 장식적이고 휘황찬란하지만 호화롭다기보다 소박하고 안락한 느낌을 준다. 자신이 사랑하는 일상의 순간을 캔버스에 기록한 화가의 시선에는 삶에 대한 따뜻한 마음이 담겨 있다. 나아가 우리에게 무심코 보낸 하루를 소중하게 바라볼 수 있는 기회를 제공한다. 이것이야말로 앵티미슴의 본질이자 그림의 역할일 것이다.

　　뷔야르의 그림은 장식성이 두드러진다. 화면을 자세히 들여다보면 줄무늬, 체크무늬, 도트무늬, 꽃무늬 등의 각종 패턴을 공들여서 세세하게 그렸음을 확인할 수 있다. 착시 현상을 일으킬 정도로 복잡하고 반복적인 무늬가 공간에 가득 새겨져 있고, 풍부한 디테일과 다채로운 색채를 자랑하는 커튼, 식탁보, 의자 커버, 양탄자, 방석 등의 직물들이 그림 속 여기저기에 녹아 있다. 반면에 인물은 최대한 단순화해서 얼굴을 뭉뚱그리거나 눈, 코, 입을 묘사하지 않았다. 이는 그의 관심사가 정확히 어디에 가 있는지 보여주는 부분이다. 뷔야르는 작품을 이루는 하나의 소재로 인물을 배치했고, 그의 그림에서 중요한 것은 언제나 공간이다. 실제로 그는 '나는 초상화를 그리지 않는다. 배경 속에 있는 사람들을 그린다'라며 미학적 신념을 드러내기도 했다.

그의 그림이 장식적인 경향을 띠게 된 것은 어머니의 영향이 크다. 일찍 남편을 여의고 홀로 아들을 키운 뷔야르의 어머니는 생계를 위해 옷 만드는 일을 시작했다. 나중에는 아예 작업실을 운영했고 60세까지 직물 디자이너로 꾸준히 활동했다. 이런 환경에서 자란 어린 뷔야르는 자연스럽게 원단에 관심을 두게 되었고, 옷감의 색채, 무늬, 형태, 재질에 대한 안목을 키워갔다. 또 작업실의 분위기를 좋아했던 그는 그곳에 자주 머물며 많은 영감을 얻었고 천, 리본, 레이스, 자수 등의 소재를 모티브로 삼아 그림을 그렸다. 그는 한평생 어머니와 단둘이 살았으며, 그녀 덕분에 자신만의 독창적인 작품을 탄생시킬 수 있었다.

뷔야르는 전통 유화뿐만 아니라 대형 벽화와 실내장식에도 우수한 재능이 있었다. 1892년 나탕송 형제의 조언으로 제작한 마담 드마레이 아파트의 프레스코화가 입소문을 타면서 많은 의뢰가 들어왔다. 실내 디자인에도 탁월한 실력을 보여서 많은 고객들이 의뢰를 해왔다. 그리고 수많은 공공건물의 장식을 담당하며 기념비적인 작품을 남겼는데, 대표적으로는 프랑스 파리에 있는 드 뢰브르극장의 무대장치가 있다. 공동 작업 또한 빼놓을 수 없다. 그는 절친한 친구인 피에르 보나르와 파리 샤요궁宮을 꾸몄으며, 동료

에두아르 뷔야르, 「촛대」, 1900년

에두아르 뷔야르, 「장식 선반」, 1905년

화가 케르 그자비에 루셀Ker Xavier Roussel과 함께 제네바 국회의사당과 샹젤리제극장을 장식했다. 즉, 뷔야르는 화폭에 아름다운 공간을 구현하는 것을 넘어 실제 공간을 아름답게 만들어간 것이다.

공간을 가꾼다는 건 시각적으로 돋보이도록 내부를 꾸미는 일뿐만 아니라 행동양식, 사고양식까지 포함한 넓은 의미의 라이프스타일을 만드는 것을 의미한다. 단지 공간을 보기 좋게 만드는 것이 아니라 생활방식을 제시하고 공간을 소유한 사람의 가치관을 부여하려는 시도이다.

공간을 꾸미는 사람들은 자기를 사랑하고 아끼며, 본인이 원하는 게 무엇인지 아는 존재이다. 그들은 쿠션 하나에서 커다란 기쁨을 발견하고, 낡은 조명에도 나름의 만족을 얻는다. 그릇 몇 개에서 일상의 즐거움을 찾고, 폭신한 이불에서 행복의 의미를 깨닫는다. 자그마한 꽃병에서 광대한 자연을 경험하고, 한 점의 그림으로 온 세계를 여행한다. 그들은 일상의 무대를 가꾸는 사람, 자신의 마음을 살피는 사람, 머무르지 않고 진화하는 사람이다. 결코 삶에 대한 애착을 버리지 않는 그런 아름다운 의지를 지닌 사람이다. 그리고 그렇게 장식된 방은 어쩔 수 없이 그 사람을 닮는다. 직접 설계하고 매만지고 가꿈으로써 나만의 안식처가 되는 곳. 자기만의 방이 있다는 건 그래서 참 근사하고 애틋한 일이다.

# 목적 없는 쇼핑은
# 즐겁다

친구와 약속이 있어 백화점으로 향했다. 조금 이른 시간에 도착해 홀로 이곳저곳을 거니는데, 홀연 그런 생각이 들었다. 백화점이야말로 혁신적인 방식으로 아름다움을 보여 주는 장소가 아닌가 하고. 더할 나위 없이 매혹적인 자태로 시선을 사로잡고, 화려한 모습으로 마음을 유혹하는 곳. 백화점은 아름다움을 사랑하는 사람들의 천국이다. 곳곳을 환하게 밝히는 소품들은 오브제로 손색이 없고, 독특하고 기발한 인테리어는 하나의 모더니즘 예술작품 같다. 세련된 연출로 조형적 공간감을 극대화한 쇼케이스는 멋진 갤러리이며, 소장욕을 자극하는 물건들은 예술적 감성을 자극하는 매개이다. 저마다의 콘셉트로 꾸며진 매장들의 개성 있는 디자인은 풍부한 시각적 향연을 선사한다.

쇼핑은 단순히 물건을 구매하는 일이 아니다. 까다롭고 절대적인 나만의 기준을 통과한 결과물을 소유하게 되는 과정이다. 나에게 딱 맞는 물건을 찾는 일은 좋은 인연을 만나는 것만큼이나 어렵다. 그 자체로 에너지를 쏟는 일이기에 육체적, 정신적으로 피곤한 노동이고, 실패에 대한 책임을 감수해야 하기에 용기가 필요한 행위이기도 하다. 더불어 쇼핑이란 아름다움을 만끽하는 행위다. 미에 대한 욕망의 발현이고, 정서적 행복을 실천하는 경험이며, 새로운 재미를 느낄 수 있는 가치의 실험이다. 쇼핑의 진정한 기쁨은 원하는 물건을 손에 넣었다는 만족감이 아니라 아름다움에 관한 모든 것을 누릴 수 있는 시간에 있다. 여기, 쇼핑의 본질을 압축적으로 보여주는 그림이 있다. 아우구스트 마케August Macke의 「옷가게」이다.

쇼핑몰 안으로 들어서자 시원한 공기가 온몸을 감싼다. 입구부터 현란한 조명과 간판들이 펼쳐지고, 아기자기하면서도 컬러풀한 가게들이 줄지어 서 있다. 깔끔하게 진열된 쇼윈도 속 모자들이 행인의 시선을 붙들고, 형형색색의 옷을 입은 마네킹이 고객들의 발길을 유혹한다. 파란색 양산을 쓴 여성이 매장 앞에 서서 옷을 자세히 살펴보고, 그 뒤로 진열장을 가만히 들여다보는 모자 쓴 남성도 보인다. 그 순간 빨간색 옷을 입은 또 다른 여성이 상점 앞을 유유히 지나간다. 상점을 그냥 지나치는 것으로 보아 지금은 마음

아우구스트 마케, 「옷가게」, 1913년

에 드는 상품이 딱히 없는 듯하다. 필요한 제품을 사러 왔다기보다 예쁜 물건들을 구경하러 온 것 같다. 자세히 물건을 보는 사람, 지나가며 둘러보는 사람. 그들은 자신만의 리듬에 따라 쇼핑 자체를 즐기고 있다. 언제나 그렇듯, 목적이 배제된 쇼핑에는 즐거움만이 남는다.

이 그림은 독일의 표현주의 화가 아우구스트 마케의 쇼핑 연작 중 하나로, 과장의 미학을 보여주는 화려하면서도 입체적인 작품이다. 그는 객관적인 사실을 눈에 보이는 대로 재현하기보다 형태와 색깔을 왜곡해서 감정과 분위기를 표현하는 데 집중했다. 시적인 함축미를 통해 절묘한 조화를 끌어냈으며, 극적인 형상으로부터 오는 감동을 선사했다. 내용적인 측면에서 보자면 삶의 리얼리티와 쇼핑의 즐거움, 또 표현주의가 대변되고 있고 형식적인 면에서 보자면 순수한 조형, 명료한 색채, 단순한 구성, 자유분방한 율동감 등 독창성을 자랑하는 요소들로 구성되어 있다.

이 그림에서 마케는 표현주의(20세기 초 독일에서 일어난 주관적 표현에 중점을 둔 미술 운동) 미술양식을 따르고 있다. 그는 독일 표현주의 작가 그룹인 청기사파를 이끈 대표적인 미술가지만, 그를 표현주의로만 정의하기에는 무리가 있다. 일상의 풍경을 주요 소재로 삼았고, 비교적 구상적인 방향으로 회화가 발전했다는 점에서 다른 표현주의 화가들과 구분된다. 또 그의 작품들을 살펴보면 인상주의, 후기 인상주의, 야수파, 입체파, 미래주의, 오르피즘까지 다양한 미술사조를 확인할 수 있다. 이는 그가 아르놀트 뵈클린Arnold Böcklin, 호들러, 마네, 르누아르, 마티스, 바실리 칸딘스키Wassily Kandinsky, 로베르 들로네Robert Delaunay 등 많은 화가에게 영향을 받았다는 사실과 동시에 평생 보고 듣고 느끼고 배우며 좋은 화가가 되기 위해 노력했다는 것을 절감할 수 있는 부분이다.

이 그림 외에도 '쇼핑'은 마케의 그림 속 단골 소재였다. 양산을 쓴 여성이 진열창에 전시된 모자를 바라보는 장면을 담은 「모자가게 앞의 우산 쓴 여인」, 골목길 어귀에 있는 상점에서 아이와 함께 쇼핑하는 여성을 그린 「모자가게 앞에서」, 쇼윈도를 들여다보는 사람들로 가득한 거리 풍경을 묘사한 「모자가게 앞의 여인들」 등 그는 쇼핑을 소재로 한 상당수의 작품을 남겼다. 그런데 독특한 건 쇼핑하는 사람이 아니라 공간에 더 주목했다는 점이다. 그는 인물보다 쇼핑이라는 행위가 일어나는 공간적 특성을 표현하려 했고, 겉으로 보이는 외형미를 넘어 그 안에 깃든 아름다움을 화폭에 구현하고자 했다. 그의 그림은 공간 자체의 미를 보여주는 것에서 나아가 아름다운 세계로 우리를 초대한다.


아름다움은 모든 영역의 근간이 된다. 음악, 문학, 그림, 공예 같은 예술 분야는 물론이고 수학, 과학, 건축, 스포츠 등 다양한 분야

아우구스트 마케, 「모자가게 앞의 우산 쓴 여인」, 1914년

아우구스트 마케, 「모자가게 앞에서」, 1913년

에서 필수불가결한 요소다. 아름다움에 대한 인간의 욕망은 끊이지 않고, 미에 대한 찬미는 전혀 새로울 것이 없으며, 미학에 관한 탐구는 여전히 계속되고 있다. 고대 문자의 예술성, 옛 유물의 작품성, 수학에서의 대칭성, 완벽한 인체 비율 조각상, 멋진 외모에 관한 칭송, 근사한 물건에 대한 애착 등 만물의 중심에는 아름다움이 있다. 아름다움에 대한 동경은 인류 불멸에 관한 증거다.

우리는 불편함을 감수하고 아름다움을 택한다. 낡았지만 매력적인 물건을 소중히 여기고, 비실용적이지만 예술성을 갖춘 조형물을 고르기도 한다. 무용하지만 귀여운 아이템을 소유하고, 버려졌지만 새로운 영감을 주는 골동품을 들여온다. 세상이 정해놓은 가치를 그대로 따르기보다 스스로 무언가의 진가를 알아보고 거기에 무게를 두는 수고를 마다하지 않는다. 내밀한 영역에 대한 애착을 숨기지 않고 되레 드러내며 자신만의 독특한 세계를 구축한다. 아름다움이 가치를 만드는 것이다. 어쩌면 비효율적이고 비합리적인 행위일지 모르지만 때론 이런 행동이 사람을 살아가게 한다. 아름답기에 취하는 선택들 말이다.

살다 보면 그냥 예쁜 것을 보고 싶을 때가 있다. 때로 사람은 아름다운 것을 보는 것만으로 살아갈 수 있다. 아름다움은 이유 없이 사랑하는 법을 알려주고, 보이지 않는 내면의 결핍을 채워주며, 마음의 균형을 회복시켜 삶을 조화롭고 생동하게 한다. 아름다운 물건, 아름다운 공간, 아름다운 예술, 아름다운 생각, 아름다운 마음, 아름다운 말, 아름다운 행동…….

나는 아름다운 것을 사랑하는 마음이 아름다운 사람을 만든다고 믿는다. 결국 신이 창조한 것도, 인류를 나아가게 하는 것도, 세상을 구원하는 것도 아름다움이 아닌가 싶다. 아름다움은 힘이 세다.

# 모든 곳이
# 서재다

세상에는 믿고 사랑할 만한, 가치 있는 것들이

많지. 알겠니? 셰익스피어 안에 렘브란트가 있고, 미슐레 안에 코레조

가, 빅토르 위고 안에 들라크루아가 있다. 또 복음 속에 렘브란트가 있

고, 렘브란트 안에 복음이 있다. 네가 올바르게 이해한다면 그것은 같은

것이다.

― 빈센트 반 고흐, 『반 고흐, 영혼의 편지』

시대와 분야를 넘나들며 문학과 예술 그리고 종교에서 서로의
연관성을 찾는 이 글은 네덜란드의 후기 인상주의 화가 빈센트 반
고흐가 1880년 6월 동생 테오에게 쓴 편지의 일부다. 당시 고흐는
스물일곱 살의 청년이었는데, 16세기 고전 작가에게서 17세기 화

가를 보고, 18세기 역사가에게서 16세기 화가를 발견하고, 19세기 시인에게서 18세기 화가를 그리고 종교와 그림과 책에서 공통된 의미를 찾는 시선이 놀랍기만 하다. 이 짧은 글에서도 폭넓은 지식과 식견이 드러나듯이, 그는 대단한 독서가이자 애서가였다.

고흐의 책 사랑은 유별났다. 그는 "너무 닥치는 대로 읽었으니 이제 좀 체계적으로 읽어야 할 텐데"라고 푸념했을 정도로 엄청난 다독가였다. 책을 어찌나 다양하게 읽었는지 외국어 능력이 점점 향상되어 나중에는 모국어인 네덜란드어 외에도 영어, 프랑스어, 독일어로 된 작품을 자유롭게 읽을 수 있었다. 신학을 공부할 때는 개인 교사 멘데스 다 코스타에게 그리스어와 라틴어를 배웠는데 라틴어로 된 『그리스도를 본받아』를 직접 번역하려고 결심할 만큼 높은 수준을 자랑했다. 런던에 머물며 화랑 일을 할 때도 수많은 책을 구해서 읽었고, 문학 동호회에도 꾸준히 참가했다. 또 네덜란드 도르트레흐트에 있는 브라트서점에서 몇 달간 점원으로 일한 적도 있는데, 그곳에서 물난리가 났을 때 기지를 발휘해서 책을 구해내 주위 사람들을 놀라게 하기도 했다.

책을 좋아하는 마음을 담아 그린 그림도 여러 점이다. 그는 독서하는 장면을 포착해서 「책 읽는 노인」과 「난롯가에서 책 읽는 농부」를 그렸고, 서재에서 독서 삼매경에 빠진 여성의 모습을 묘사해 「소설 읽는 여인」을 완성했다. 「소설 읽는 여인」은 작가가 되고

빈센트 반 고흐, 「프랑스 소설 더미들」, 1887년

빈센트 반 고흐, 「프랑스 소설책들과 장미가 있는 정물」, 1887년

싶어 했던 누이동생 빌을 위해 그린 것으로, 그는 그녀에게 보낸 편지에서 '풍성한 머리는 진한 검정으로, 몸통은 녹색, 소매는 포도주 찌꺼기 색깔, 치마는 검정, 배경은 온통 노란색으로 하고 서가에는 책이 차 있다. 여자는 손에 노란 책을 펼쳐 들고 있다'라며 그림에 관해 설명했다. 책을 주제로 한 정물화도 많은데 「폴 고갱의 의자」, 「책과 유리병에 든 꽃핀 아몬드 가지」, 「화판, 파이프, 양파들 그리고 봉랍이 있는 정물」 등이 그것이다. 그중에서도 「프랑스 소설책들과 장미가 있는 정물」은 대표적인 책 정물화이다.

　테이블에 이십여 권의 책이 마구 쌓여 있다. 많은 책들과 어우러져 있는 장미 두 송이도 보인다. 제목이 가시적으로 드러나 있지 않아 무슨 책인지 정확히 알 수 없지만 당시 고흐가 즐겨 읽었던 프랑스 문학작품들, 예컨대 볼테르의 『캉디드』나 졸라의 『사랑의 한 페이지』, 위고의 『레미제라블』, 발자크의 『시골의사』 같은 소설책들이 아닌가 싶다. 그리고 이러한 책은 정식판이 아닌 보급판으로 보이는데, 당시 프랑스의 보급판 소설책이 대부분 노란색 표지였고 모든 책을 정식으로 구매하기에는 고흐가 가난했기 때문이다.

　그는 같은 해 「프랑스 소설 더미들」이라는 또 다른 작품을 완성했는데, 이러한 그림들은 프랑스 소설책을 대단히 사랑하고 즐겨 읽었던 그가 동시대 작가들에게 바치는 경의의 표시라고 할 수 있다. 고흐는 그림에 구체적으로 책을 묘사하기도 했다. 차 상자 뚜껑에 그린 「책 세 권의 정물」은 그가 파리에 있으면서 애독한 책들로, 맨 위부터 차례로 나열하면 리슈팽의 『용감한 사람들』, 공쿠르의 『매춘부 엘리자』, 졸라의 『여성의 행복』 순이다. 이와 같은 해 그린 「석고상이 있는 정물」에서는 공쿠르 형제의 『제르미니 라세르퇴』와 모파상의 『벨아미』를 그렸는데, 『제르미니 라세르퇴』의 경우에는 「의사 가셰의 초상」에도 그려 넣을 정도로 깊이 감동한 작품이었다. 그러나 누가 뭐래도 그가 제일 사랑했고 한평생 손에서 놓지 않은 책은 성경이었다. 「성경이 있는 정물」은 생애 처음으로 그린 책 정물화로 에밀 졸라의 『삶의 기쁨』과 성경책을 대조해서 표현한 것이 인상적이다. 졸라의 이 책은 추후 「협죽도와 책이 있는 정물」에서 또다시 등장하기도 한다.

책을 읽고 영감을 받아서 그린 작품도 많다. 그는 엘리엇의 『급진주의자, 펠릭스 홀트』를 읽고 「아를의 침실」을 그렸고, 도데의 『타라스콩의 타르타랭』을 읽고 「타라스콩의 합승마차」를 묘사했다. 또 1889년 1월 테오에게 쓴 편지에서 '요람에서 흔들리는 듯이 느끼고 그런 느낌을 갖게끔 하는 그림을 그리고 싶다'라며 로티의 『아이슬란드의 어부』를 언급한 뒤 「요람을 흔드는 여인」을 완성했다. 특히 고흐는 찰스 디킨스의 소설을 좋아했는데, 루크 필즈Luke Fields가 디킨스의 죽음을 추모하고자 그린 그림 「빈 의자」의 형식

빈센트 반 고흐, 「석고상이 있는 정물」, 1887년

빈센트 반 고흐, 「성경이 있는 정물」, 1885년

을 빌려와 「빈센트의 의자」를 그렸고, 1890년 작 「아를의 여인」에
서 해리엇 비처 스토의 『톰 아저씨의 오두막』과 함께 디킨스의 『크
리스마스 캐럴』을 그려 넣으며 디킨스에 대한 애정을 다시 한번
드러냈다.

전문적으로 미술교육을 받아본 적이 없는 고흐는 그림 역시 책
을 통해 익혔다. 바르그의 『데생 교본』이나 『목탄화 연습』 같은 책
을 구해서 독학으로 회화를 공부했고, 카사뉴의 『데생의 기초』를
통해 원근법의 규칙을 배웠으며, 베른하르트의 『옛 거장들』과 블
랑의 『조형 예술의 문법』 등으로 미술 지식을 쌓았다. 그가 일본 판
화에 관심을 두게 된 것도 『셰리』를 비롯한 공쿠르 형제의 책을 통
해서였다. 그는 지크프리트 빙의 『예술과 일본』을 읽고 일본 미술
을 연구하기도 했다. 특히 상시에의 『장 프랑수아 밀레의 삶과 예
술』은 고흐의 인생에 많은 영향을 미쳤고, 그는 평생 밀레를 스승
으로 여기며 살아갔다.
이처럼 고흐에게 책은 친구였고, 부모였고, 선생이었고, 애인이
었다. 영감의 원천이었고, 삶의 버팀목이었으며, 인생의 동력이었
다. 그는 책에서 지식, 교양, 재미, 교훈, 신념, 가치관 등 많은 것을
얻었고, 책을 통해 부단히 탐구하고 질문하며 자신의 삶을 구축해
갔다. 책을 읽는 것뿐만 아니라 책에 대해 말하는 것도, 자기 생각
을 쓰는 것도, 또 남들에게 책을 추천하고 빌려주는 것도 좋아했다.

고흐는 왜 이토록 책을 많이 읽었을까. 어떻게 이렇게 많은 책을 볼 수 있었을까. 그는 독서에 있어 아무것도 따지지 않았다. 수단과 방법을 가리지 않았고 시간과 장소를 구분하지 않았다. 어떤 여건에도 구애받지 않고 언제 어디서든 책을 읽었다. 보고 싶은 책이 있으면 어떻게든 구해서 읽었고, 책 살 돈이 없으면 도서관을 이용했다. 책을 읽을 기회가 있으면 어디든 참여했고, 책에 대해 말하고 쓰며 생각을 정리했다. 단순히 책을 찬미하는 것이 아니라 책을 통해 자신의 잘못을 발견하고 뉘우치기도 했으며 동의할 수 없는 작가의 견해를 비판하기도 했다. 그는 책을 통해 자신의 삶 자체를 걸작품으로 만든 사람이었다. 만일 가난 때문에 돈이 없어서, 그림을 그려야 하기 때문에 시간이 없어서, 생업 때문에 여유가 없어서, 또 마땅한 장소가 없어서 책을 읽지 않았다면 그는 어떻게 되었을까. 아마 성공한 화가는 되었을지언정 위대한 화가는 되지 못했을지도 모른다.

물론 책을 읽는다고 해서 책을 읽지 않는 사람보다 좋은 사람인 것도 아니고 훌륭한 삶을 사는 것도 아니다. 확실한 해결책을 찾을 수 있는 것도 아니고 생존 수단이 되는 것도 아니다. 다만 책에는 말로 설명할 수 없는 무언가가 있다. 그것은 가벼운 웃음일 수도 있고 어떤 희망일 수도 있다. 자그마한 위안일 수도 있고 커다란 깨달음일 수도 있다. 그 유형은 제각각 다르겠지만 중요한 것은 지금 책을 읽고 있다는 그 자체가 아닐까. 시간과 공간에 상관없이 각자의 방식대로 읽는 것, 그것이 무엇보다 중요하다. 책을 읽을 의지가 있고 그것을 행동으로 옮기기만 한다면, 현재 있는 그곳이 곧 서재가 된다. 그러므로 세상 모든 곳이 서재다.

# 그럭저럭
# 긍정적인 변화들

　　　　　　　　어떤 일을 할 때 최악의 상황을 상상하는
습관이 있다. 쉽게 낙관하지 않고 도리어 이 일이 비극적인 결말을
가져올 수도 있다는 것을 인식하려고 노력한다. 조금 비관적으로
보일 수도 있겠지만, 상황을 낙관적으로 예상하지 않는다고 해서
비관주의자인 것은 아니다. 오히려 긍정 유토피아라는 허황된 환
상에서 벗어나 똑바로 현실을 직시하는 데서 진정한 긍정이 온다.
다소 모순적이게 들릴 수도 있으나 실제로 그렇다. 좋은 결과가 생
기지 않을 수도 있다는 생각은 삶을 더 치열하게 만든다. 긍정이란
신념이나 마법이라기보다 삶을 대하는 태도에 더 가깝다. 이러한
자세로 자신의 삶을 변화시킨 이로는 덴마크의 화가 라우리츠 아
네르센 링Laurits Andersen Ring이 있다.

덴마크 질란드에 있는 링이라는 마을에서 영세 자작농인 부모 아래 태어난 그는 열다섯 살 때부터 집에 색을 칠하는 화가의 도제 徒弟가 되었다. 열심히 일하며 독학으로 공부해서 덴마크 왕립 미술아카데미에 입학했지만, 전통적인 미술교육에 만족하지 못해 방황의 시기를 보낸다. 그러던 중 친구인 한스 아네르센과 전시를 하게 된 그는 고민에 빠진다. 두 사람의 성이 '아네르센'으로 같아 혼동을 줄 수 있었기 때문이다. 그들은 긴 회의 끝에 이름에 고향 명칭을 붙여 사용하기로 하고, 이때부터 그의 이름은 라우리츠 아네르센 '링'이 되었다. 그렇게 이름까지 바꾸고 전시회를 열었지만 결과는 신통치 않았고, 그 후로도 몇 년간 주목받지 못했다. 그런데 그의 세계관이 뒤흔들릴 만한 커다란 사건이 일어난다. 민주적인 법을 무시하는 정권 때문에 나라 전반에 정치적인 혼란이 일어난 것이다.

링은 학생들의 혁명 그룹인 '소총운동'에 적극적으로 참여했고, 이 과정에서 사회정의에 눈뜨며 가난한 사람들의 삶을 묘사한 그림을 그리기 시작한다. 그런데 이게 무슨 일인가. 조금씩 화가로 경력을 쌓아가던 그때, 고약한 일이 생긴다. 절친한 동료 화가의 아내와 사랑에 빠진 것이다. 그녀와의 관계가 유지될 수 없음을 깨달은 그는 마음을 정리하기 위해 여행을 떠났는데 또다시 문제가 발생한다. 이듬해 한 작가가 소설 『야경』에서 링을 불륜에 빠지는 화가이자 괴팍한 성격의 실패한 혁명군으로 묘사한 것이다. 심지어 그는 소설의 실제 주인공이 링이라는 사실을 공공연하게 말하고 다녔는데, 그는 링의 절친한 친구이자 1917년 노벨문학상 수상자인 덴마크의 소설가 헨리크 폰토피단이다. 믿었던 친구가 그런 식으로 자기 사랑의 열병을 공개한 것은 엄청난 충격이었고, 링은 그와 절교한 뒤 더 이상 아무 말도 하지 않았다.

여러 가지 사건 사고가 많았던 그의 인생에 전환점이 찾아온다. 여행을 마치고 귀국한 링은 한 동료 화가와 그림 작업을 시작했는데, 그녀는 향후 그의 아내가 된 시그리드 퀼러Sigrid Kähler이다. 그들은 연애를 시작하고 얼마 후 스무 살이 넘는 나이 차를 극복하고 결혼해 단란한 가정을 이루었다. 둘 사이에는 세 명의 자녀가 있었는데 링은 가족들, 그중에서도 아내의 모습을 화폭에 자주 담았다. 그는 「등불 옆 예술가의 아내」, 「에바와 시그리드 퀼러」 등의 작품을 끊임없이 탄생시켰고, 임신한 몸으로 문턱에 서 있는 아내를 그린 「화가의 아내」로 1900년 파리 세계박람회에서 동메달을 수상하며 화가로서 인정받았다. 특히 평화로운 아침을 묘사한 「아침 식사 중에」는 최고로 손꼽히는 명작이다.


아침에 일어나 문을 열자, 신선한 공기와 함께 은은한 햇살이 집 안으로 들어온다. 나무들이 살짝 노랗게 물들어 있는 것으로 보아 계절은 여름과 가을 사이, 그 어디쯤인 듯하다. 이따금 청아한 새소리가 들리고, 습습한 바람결이 선선하게 다가온다. 여자는 계

라우리츠 아네르센 링, 「화가의 아내」, 1897년

절의 변화를 온몸으로 느끼며 고요한 아침을 맞는다. 주방 구석에 청록색 그릇장과 아기자기한 도기들이 자리하고 있고, 새하얀 식탁보를 뒤집어쓴 독특한 모양의 식탁이 중심을 차지하고 있다. 테이블 위에는 싱싱한 과일과 달콤한 파이 그리고 따뜻한 차 한 잔이 놓여 있다. 아침 식사로 안성맞춤인 음식들이다. 여자는 비스듬한 자세로 앉아 홀로 식사를 즐기고 있다. 천천히 음식들을 음미하며 신문을 보는 모습이 느긋하고 편안해 보인다. 식당 한가운데서 피어나는 삶의 작은 여유다.

링은 소박한 일상을 사실적이면서도 상징적으로 그려냈다. 그의 작품에 대한 연구가 이뤄진 초기에는 그의 작품을 사실주의와 상징주의 중에 무엇으로 보는 게 맞는지에 관해 논란이 벌어졌다. 추후에 학자들은 두 가지 면이 모두 중요하게 다루어지고 있고 각 사조가 서로를 보완한다는 점을 인정했다. 이 그림에서도 링은 상징적인 이미지들을 사용하고 있다. 예를 들어 아내의 머리 위쪽의 가지는 '머틀'이라는 이름을 가진 식물이다. 고대 그리스에서는 미의 여신 아프로디테를 상징했고 덴마크에서는 결혼식 때 신부를 꾸미는 장식이다. 이것을 그림으로써 화가는 아내에 대한 사랑을 간접적으로 표현했다. 또 관객들에게 등을 돌린 채 신문을 보는 자세는 자기만의 세계에 몰두하겠다는 선언이자, 삶의 표면 아래 더 깊은 진실이 자리하고 있음을 전하려는 의도이기도 하다.

라우리츠 아네르센 링, 「아침 식사 중에」, 1898년

라우리츠 아네르센 링, 「에바와 시그리드 쾰러」, 1895년

그에게 아내와 함께한 시간은 인생에서 가장 행복한 시기였다. 우여곡절이 많았던 삶이 그녀를 만난 뒤 평탄해졌고, 모든 일이 순조롭게 풀리며 화가로서 탄탄대로를 걸었다. 그녀와 친밀한 시간을 보내며 일상에서 환희를 발견했고, 비로소 세상과 친숙해질 수 있었다. 어쩌면 이것은 그녀의 힘이 아니라 사랑하는 사람을 위해 바로 서려는 그의 마음가짐, 가령 책임감이나 사명감 같은 것들이 뒤섞여 만들어낸 결과였는지도 모른다. 사랑보다 위대한 건 사랑을 지키려는 의지니까. 그렇게 행복하게 살던 어느 날 아내가 세상을 떠나고, 링은 피오르가 내려다보이는 덴마크의 로스킬레에서 생의 마지막 10년을 보내다가 영면에 들었다. 그리고 이듬해 그의 삶을 요약한 전기를 출판한 작가 페테르 헤르츠는 링에 대해 '그의 일생의 작품은 그의 삶과 본질로 남아 있다. 이것은 심오한 깊이의 잔잔한 물과 같다'라고 말했다.

그의 삶은 그의 그림처럼 소소하지만 치열했고, 고요하면서 단단했다. 그는 휘몰아쳤던 과거의 사건들을 모조리 잊은 채 살아가기보다 그것이 무슨 질문을 던지는지 사유하며 자신의 길을 묵묵히 걸어갔다. 보통의 날들을 촘촘히 엮어낸 그의 그림들은 생은 압도적인 전율이나 강렬한 무아지경, 또는 우렁찬 울부짖음으로 구성된 것이 아님을 보여준다. 그 대신 인생이란 보잘것없고 지루한 것임을, 지리멸렬한 일들의 연속이자 알 수 없는 모순으로 이루어

저 있음을, 그 모든 경험이 무언가를 남기든 빼앗든, 유익하든 해롭든 그 또한 삶이라는 영역의 일부라는 사실을 인지하게 만든다. 일상의 파편들을 섬세하고 풍성하게 그려내면서도 감상적이지 않은 시선으로 바라보는 그의 그림은 고통을 예술로 승화시키는 데 필요한 것은 결국 화가의 재능이 아니라 태도라고 말하는 듯하다.

링은 솔직담백한 자세로 일상을 특별하게 만들었다. 덜하지도 더하지도 않은 절제된 단정함으로 화면을 조화롭게 묘사했고, 흔들림 없이 담백한 태도를 견지하며 인물을 정직하게 표현했다. 「철도 경비원」이나 「비 오는 소리」에서 살펴볼 수 있듯, 극적인 연출이나 극화된 장치 없이 있는 그대로의 모습을 가만히 지켜보는 것 같은 화가의 시선은 너무도 담담해 우아하기까지 하다. 풍경에 속하지 않고 조금 떨어져서 상황을 바라보는 우회적인 접근 방식과 적극적인 개입 없이 관조적인 태도를 유지하는 모습은 꽤 영리해 보인다. 그림은 상당 부분 연출되고 창조된 화면이지만 실제보다 더 실제 같은 모습이 담긴 정교한 현실이다. 고의로 만들어낸 가상의 세계지만 삶의 단면을 오롯이 비추는 한 편의 드라마다. 결국, 평범한 장면을 특별하게 만드는 건 화가의 몫이리라.


시간이 지남에 따라 소소한 일상이 온통 고맙다. 이제는 삶이 얼마나 힘겹고, 자주 혼란스럽고, 수시로 아플 수 있는지 깨달았기 때문이다. 나는 아직도 어떤 밤에 흐느껴 울고, 맨땅에 허우적거리

라우리츠 아네르센 링, 「철도 경비원」, 1884년

라우리츠 아네르센 링, 「비 오는 소리」, 1922년

고, 누군가를 미워했다가 속으로 미안해하고, 기대했다가 금세 실망하고, 마음을 그럴싸하게 포장하고, 쉽게 흥분해서 실수하고, 이따금 세상을 원망하고, 상처 주고 싶다는 못된 마음을 품고, 다짐한 뒤 실행하지 않고, 무의미한 한숨을 내뱉고, 다 알면서 모르는 척하고, 끝없는 우울함에 침잠해 들어가고, 오늘 일을 내일로 미룬다. 그렇게 나는 때론 비겁하고, 때론 지질하고, 때론 아프게 표류 중이지만 그래도 이런 내 삶을 사랑하며, 아니 사랑하려고 노력하며 살아가고 있다. 나는 여전히 힘들지만, 그래서 다행히 불행하지는 않다.

체념도 허영도 없이 말하는데 '어떻게든 되겠지'가 삶에 대한 나의 기본적인 신조다. 인생은 고통과 시련의 연속이고 그것들을 느끼든 느끼지 않든, 모든 일은 어떻게든 지나가게 되어 있다. 정말 이상하고 신기하게도, 어떻게든 되는 것이다. 그러니 너무 걱정할 필요도 아파할 필요도 없다. 그저 시간을 견디고 오늘을 살아가면 된다.

이제는 안다. 수선스럽지 않고 담백하게 삶을 긍정할 수 있다면, 내가 나를 속이지 않으면서 얼마든지 인생을 아름답게 영위할 수 있음을. 또 그렇게 살아야 할 땐 그냥 그렇게 살아보는 것도 나쁘지 않음을. 이것이 삶이 내게 준 그럭저럭 긍정적인 변화다.

# 이 모든
# 기다림의 시간

화실은 내게 익숙한 공간이다. 유년기와 학창 시절을 그곳에서 지냈고 어쩌다 보니 현재도 대부분의 시간을 그곳에서 보내고 있다. 그림을 그리는 것뿐만 아니라 놀고 쉬고 웃고 울고 떠들고 침묵하고 배우고 가르치고 방황하고 성찰했던 수많은 기억이 그곳에 있다. 딱딱하게 굳은 물감, 물이 튀긴 얼룩, 공기 중에 떠다니는 오일 냄새, 작업 보조대의 바퀴 자국, 구석에 널브러진 앞치마, 먼지 쌓인 화구 상자, 이리저리 굴러다니는 연필, 부러진 칼날 조각, 바닥에 떨어진 지우개 가루, 손때 묻은 화판, 휴지통에 묻은 흑연 가루 등등. 이 모든 것은 시간이 쌓여 만든 내 공간의 자취이다. 이 자그마한 방에도 나름의 역사가 꼼꼼하게 기록되어 있다.

귀스타브 카유보트, 「스튜디오의 인테리어」, 1872년~1874년

프레데리크 바지유, 『바지유의 아틀리에 : 콩다민거리 9번지』, 1870년

당연하겠지만 화가에게 화실은 다양한 의미가 있다. 작업 공간 뿐만 아니라 즐거운 놀이터이자 개방된 모임 장소이며, 새로운 만남의 장이자 비밀 아지트가 되기도 한다. 예컨대 파리에서의 모네의 활동은 샤를 글레르Charles Gleyre의 화실에서 시작되었다. 그곳에서 모네는 알프레드 시슬레Alfred Sisley, 프레데리크 바지유Frédéric Bazille, 르누아르 등과 교류하며 우정을 쌓았고, 이 만남은 향후 '인상주의'를 탄생시키는 밑거름이 되었다. 파리 콩다민거리 9번지에 있는 바지유의 아틀리에는 예술가들의 집합소로 그림과 문학 그리고 철학을 논하는 문화 살롱의 역할을 했다. 또 커샛과 드가의 화실은 파리 몽마르트르에 이웃해 있었는데, 그들은 서로의 작업실을 방문해서 그림기법을 익히고 유대감을 쌓으며 친밀한 관계를 유지했다.

화실이라는 공간에 애착을 가진 이들도 있다. 파블로 피카소Pablo Picasso는 파리 그랑 조귀스탱가 7번지에 있는 스튜디오에서 오랫동안 작품 활동을 했는데, 더 이상 파리에 살지 않게 된 이후에도 그곳을 그대로 유지하며 온 정성을 기울였다. 세잔은 프랑스 남부 엑상프로방스에 직접 아틀리에를 설계한 뒤 세상을 떠날 때까지 지냈으며, 당시 사용했던 화구와 소품들은 여전히 그곳에 보존되어 있다. 마티스는 화실을 어떻게 장식해야 하는지에 대한 나름의 기준이 있었고, 자신의 아틀리에를 모티브로 삼아 「빨간 화실」, 「분홍 화실」, 「화가의 가족」, 「가지가 있는 실내」와 같은 아틀리에 4부작

앙리 마티스, 「분홍 화실」, 1911년

카를 빌헬름 스트렉푸스, 「베를린에 있는 예술가의 스튜디오」, 1860년대

을 탄생시켰다. 그 밖에도 들라크루아, 루이스 모엘러Louis Moeller, 카를 빌헬름 스트렉푸스Karl Wilhelm Streckfuß, 카유보트, 세잔과 같은 화가들이 화실 풍경을 화폭에 담으며 애정을 드러냈다.

어떤 화가들에게 화실은 꿈을 실현하는 무대이자 끝없는 창작의 산실이었다. 파리 코르트거리에 있는 르누아르의 화실에서 모델 일을 하던 쉬잔 발라동Suzanne Valadon은 훗날 화가가 되어 그곳을 자신의 아틀리에로 사용했고, 조지아 오키프Georgia O'Keeffe는 뉴멕시코에 작업실을 마련한 뒤 40여 년간 거주하며 방대한 작품을 생산했다. 또 칼로는 멕시코에 있는 화실에서 홀로 그림을 그리며 수많은 고통을 이겨냈는데, 지금도 그곳에는 그녀가 사용했던 붓과 팔레트 그리고 휠체어가 생생하게 자리하고 있다. 이처럼 화실은 화가의 성격과 내면은 물론 인생까지 들여다볼 수 있는 현장이다. 그 자체로 정체성을 드러내고 독자적인 가치를 지닌다. 일종의 자서전 같은 공간인 셈이다. 화실의 의미에 대해 더 깊게 생각할 수 있는 작품으로는「그림 그리는 젊은 여자」가 있다.

화실에서 한 여성이 그림을 그리고 있다. 무릎 위에 화판을 올려놓고 붓으로 조금씩 화폭을 채워가는 중이다. 창문을 통해 들어오는 햇빛이 공간을 밝게 만들고, 그녀의 새하얀 드레스와 금발 머리도 역광을 받아 환하게 빛난다. 그런데 조금 더 자세히 살펴보

마리 드니즈 빌레르, 「그림 그리는 젊은 여자」, 1801년

니, 창문 한쪽이 깨져 있는 것이 보인다. 깨진 창을 통해 보이는 것은 사랑을 속삭이는 연인이다. 하지만 그녀는 그들을 바라보지 않는다. 몸을 비스듬히 틀어 고개를 돌린 채 그림에 집중하고 있다. 영롱한 푸른 눈으로 정면을 똑바로 바라보며 작품에 몰두하고 있다. 그녀는 바깥세상의 어떠한 유혹에도 흔들림 없이 단단해 보인다. 야무진 표정에서 곧은 성품이 엿보이고 고정된 시선에서 강직한 의지가 느껴진다. 지금 그녀에게 중요한 것은 사랑이 아니라 일이다. 자신의 화폭에 예술혼을 쏟아붓는 일.

1801년 파리 살롱에 이 그림이 공개되었을 때, 사람들은 엄청난 찬사를 쏟아냈다. 끝없는 박수갈채가 터져 나왔고 '우아하고 고전적인 아름다움을 갖추고 있다'라거나 '훌륭한 공간 감각이 돋보인다'라는 평론가들의 호평이 이어졌다. 이 작품은 1917년부터 뉴욕 메트로폴리탄미술관에 소장되었는데, 화가의 서명이 없는 탓에 신고전주의의 거장 자크루이 다비드Jacques-Louis David의 「샤를로트 뒤발 도뉴스의 초상」으로 알려졌고, 이름값을 증명하기라도 하듯 지대한 관심과 주목을 받았다. 이 그림을 보기 위해 관람객들의 발길이 끊이지 않았고 비평가들의 극찬 역시 계속되었다. 특히 프랑스의 대문호 앙드레 말로는 "빛을 등지고 앉아 그림자와 신비에 젖은, 지적이고 수수한 여인의 초상화로 색채는 요하네스 페르메이르처럼 미묘하고 신비롭다. 완벽한 그림이다"라며 격찬을 아끼지 않았다. 그런데 이게 웬걸, 이 그림은 다비드의 것이 아니었다.

1951년, 오랜 연구 끝에 미술사학자들은 중요한 사실을 밝혀낸다. 이 그림을 그린 사람은 '콩스탕스 마리 샤르팡티에'라는 이름의 여성이라는 것. 이러한 사실이 세상에 드러나자 그동안 작품에 대해 칭송 일색이던 평단은 갑자기 혹평을 쏟아내기 시작했다. '허리부터 무릎까지 인체 비율이 맞지 않는다'라며 그림을 깎아내리거나 '여성 화가가 손을 그리기가 어려워서 몸 뒤로 감추었다'라며 온갖 흠집 내기에 열을 올렸다. 이후 이 그림은 오랫동안 치열한 논쟁 끝에 콩스탕스 마리 샤르팡티에의 작품으로 인정받았는데, 그녀의 정체가 프랑스의 화가 마리 드니즈 빌레르Marie Denise Villers라는 사실이 밝혀진 것은 또 한참 뒤의 일이었다. 지금으로부터 불과 20여 년 전인 1996년이 되어서야 이 그림은 여러 미술사가에 의해 빌레르의 작품으로 판명되었고, 그녀가 스물일곱 살에 그린 자화상으로 여겨지고 있다.

일련의 과정들이 말해주는 건, 부당한 편견과 차별로 인해 화가로서 그녀의 진가가 제대로 알려지지 못했다는 표면적인 사실이 아니다. 다비드의 작품으로 오인되지 않았다면 이 그림은 세상에 알려질 기회조차 없었을 것이라는 점이다. 19세기까지만 해도 화가로 활동할 방법은 두 가지뿐이었다. 성별이 남성이거나 집안이 부유하거나. 당시 여성들은 미술아카데미에 입학할 수 없었고, 누드모델은 될 수 있어도 누드드로잉을 하는 것은 금지되었다. 인물화나 역사화 대신 정물화를 그려야 했으며, 아무리 실력이 뛰어나도 아마추어로 취급되거나 익명의 존재로 남았다. 빌레르 역시 시대의 피해자였던 셈이다. 그리고 지금도 여전히 남성 화가들의 그림들로 가득한 뉴욕 메트로폴리탄미술관 한복판에서 그녀는 홀로 관객들을 응시하고 있다.

과연 빌레르는 200여 년이 흐르고 난 뒤 이 그림이 자신의 작품이라는 사실이 밝혀지리라는 것을 알았을까? 또 지금까지 얼마나 많은 여성 화가들의 작품이 조용히 사라지거나 작자 미상으로 남아 있거나 혹은 아예 태어나지도 못했을까? 스물일곱의 빌레르는 화가로서의 포부를 가득 담아 그림을 그렸지만, 세상은 이에 응답하지 않았다. 아니, 응답하길 거부했다. 오랜 시간을 스스로 살아남아 자신의 진가를 인정받은 이 그림에서 우리는 한 젊은 화가의 초상과 마주한다. 그림에 대한 순수한 열정을 갖고 화가라는 꿈에 대한 간절한 마음이 가득했던 여성 이전의 한 사람. 이 그림은 결과적으로 차별에 대한 역사적 사실이 기술되어 있는 한 편의 르포르타주가 되었다.


언제부턴가 그림을 감상할 때 작품 자체에 감탄하기보다 그림을 그린 화가의 시간을 생각한다. 얼마나 오랜 시간을 투자했을까,

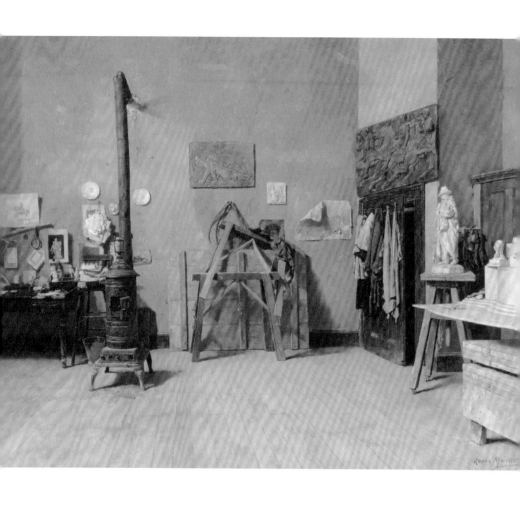

루이스 모엘러, 「조각가의 스튜디오」, 1880년대

얼마만큼 끈질기게 파고들었을까. 작품이 완성되기까지 소요된 시간과 수많은 방해 요소를 겪으며 노력했을 삶의 시간을 찬찬히 떠올려보는 것이다. 그림을 그린다는 건 기다리는 일이다. 머릿속에서 상상하고, 마음속으로 결정하고, 조금씩 이미지를 구현하고, 차츰 앞으로 나아가고, 어느새 완성에 다다라 손에서 붓을 놓는 순간까지 기다리고 또 기다리는 기다림의 연속이다. 내리 마음을 다잡고 느릿한 손놀림으로 이야기를 잇대고 여러 시도를 거듭하여 새로운 작품을 만들어내는 길고 더딘 행위다. 세상의 모든 그림은 기나긴 시간을 견디어 마침내 우리에게 도착한 기적과도 같은 선물이다.

그림의 과정과 삶의 과정은 그리 다르지 않다. 인생의 대부분은 기다림의 시간이고, 저마다의 길을 가는 기나긴 여정이기 때문이다. 생을 관통하는 끝없는 여정 끝에 무엇이 있을지는 아무도 모른다. 우리가 할 수 있는 것은 조급해하거나 서두르지 말고 묵묵히 자신의 삶을 살아가는 것. 그 과정에서 나름대로 작은 승리를 이루어나가는 것. 막연하게 버티는 것이 아니라 조금씩 성장하고 발전하는 것. 기다리지 않았다면 이 모든 것은 존재하지 않았을지도 모른다. 사랑, 우정, 꿈, 믿음, 용기, 성찰, 배움, 치유, 용서, 희망까지 많은 것을 가르쳐주었던 기다림, 기다림, 기다림. 그 시간들을 기억하며 나는 아직 기다리고 있다.

# 내 삶을
# 운전하는 것

'자동차'의 사전적 의미는 이러하다. 원동기를 장치하여 그 동력으로 바퀴를 굴려서 땅 위를 움직이도록 만든 차. 그러나 오직 한 가지 목적에만 충실하기 위해 만들어진 존재는 아닐 것이다. 자동차는 바깥세계로부터 우리를 분리해준다. 일상을 안전하게 지켜주고, 외부 자극으로부터 보호해준다. 잠시나마 숨 돌릴 수 있는 시간을 제공하고, 지친 몸을 기댈 수 있는 쉼터가 되어준다. 누군가에게는 실시간으로 세상을 바라보는 발코니이고, 오랜 취향이 드러나는 진열장이자, 세간을 갖춘 소규모 원룸이기도 할 것이다. 또 누군가에게는 타인과 만남이 이루어지는 응접실이고, 최적화된 동선으로 꾸며진 사무실이며, 마음을 채워주고 비워주는 음악 부스일 수도 있다. 그렇다면 자동차란, 한 개인의 역사가 담긴 '이동하는 방'이라고 말할 수 있다.

처음으로 운전하던 순간이 떠오른다. 세상의 모든 처음은 잊히지 않는 법이니까. 몇 번의 시도 끝에 운전면허 시험에 겨우 붙어서 잔뜩 긴장한 채였다. 뻣뻣하게 굳은 몸으로 조심스레 사방을 살피며 도로를 주행하다가 신호에 걸려 잠시 정차했을 때 비로소 주변을 둘러볼 여유가 생겼다. 그리고 그 순간 나는 러시아의 화가 유리 피메노프Yuri Pimenov의 그림 「새로운 모스크바」 속 주인공이 된 것만 같았다.

한 여성이 컨버터블을 몰며 스베르들로프광장의 중앙대로를 달리고 있다. 그녀는 지금 어디로 가는 것일까. 볼쇼이극장으로 연극을 보러 가거나 근처 카페로 향하는 길일 수도 있겠다. 창문에 달린 빨간색 카네이션이 눈에 띈다. 이는 사회주의의 상징으로 카네이션 외에도 여자의 드레스 패턴과 지하철 표지판, 건물의 붉은 깃발 등을 통해 이 모티브는 반복된다. 전경에 모스크바의 기념비적인 건축물인 노동조합 건물이 보이고, 도로에는 검은색 지프와 리무진 그리고 빨간색 버스가 지나다니고 있다. 보행자들은 어딘가를 향해 분주히 움직인다. 넓고 큰 광장, 건물의 매끈한 실루엣, 우뚝 서 있는 전봇대, 이제 막 개통된 지하철, 운전하는 사람들, 활기 넘치는 거리. 이 모든 것은 자유롭고 풍성해진 새로운 모스크바다.

유리 피메노프, 「새로운 모스크바」, 1937년

이 그림에서 자동차가 갖는 상징성은 다양하다. 차량이 많지 않던 시절에 일반 여성이 자동차를 운전하는 것은 드문 일이었다. 그녀는 상류층 여성으로 높은 교육 수준과 경제력을 갖췄을 것이다. 이는 젊고 독립적인 여성을 통해 도시의 현대적인 이미지를 강조하고 새로운 변화의 시작을 알리려는 화가의 의도이며, 더불어 사회주의 낙원을 향한 갈망을 의미하기도 한다. 또 눈에 띄는 것은 관점이다. 피메노프는 실제 자동차에 타고 있는 것 같은 시선으로 그림을 그려 화면에 실재감을 부여하고 그림에 잘 몰입될 수 있도록 했다. 그래서 관객들은 여성의 뒷좌석에 앉아 드라이브를 하며 거리 풍경을 보고 있는 듯한 느낌을 받는다.

「새로운 모스크바」는 피메노프에게 많은 상과 명예를 가져다준 그의 대표작이자 러시아 인상파의 걸작으로 손꼽히는 작품이다. 그는 이 그림을 포함해 모스크바 시리즈를 수년에 걸쳐 작업했는데, 이와 비슷한 구도로 그린 동명의 1960년 작품에서도 같은 인물이 등장한다. 그림 속 여성은 그의 아내인 나탈리아 피메노바로, 그녀는 모델뿐만 아니라 든든한 동반자이자 조력자 역할을 하며 그에게 많은 도움을 주었다. 이런 그녀에 대해 피메노프는 본인의 저서 『세속적인 예술』에서 '그녀는 나의 가장 좋은 모델입니다. 지난 몇 년간의 작품들을 회상하면, 나는 그녀를 볼 수 있습니다. 그녀의 몸, 그녀의 머리카락, 그녀의 팔 (……) 그녀는 내가 가장 중요한 결정을 해야 할 때마다 유용한 조언을 해주었습니다. 덕분에 늘 정확한 결정을 할 수 있었죠'라며 고마움을 표하기도 했다.

당시 러시아는 스탈린 시대였다. 1924년 레닌이 사망하고 권력을 잡은 스탈린은 독재체제를 강화했다. 사회주의 건설을 위해 농업의 집단화와 급속한 공업화를 추구했고, 정치적 반대파에 대해 무자비한 숙청을 단행했다. 이 과정에서 수억 마리의 가축이 도살되고, 수천만 명의 사람들이 사망하는 비극이 발생했다. 그리고 이는 예술도 피해갈 수 없었다. 파시즘의 수단인 정치의 예술화가 재연된 것이다. 많은 예술작품에서 민족적인 면이 강조되었고, 인민성과 당파성 그리고 사상성이 주목받으며 예술이 국가를 변호하게 되었다. 유일하게 공식적으로 승인되는 예술의 유형은 소련의 혁명적 세계관을 형상화하는 사회주의 리얼리즘이었다. 그럼에도 피메노프는 국가에서 허락한 예술에 얽매이지 않았다. 그림의 스타일과 기술을 실험하고 발전시키는 것을 두려워하지 않았다. 그에 의해 만들어진 세계는 현저히 비혁명적이며 동시에 혁신적이었다.

피메노프는 국가의 혁명 정신을 예술로 표현하는 것이 아닌, 예술을 통해 국가의 혁명을 이루고자 했는지도 모른다. 그는 검열과 탄압에 저항하면서 자신이 그리고 싶은 것을 계속 그렸다. 풍경화, 초상화, 정물화, 극장 포스터, 외국의 연극 포스터, 책 삽화, 의상 스케치 등 분야를 가리지 않고 다양한 장르에서 활약했으며, 철의

유리 피메노프, 「새로운 모스크바」, 1960년

장막이 해제된 이후 연달아 외국을 여행하며 뛰어난 작품을 탄생시켰다. 그런 그를 두고 학술위원 보리스 네멘스키는 '그는 점진적으로 그림과 데생의 크기를 줄여갔으나 내용, 형식, 색채, 전달력 등 동시대 화가에게 찾기 힘든 그림의 우아함은 점점 미묘해졌다. 그가 느낀 다정함과 염려, 인생의 아름다움에 감탄하는 방법은 모든 구성, 모든 초상화, 모든 정물화를 그 자체로 존재하게 했다'라고 회고록에 쓰기도 했다.

엄혹한 시대였음에도 불구하고 피메노프는 자신의 인생을 설계하고 운영하며 소신 있게 나아갔다. 현실의 비극을 외면하지 않고 적극적으로 받아들여 예술로 승화했고, 세계를 탐험하고 모험하는 데 거침이 없었다. 영민하고 현명하게 자신의 삶을 지켜내면서도 사회에 공헌하기 위해 부단히 애썼다. 언젠가 그는 "예술은 미묘한 영혼을 가지고 있다. 더 똑똑하고 복잡한 사람이 될수록, 그의 예술은 더 풍부하고 깊어질 것이다. 예술은 장인정신이 아닌 지식이 필요하다. (⋯⋯) 진실에 대한 탐색과 세계에 대한 탐험은 한계가 없다"라고 말한 적이 있다. 이는 피메노프의 뚜렷한 예술관과 세계관을 보여주는 대목이다. 그는 개인의 재능과 역량으로 세상에 대한 의무를 수행한 사람이 화가임을 몸소 보여주었다.

우리에게 주어진 삶의 의무란 자동차 핸들을 놓지 않는 행위와 비슷해 보인다. 피메노프가 평생 그러했듯이, 내 삶을 스스로 운전하는 것. 세상의 속도를 강박적으로 따라가거나 주위의 흐름에 휩쓸리지 않고 나만의 리듬을 유지하는 것. 무작정 서두르거나 조바심 내지 않고 호흡을 조절하며 효율적으로 일상을 운영하는 것. 동요하거나 현혹되지 않고 올바른 방향으로 생을 이끌어가는 것. 때로는 잠시 멈추고 지나온 길을 되돌아보거나 주변 풍경을 살필 줄 아는 것. 인생의 방향을 스스로 선택하고 결정해서 나아가는 것. 그것이 진짜 내 삶을 사는 방법일 테다. 혹시 내 인생의 운전대를 다른 사람에게 넘겨주고 이를 지켜만 보고 있지 않은지, 피메노프의 그림을 볼 때면 늘 생각하게 된다.

내 삶의 주도권은 오직 나에게 있다. 우리는 각자 인생의 단독자이며 개별자다. 세상에 똑같은 사람이 없듯이 같은 인생도 존재하지 않는다. 다수의 이데올로기에 갇혀 세상이 정해놓은 기준대로 살 필요는 없다. 남들에게 이상하게 보일까 봐 눈치 보고, 사람들이 싫어할까 봐 움츠러들고, 상대에게 사랑받고 싶어 연기하고, 누군가에게 보여주기 위해 극화하는 삶은 슬프고 공허하다. 내가 없는 내 삶이 무슨 의미가 있겠는가. 삶은 타인과 함께 살아가는 것이지 타인의 것이 아니다. 더 정확히 말해, 내 인생은 나의 것이다. 우리가 잘 알면서도 자주 잊는 사실. 인생은 생각보다 짧고, 세월은 생각보다 빠르다. 그리고 사람들은 내 생각보다 훨씬 더 나에게 관심이 없다.

유리 피메노프, 「최전방 도로」, 1944년

내 인생을 어떻게 살 것이냐는 스스로 정해야 한다. 내가 옳다고 믿는 삶의 방식, 태도, 가치관을 손수 빚어내고 냉철한 자기 인식 속에 자신의 신념을 지켜나가야 한다. 이 과정에서 부딪히고 꺾이고 넘어져도 최소한 나만의 길을 걸어가는 것이야말로 진정한 생이 아닐까. 행복한 삶의 모습이 한 가지 형태로만 존재하는 것은 아니다. 어떤 삶이 올바른 삶이라고 누구도 정의할 수 없다. 다만 자신의 삶을 담대하게 살아가는 모든 삶은 숭고하다. 부디 남들이 내 인생을 결정하도록 내버려두지 말기를, 나처럼 보이는 어떤 나를 연기하지 않고 본연의 모습으로 존재하기를, 충분한 주인의식으로 자신이 원하는 삶을 살아가기를 빈다.

나를 믿어야 한다. 나를 사랑해야 한다. 나로 살아야 한다. 나를 구하는 건 나다. 나뿐이다.

스타니슬라프 주콥스키,
「파브로스크갤러리의 실내장식」,
연도 미상

# 방 안의 모든
# 기쁨

모든 건 방으로부터 시작되었다. 사람은
태어나 죽을 때까지 한평생 방에서 산다. 그 안에서 머물다가 떠
나기를 반복한다. 조용히 숨고 자유롭게 몸부림치며 무수한 자국
을 남긴다. 한바탕 울기도 하고 누군가를 떠올리며 기억을 재조정
한다. 크게 넘어지고 대책 없이 게을러지며 수많은 추억을 쌓는
다. 방은 단지 물리적 차원의 공간이 아니다. 사람이 먹고 자고 쉬
는 곳이라는 의미를 넘어, 유일무이한 한 개인이 오랫동안 절대적
으로 쌓아온 시간과 경험이 압축되어 있는 곳이다. 친근한 생활 속
공간이자 사적인 체험의 장소이며 또 때론 치열한 인생의 시험대
가 된다. 거기에는 웃음, 눈물, 낭만, 꿈, 사랑, 좌절, 희망 등이 포함
된다. 방은 한 인간이 실존하는 삶의 흔적이자 가지각색의 이야기

가 응축된 인생의 집결체다.

처음 내 방을 갖게 된 날을 기억한다. 한 평 남짓한 공간이었지
만 방을 예쁘게 꾸미려고 손수 방석을 만들었고 며칠에 걸쳐 벽에
페인트를 칠했고 또 창문에 달 커튼을 찾기 위해 열심히 발품을 팔
았다. 집안의 흥망에 따라 방이 커졌다가 작아졌다가를 반복하다
가 어느 날 갑자기 내 방이 사라졌는데, 그날 또한 기억하고 있다.
그리고 현재의 나는 말하자면 방에 들러붙은 사람이다. 내 삶의 대
부분은 방에서 이루어진다. 작업실, 침실, 욕실, 거실, 부엌, 서재 등
등. 조금 더 범위를 넓혀보면 지하철, 버스, 자동차, 카페, 서점, 도
서관, 미술관, 병원, 백화점, 시장 등도 내 방이 된다. 또 이따금씩
찾는 공항, 호텔방 그리고 저 멀리 있는 파리의 기차역도 마찬가지
다. 이런 공간들만큼 나를 잘 설명해주는 것이 또 있을까?

필연적으로 공간은 그 안에 머문 사람과 연관된다. 공간을 보면
사람이 보이고, 그 사람의 내면과 사상은 물론 인생까지 투명하게
드러난다. 누군가의 손길이 묻어 있는 물건들은 저마다 목소리를
내고, 여러 가지 추억이 서려 있는 사물들은 삶의 궤적을 보여준
다. 벽지, 조명, 침대, 거울, 서랍, 책상에는 각각의 서사가 있고, 그
것들은 세월에 따라 낡고 해지며 방에 머문 사람이 지나온 발자취
가 된다. 하다못해 벽에 박은 못 하나까지도 나름의 사연이 있다.
방은 기억보다 정확한 시간의 흔적이자 한 인간을 제대로 보여주
는 거울이다. 방에는 방 주인의 성격, 기질, 취미, 취향, 기분, 상태,

태도, 생활상, 가치관이 모두 담겨 있다. 방이야말로 한 사람의 모태이자 근거이며 지표이다.

마지막으로 하나의 방을 소개한다. 그웬 존의 「파리 예술가의 방 코너」다.

방에는 아무도 없다. 있는 것은 몇 개의 사물뿐이다. 나무 테이블에 화병이 놓여 있고, 고리버들 의자에 옷과 양산이 걸쳐 있다. 아담한 방을 가득 채운 것은 다름 아닌 빛이다. 창문을 통해 따스한 햇볕이 들어오고, 투명한 레이스 커튼이 온화한 빛을 발한다. 모든 것은 싱그럽고 깨끗하며 화사하다. 방 주인의 마음이 반영된 이 방은 이러한 형용사로 말할 수 있다. 옅은, 헐벗은, 약한, 얇은, 조용한, 깨끗한, 정연한, 검소한, 가볍게 채워진. 누군가에게 이곳은 유일한 피난처이자 포근한 안식처이며 더할 나위 없는 보금자리이리라. 다만 날카롭게 경사진 삼각형이 화면에 힘을 실어주고 있다. 그것은 공간을 꿰뚫고 있으며, 팽팽한 긴장감을 불어넣는다. 기울어진 모서리를 따라 빛과 그늘이 대조되면서 숨겨진 이면을 설핏 드러낸다. 이 밝고 환한 방에도 어둠이 존재하는 것이다.

웨일스의 화가 그웬 존은 20세기 초 프랑스에 정착해 파리 몽파르나스 세르슈미디거리 87가에 살았다. 이 그림은 그곳에 있던 18세기 집 다락방 풍경으로, 화가의 사적인 공간을 담았다. "나에

그웬 존, 「파리 예술가의 방 코너」, 1907년~1909년

게 내 방을 제외하면 나는 내가 아닌 것으로 보인다"라고 말할 정
도로 존에게 방은 중요한 의미였다. 그녀는 방을 주제로 여러 점
의 연작을 남겼는데, 이 그림 역시 같은 장소를 그린 동명의 작품
이 있다. 두 작품 사이의 가장 큰 차이는 열리고 닫힌 창문이며, 의
자에 걸친 우산의 유무, 테이블에 놓인 정물의 종류에 따라 각각의
그림을 구분할 수 있다. 그 밖에도 그녀는 조용한 실내라는 단일
주제를 여러 각도로 변형시켜 많은 회화를 제작했다. 대표적으로
는 「작은 인테리어」, 「파리에 위치한 자신의 방 안의 예술가」, 「창
가에서 바느질하는 여자」, 「독서하는 여자」, 「창가에서 독서하는
소녀」 등이 있다.

　　그웬 존은 출중한 화가였음에도 오귀스트 로댕Auguste Rodin의
숨겨진 애인이라는 꼬리표와 남동생이자 유명 화가인 오거스터
스 존Augustus John의 그늘에 가려 크게 주목받지 못했다. 그러나 그
녀는 자기 자신을 내세우지 않으면서도 늘 당당하고 자신감 넘쳤
다. 일례로 그녀는 동료 화가인 폴 세잔의 수채화 전시회를 본 후
"이것들은 정말 좋아요. 하지만 나는 내 그림이 더 좋아요"라고 말
하며 작품에 대한 긍지를 나타내기도 했다. 이런 마음이 하늘에 닿
은 것일까? 그녀의 명성은 사후에 빛을 발했다. 세상을 떠나고 몇
년 뒤, 그웬 존의 회고전이 열렸는데 그때서야 뒤늦게 평단의 주목
을 받으며 누군가의 연인이 아닌 독립된 예술가로 인정받기 시작
했고, 남동생보다 재능 있는 화가로 재평가되었다. 그러나 오거스

그웬 존, 「파리 예술가의 방 코너(열린 창문)」, 1907년~1909년

터스는 이미 생전에 "50년 안에 나는 그웬 존의 남동생으로 알려질 것이다"라며 이 반전을 예측하기도 했다.

그녀는 비사교적이고 내성적인 성격 탓에 고립된 생활 속에서 작품 활동을 추구했지만, 나름의 방식으로 인습에 저항하고 자아실현을 했다. 삶에 대한 태도와 신념, 내면 세계는 그림에도 자연스레 드러난다. 대개의 작품이 24인치를 넘지 않는 작은 크기이며, 유화로 알려진 것은 158점으로 비교적 적다는 점, 또 소박하고 고요한 실내 풍경을 온화한 느낌의 밝은 색채로 표현했다는 점에서 그녀가 어떤 사람이었는지를 조금은 짐작할 수 있다. 각고의 정성을 기울여 완성한 그녀의 그림들은 그 어떤 작품보다 시적이고 문학적이며 철학적이다. 평범한 일상의 공간을 다른 시각에서 다시한번 생각해보도록 하는 힘이 있다. 좋은 그림은 물리적 거리를 넘어 시간의 길이를 압축하고 그림과 관객을 단단하게 결속시킨다고 했던가. 그림과 삶이 긴밀하게 만나는 순간이다.

그림은 삶의 궁극적인 발현이다. 삶을 배제한 그림은 존재할 수 없다. 그림과 삶이 따로일 수 없고, 따로여서도 안 된다. 그림은 삶의 확장이자 축소이며 삶의 무대, 그 자체이기 때문이다. 한 점의 그림을 볼 때 우리는 하나의 삶과 마주한다. 그림에는 인간이 지나온 시간의 자취, 희로애락, 일상의 무게감, 영혼의 메시지, 기억의 숨결이 다 녹아 있다. 그 숱한 이야기들은 우리에게 감동과 여운을 전해

그웬 존, 「창가에서 바느질하는 여자」, 1911년

그웬 존, 「창가에서 독서하는 소녀」, 1911년

줌과 동시에 자신을 돌아보고 내면을 성찰하게 한다.

그림을 본다는 것은 생의 이면을 들여다보는 시도이고, 그 안에서 자유롭게 유랑하는 시간이다. 마음을 깊이 점검하는 작업이고, 분별의 지혜를 길어 올리는 행위다. 그리고 마침내 삶의 희망을 단단히 아로새기는 일이다. 이것이 우리가 계속해서 그림을 봐야 하는 이유일 것이다.

서두에서 밝혔듯이, 이 책은 결국 삶에 관한 이야기다. 더 정확히 말하자면 '방'에서 일어나는 다양한 삶의 기록이다.

삶이란 방을 구축하는 여정인지도 모른다. 바닥과 천장, 벽과 문으로 이루어진 공통된 네모 상자를 자신만의 고유한 장소로 만들어가야 한다. 그 과정이 힘들고 지치더라도 거듭 살피고 관리하며 가꾸어가는 것, 때로 이런저런 문제가 발생한다고 해도 자신의 힘으로 조금씩 헤쳐나가는 것, 저마다의 방식으로 사각의 여백을 아름답게 채워나가는 것이 인생일 테다. 그러니 부디 바라건대 비록 세상의 멍에가 버겁더라도 웃고 떠들고 놀고 즐기는 일을 멈추지 말기를, 아무리 삶이 비루하더라도 먹고 쉬고 독서하고 산책하고 여행하며 살아가기를, 그곳이 어디든 '자기만의 방'에서 세상의 모든 기쁨을 오롯이 누리기를 바란다. 우리가 해야 할 일은 삶을 더 사랑하는 것뿐이다.

자 이제, 생생한 삶의 현장이 되는 각자의 방으로 들어갈 차례다.

산티아고 루시뇰,
「푸른 정원」, 1913년

p.4 야코프 알버츠Jacob Alberts, 「할리히 호게의 푸른 현관Blaue Diele auf Hallig Hooge」, 1905년, 판지에 유채, 70×81cm, 소장처 미상

## 프롤로그
p.7 아돌프 멘첼Adolph Menzel, 「발코니가 있는 방Das Balkonzimmer」, 1845년, 종이에 유채, 58×47cm, 베를린 구 국립미술관

p.11 아돌프 멘첼Adolph Menzel, 「리터가에 있는 예술가의 침실Schlafzimmer des Künstlers in der Ritterstraße」, 1847년, 캔버스에 유채, 56×46cm, 베를린 구 국립미술관

p.12 아돌프 멘첼Adolph Menzel, 「리터가에 있는 예술가의 거실Des Künstlers Wohnzimmer in der Ritterstraße」, 1851년, 판지에 유채, 32.1×27cm, 메트로폴리탄미술관

## 1부 / 조용히 숨고 싶은 방
p.18 작자 미상, 「응접실Drawing-room」, 19세기 후반, 제작방법 미상, 37.7×45.5cm, 에르미타시미술관

p.23 마르셀 리더Marcel Rieder, 「벽난로 앞에 있는 여인Vrouw bij de haard」, 1932년, 캔버스에 유채, 60×73cm, 소장처 미상

p.25 마르셀 리더Marcel Rieder, 「바느질하는 젊은 여자Jeune femme Cousant」, 1898년, 캔버스에 유채, 46×38cm, 소장처 미상

p.26 마르셀 리더Marcel Rieder, 「테라스에서 저녁 식사 후After Dinner on the Terrace」, 연도 미상, 캔버스에 유채, 43×36cm, 소장처 미상

p.29 마르셀 리더Marcel Rieder, 「독서하는 여자Femme Lisant」, 연도 미상, 제작방법 미상, 크기 미상, 소장처 미상

p.34 에드워드 호퍼Edward Hopper, 「호텔방Hotel Room」, 1931년, 캔버스에 유채, 152.4×165.7cm, 티센보르네미서미술관

p.37 에드워드 호퍼Edward Hopper, 「철도 옆 호텔Hotel by a Railroad」, 1952년, 캔버스에 유채, 79.38×101.98cm, 개인소장

p.38 에드워드 호퍼Edward Hopper, 「호텔 창문Hotel Window」, 1955년, 캔버스에 유채, 101.6×139.7cm, 뉴욕 포브스매거진컬렉션

p.44 펠릭스 발로통Félix Vallotton, 「꽃다발Le Bouquet」, 1922년, 캔버스에 유채, 146×114cm, 개인소장

년, 캔버스에 유채, 117×82cm, 개인소장

p.89 귀스타브 카유보트Gustave Caillebotte, 「발코니에 있는 남자, 오스만대로L'Homme au Balcon, Boulevard Haussmann」, 1880년, 캔버스에 유채, 117×90cm, 개인소장

p.92 귀스타브 카유보트Gustave Caillebotte, 「발코니, 오스만대로Un Balcon, Boulevard Haussmann」, 1880년, 캔버스에 유채, 69×62cm, 개인소장

p.93 에드바르 뭉크Edvard Munch, 「라파예트가Rue Lafayette」, 1891년, 캔버스에 유채, 92×73cm, 오슬로 국립미술관

p.95 레서 우리Lesser Ury, 「카페바우어Café Bauer」, 1906년, 캔버스에 유채, 59×38cm, 개인소장

p.96 레서 우리Lesser Ury, 「파란색 드레스를 입고 카페에 있는 여인Dame in Blauen Kleid im Café」, 1900년~1910년경, 캔버스에 유채, 76.3×51.5cm, 개인소장

p.99 레서 우리Lesser Ury, 「카페바우어에서의 저녁Abend im Café Bauer」, 1898년, 캔버스에 유채, 35.5×26.5cm, 개인소장

p.100 레서 우리Lesser Ury, 「카페에서 신문을 읽는 두 명의 신사Zwei Zeitung Lesende Herren im Café」, 1913년, 보드에 파스텔, 67×52.9cm, 개인소장

p.103 레서 우리Lesser Ury, 「베를린의 카페바우어에서Im Café Bauer, Berlin」, 1888년~1889년, 캔버스에 유채, 71.9×49cm, 소장처 미상

## 2부 / 완벽한 휴식의 방

p.106 스타니슬라프 주콥스키Stanislav Zhukovsky, 「와지엔키 궁전의 실내장식The Interior of the Royal łazienki Palace」, 1924년, 캔버스에 유채, 76×79cm, 개인소장

p.111 애나 블런던Anna Blunden, 「재봉사(셔츠의 노래)The Seamstress (A Song of the Shirt)」, 1854년, 캔버스에 유채, 47×39.4cm, 예일대학교 영국미술센터

p.113 존 토머스 필John Thomas Peele, 「셔츠의 노래The Song of the Shirt」, 1849년, 캔버스에 유채, 65.41×50.8cm, 올버니 역사예술협회

p.114 찰스 로시터Charles Rossiter, 「셔츠의 노래The Song of the Shirt」, 1854년, 캔버스에 유채, 51.4×61.5cm, 개인소장

p.116 프랭크 홀Frank Holl, 「종잡을 수 없는 생각들Far Away Thoughts」, 1874년, 캔버스에 유채, 40.6×55.8cm, 개인소장

p.120 에드워드 하우Eduard Hau, 「작은 은둔처의 내부 : 겨울 정원Interiors of the Small Hermitage. The Winter Garden」, 1865년, 수채화, 33.1×42.6cm, 에르미타시미술관

p.122 루돌프 폰 알트Rudolf von Alt, 「레드니체 성의 종려나무 온실 내부Innenansicht des

Palmenhauses von Schloss Eisgrub」, 1842년, 종이에 수채화, 25.3×34cm, 리히텐슈타인미술관

p.125 존 앳킨슨 그림쇼John Atkinson Grimshaw, 「사색에 잠긴 사람Il Penseroso」, 1875년, 캔버스에 유채, 59.7×49.5cm, 개인소장

p.129 알베르 바르톨로메Albert Bartholome, 「온실에서Dans la Serre」, 1881년경, 캔버스에 유채, 233×142cm, 오르세미술관

p.130 프랜시스 존스 배너먼Frances M. Jones Bannerman, 「온실에서The Conservatory」, 1883년, 캔버스에 유채, 63.3×79.8cm, 소장처 미상

p.134 카미유 피사로Camille Pissarro, 「오후의 생토노레거리, 비의 효과Rue Saint-Honoré dans L'après-midi. Effet de Pluie」, 1897년, 캔버스에 유채, 81×65cm, 티센보르네미서미술관

p.137 카미유 피사로Camille Pissarro, 「프랑스극장 앞 광장, 비의 효과Place du Théâtre Français, Paris: Rain」, 1898년, 캔버스에 유채, 73.66×91.44cm, 미니애폴리스미술관

p.138 카미유 피사로Camille Pissarro, 「오후의 몽마르트르대로, 빗속에Boulevard Montmartre, Afternoon, in the Rain」, 1897년, 캔버스에 유채, 66×52.5cm, 개인소장

p.141 카미유 피사로Camille Pissarro, 「비 내리는 오후의 퐁뇌프The Pont Neuf, Rainy Afternoon」, 1901년, 캔버스에 유채, 63×80cm, 개인소장

p.142 카미유 피사로Camille Pissarro, 「생 자크교회, 디에프, 비 오는 날씨The Church of Saint-Jacques, Dieppe, Rainy Weather」, 1901년, 캔버스에 유채, 81×65cm, 개인소장

p.145 파니 브레이트Fanny Brate, 「기념일Namnsdag」, 1902년, 캔버스에 유채, 88×110cm, 스톡홀름 국립미술관

p.148 폴 고갱Paul Gauguin, 「생선이 있는 정물Still Life with Fish」, 1878년, 캔버스에 유채, 46×55cm, 쿤스트박물관

p.151 프랑크 바이Franck Bail, 「호박 절단Carving the Pumpkin」, 1910년, 캔버스에 유채, 82×56.5cm, 개인소장

p.153 프레더릭 맥커빈Frederick McCubbin, 「올드 킹스트리트 베이커리의 주방Kitchen at the Old King Street Bakery」, 1884년, 캔버스에 유채, 50.6×61.2cm, 아트갤러리 오브 사우스오스트레일리아

p.154 월터 게이Walter Gay, 「식당Dining room, Dagnanville」, 1895년경, 종이에 수채화, 크기 미상, 소장처 미상

p.157 헤르만 페너베머Hermann Fenner-Behmer, 「책벌레Der Bücherwurm」, 1906년, 캔버스에 유채, 크기 미상, 베를린 타이포그래피미술관

114×88cm, 주세페 데니티스미술관

p.196 주세페 데니티스Giuseppe De Nittis, 「내닫이창Il Bow Window」, 1883년, 캔버스에 연필과 파스텔, 116×89cm, 카 페사로미술관

p.199 주세페 데니티스Giuseppe De Nittis, 「어느 겨울의 풍경Un Paesaggio Invernale」, 1875년, 캔버스에 유채, 41.91×31.75cm, 개인소장

## 3부 / 혼자 울기 좋은 방

p.200 빌헬름 함메르쇠이Vilhelm Hammershøi, 「스트란가데 30번지 : 달빛Moonlight, Strandgade 30」, 1900년~1906년, 캔버스에 유채, 41×51.1cm, 메트로폴리탄미술관

p.205 페테르 일스테드Peter Ilsted, 「침실에서In The Bedroom」, 1901년, 캔버스에 유채, 46.5×38.7cm, 개인소장

p.208 페테르 일스테드Peter Ilsted, 「책을 읽고 있는 어린 소녀Girl Reading」, 1901년, 캔버스에 유채, 76×65cm, 개인소장

p.209 빌헬름 함메르쇠이Vilhelm Hammershøi, 「하얀 의자 위의 이다와 실내 풍경Interior with Ida in a White Chair」, 1900년, 캔버스에 유채, 57×49cm, 개인소장

p.211 페테르 일스테드Peter Ilsted, 「창문 옆에서 뜨개질하는 여인A Woman Knitting by a Window」, 1902년, 캔버스에 유채, 59.7×67.3cm, 개인소장

p.217 비토리오 마테오 코르코스Vittorio Matteo Corcos, 「꿈Sogni」, 1896년, 캔버스에 유채, 160×135cm, 로마 국립 현대미술관

p.219 비토리오 마테오 코르코스, 「조용한 시간Ore Tranquille」, 1885년, 캔버스에 유채, 크기 미상, 개인소장

p.220 귀스타브 카유보트Gustave Caillebotte, 「몽소공원Le Parc Monceau」, 1877년, 캔버스에 유채, 50×65cm, 개인소장

p.222 빈센트 반 고흐Vincent van Gogh, 「세인트폴 병원 정원의 돌벤치The Stone Bench in Garden of Saint-Paul Hospital」, 1889년, 캔버스에 유채, 40.5×48.5cm, 상파울루미술관

p.229 피터르 얀스 산레담Pieter Jansz Saenredam, 「하를럼 성 바보교회의 내부The Interior of St Bavo's Church, Haarlem (the 'Grote Kerk')」, 1648년, 판넬에 유채, 174.8×143.6cm, 국립 스코틀랜드미술관

p.232 피터르 얀스 산레담Pieter Jansz Saenredam, 「하를럼 성 바보교회의 내부The Interior of Saint Bavo, Haarlem」, 1628년, 판넬에 유채, 38.7×47.6cm, J. 폴 게티미술관

p.233 피터르 얀스 산레담Pieter Jansz Saenredam, 「하를럼 성 바보교회의 내부Interior of Saint Bavo, Haarlem」, 1631년, 판넬에 유채, 82.9×110.5cm, 필라델피아미술관

p.236 제임스 티소James Tissot, 「요양The Convalescent」, 1876년, 캔버스에 유채, 93.4×116.1cm, 셰필드박물관

p.239 제임스 티소James Tissot, 「해먹The Hammock」, 1879년, 캔버스에 유채, 127×76.2cm, 개인소장

p.240 제임스 티소James Tissot, 「휴일Holyday」, 1876년, 캔버스에 유채, 76.2×99.4cm, 테이트갤러리

p.242 제임스 티소James Tissot, 「숨바꼭질Hide and Seek」, 1877년, 목판에 유채, 73.4×53.9cm, 워싱턴 국립미술관

p.248 페르낭 크노프Fernand Khnopff, 「잔 케퍼Jeanne Kéfer」, 1885년, 캔버스에 유채, 80×80cm, J. 폴 게티미술관

p.251 페르낭 크노프Fernand Khnopff, 「웰몽트가의 앙리Bildnis Henri de Woelmont als Kind」, 1884년, 캔버스에 유채, 26.4×29cm, 개인소장

p.252 페르낭 크노프Fernand Khnopff, 「마드모아젤 에슈트의 초상화Portret van Mejuffrouw Van der Hecht」, 1883년, 캔버스에 유채, 37×29cm, 벨기에 왕립미술관

p.254 페르낭 크노프Fernand Khnopff, 「가브리엘 브라운의 초상화Portrait de Gabrielle Braun」, 1886년, 캔버스에 유채, 32×26.5cm, 개인소장

p.255 페르낭 크노프Fernand Khnopff, 「몽시외르 네브의 아이들Les Enfants de Monsieur Nève」, 1893년, 판넬에 유채, 49.5×40cm, 개인소장

p.259 릴리 푸레디Lily Furedi, 「지하철Subway」, 1934년, 캔버스에 유채, 99.1×122.6cm, 스미스소니언미술관

p.263 레지널드 마시Reginald Marsh, 「14번가의 지하철14th St. Subway」, 1930년, 제작방법 미상, 크기 미상, 소장처 미상

p.264 대니얼 셀렌타노Daniel Ralph Celentano, 「지하철Subway」, 1935년경, 캔버스에 유채, 65.4×70.5cm, 울프소니언박물관

p.265 마크 로스코Mark Rothko, 「지하철 입구Entrance to a Subway」, 1938년, 캔버스에 유채, 86.4×117.5cm, 개인소장

p.266 프랜시스 루이스 모라Francis Luis Mora, 「뉴욕시티의 지하철 탑승객들Subway Riders in NYC」, 1914년, 제작방법 미상, 32×24cm, 뉴욕 공공도서관

p.271 애벗 풀러 그레이브스Abbott Fuller Graves, 「갑판 위에서On the Deck」, 연도 미상, 캔버스에 유채, 50.8×60.96cm, 개인소장

p.273 애벗 풀러 그레이브스Abbott Fuller Graves, 「바람둥이Flirtation」, 1900년, 캔버스에 유채, 60.96×50.8cm, 개인소장

p.274 애벗 풀러 그레이브스Abbott Fuller Graves, 「집을 앞두고Nearing Home」, 1905년 경, 캔버스에 유채, 60.96×51.44cm, 개인소장

p.278 지나이다 세레브리아코바Zinaida Serebriakova, 「화장대에서At the Dressing Table, Self-portrait」, 1909년, 캔버스에 유채, 75.2×65.5cm, 트레티야코프미술관

p.282 지나이다 세레브리아코바Zinaida Serebriakova, 「자화상Self-portrait」, 1956년, 캔버스에 유채, 크기 미상, 툴라 지역미술관

## 4부 / 오래 머물고 싶은 방

p.286 에드워드 하우Eduard Hau, 「겨울궁전의 실내장식 : 네 번째 객실의 옷방Interiors of the Winter Palace. The Fourth Reserved Apartment. The Dressing Room」, 1868년, 수채화, 28.3×37cm, 에르미타시미술관

p.293 다니엘 가버Daniel Garber, 「그림 그리는 학생들Students of Painting」, 1923년, 판지에 유채, 45.72×53.34cm, 펜실베니아 미술아카데미

p.294 다니엘 가버Daniel Garber, 「과수원 창문The Orchard Window」, 1918년, 캔버스에 유채, 143.4×132.7cm, 필라델피아미술관

p.296 다니엘 가버Daniel Garber, 「엄마와 아들Mother and Son」, 1933년, 캔버스에 유채, 203.5×178.4cm, 펜실베니아 미술아카데미

p.301 니콜라이 보그다노프벨스키Nikolay Bogdanov-Belsky, 「새로운 동화New Fairy Tale」, 1891년, 캔버스에 유채, 137.2×152.3cm, 벨로루시 국립예술박물관

p.302 니콜라이 보그다노프벨스키Nikolay Bogdanov-Belsky, 「시골 친구들Country Friends」, 1912년, 캔버스에 유채, 크기 미상, 볼고그라드미술관

p.305 니콜라이 보그다노프벨스키Nikolay Bogdanov-Belsky, 「암산 : 세르게이 알렉산 드로비치 라친스키의 사립학교에서Mental Arithmetic. In the Public School of S. Rachinsky」, 1895년, 캔버스에 유채, 79×107cm, 트레티야코프미술관

p.307 니콜라이 보그다노프벨스키Nikolay Bogdanov-Belsky, 「방문객들Visitors」, 1913년, 캔버스에 유채, 150×120cm, 아르한겔스크 지역미술관

p.311 에두아르 뷔야르Édouard Vuillard, 「마리 블랑슈 드 폴리냑 백작 부인La Comtesse Marie-Blanche de Polignac」, 1928년~1932년, 캔버스에 유채, 116×89.5cm, 오르세미술관

p.312 에두아르 뷔야르Édouard Vuillard, 「햇빛이 드는 실내Intérieur Ensoleillé」, 1920년 경, 캔버스 위 종이에 수성도료, 83×64cm, 테이트갤러리

p.314 에두아르 뷔야르Édouard Vuillard, 「화가 케르 자비에르 루셀과 그의 딸 아넷Le Peintre Ker-Xavier Roussel et sa fille」 1903년, 판지에 유채, 58.1×54.45cm, 올브라이트

녹스미술관

p.317 에두아르 뷔야르Édouard Vuillard, 「촛대nature morte au bougeoir」, 1900년, 판지에 유채, 43.6×75.8cm, 스코틀랜드 국립미술관

p.318 에두아르 뷔야르Édouard Vuillard, 「장식 선반La Cheminée」, 1905년, 판지에 유채, 51.4×77.5cm, 런던 내셔널갤러리

p.322 아우구스트 마케August Macke, 「옷가게Modegeschäft」, 1913년, 판지에 유채, 50×60cm, 베스트팔렌 주립미술관

p.325 아우구스트 마케August Mackee, 「모자가게 앞의 우산 쓴 여인Frau mit Sonnenschirm vor Einem Hutladen」, 1914년, 캔버스에 유채, 60.5×50.5cm, 폴크방미술관

p.326 아우구스트 마케August Macke, 「모자가게 앞에서Vor dem Hutladen」, 1913년, 캔버스에 유채, 54.7×44.5cm, 레벤디게스미술관

p.331 빈센트 반 고흐Vincent van Gogh, 「프랑스 소설 더미들Stapels Franse Romans」, 1887년, 캔버스에 유채, 53×73.2cm, 반 고흐미술관

p.332 빈센트 반 고흐Vincent van Gogh, 「프랑스 소설책들과 장미가 있는 정물Stillleben mit Französischen Romanen und Glas mit Rose」, 1887년, 캔버스에 유채, 93×73cm, 개인소장

p.335 빈센트 반 고흐Vincent van Gogh, 「석고상이 있는 정물Stilleven met Gipsbeeldje」, 1887년, 캔버스에 유채, 55×47cm, 크뢸러뮐러미술관

p.336 빈센트 반 고흐Vincent van Gogh, 「성경이 있는 정물Stilleven met Bijbel」, 1885년, 캔버스에 유채, 65.7×78.5cm, 반 고흐미술관

p.343 라우리츠 아네르센 링Laurits Andersen Ring, 「화가의 아내I havedøren. Kunstnerens hustru」, 1897년, 캔버스에 유채, 191×144cm, 쿤스트 주립미술관

p.345 라우리츠 아네르센 링Laurits Andersen Ring, 「아침 식사 중에Vid frukostbordet」, 1898년, 캔버스에 유채, 52×40.5cm, 스톡홀름 국립미술관

p.346 라우리츠 아네르센 링Laurits Andersen Ring, 「에바와 시그리드 쾰러Forår. Ebba og Sigrid Kähler」, 1895년, 캔버스에 유채, 189.5×159cm, 히르슈스프룽 컬렉션

p.349 라우리츠 아네르센 링Laurits Andersen Ring, 「철도 경비원Banvakten」, 1884년, 캔버스에 유채, 57×45.5cm, 스톡홀름 국립미술관

p.350 라우리츠 아네르센 링Laurits Andersen Ring, 「비 오는 소리Er regnen hørt op?」, 1922년, 캔버스에 유채, 64.5×55.5cm, 쿤스트 주립미술관

p.353 귀스타브 카유보트Gustave Caillebotte, 「스튜디오의 인테리어Interior of a Studio」, 1872년~1874년, 캔버스에 유채, 80×65cm, 개인소장

p.354 프레데리크 바지유Frédéric Bazille, 「바지유의 아틀리에 : 콩다민거리 9번지

L'atelier de Bazille」, 1870년, 캔버스에 유채, 98×128.5cm, 오르세미술관

p.357 앙리 마티스Henri Matisse, 「분홍 화실L'Atelier rose」, 1911년, 캔버스에 유채, 221×181cm, 푸슈킨미술관

p.358 카를 빌헬름 스트렉푸스Karl Wilhelm Streckfuß, 「베를린에 있는 예술가의 스튜디오Artist's Studio in Berlin」, 1860년대, 종이에 수채화, 28.7×29.2cm, 쿠퍼 휴이트 국립 디자인박물관

p.360 마리 드니즈 빌레르Marie Denise Villers, 「그림 그리는 젊은 여자Marie Joséphine Charlotte du Val d'Ognes」, 1801년, 캔버스에 유채, 161.3×128.6cm, 메트로폴리탄미술관

p.364 루이스 모엘러Louis Moeller, 「조각가의 스튜디오Sculptor's Studio」, 1880년대, 캔버스에 유채, 58.4×76.2cm, 메트로폴리탄미술관

p.368 유리 피메노프Yuri Pimenov, 「새로운 모스크바New Moscow」, 1937년, 캔버스에 유채, 140×170cm, 소장처 미상

p.371 유리 피메노프Yuri Pimenov, 「새로운 모스크바New Moscow」, 1960년, 캔버스에 유채, 크기 미상, 소장처 미상

p.374 유리 피메노프Yuri Pimenov, 「최전방 도로Frontline Road」, 1944년, 캔버스에 유채, 100×123cm, 러시아 국립박물관

p.376 스타니슬라프 주콥스키Stanislav Zhukovsky, 「파브로스크갤러리의 실내장식 Interior of the Picture Gallery, Pavlovsk」, 연도 미상, 제작방법 미상, 70×80cm, 개인소장

## 에필로그

p.381 그웬 존Gwen John, 「파리 예술가의 방 코너A Corner of the Artist's Room in Paris」, 1907년~1909년, 캔버스에 유채, 26.7×31.7cm, 셰필드박물관

p.383 그웬 존Gwen John, 「파리 예술가의 방 코너(열린 창문)A Corner of The Artist's Room in Paris(with Open Window)」, 1907년~1909년, 캔버스에 유채, 31.2×24.8cm, 웨일즈 국립미술관

p.385 그웬 존Gwen John, 「창가에서 바느질하는 여자Woman Sewing at a Window」, 1911년, 캔버스에 유채, 크기 미상, 개인소장

p.386 그웬 존Gwen John, 「창가에서 독서하는 소녀Girl Reading at Window」, 1911년, 캔버스에 유채, 40.3×25.4cm, 뉴욕 현대미술관

p.388 산티아고 루시뇰Santiago Rusiñol, 「푸른 정원Pati blau」, 1913년, 캔버스에 유채, 78×95cm, 카탈루냐미술관

# 혼자 있기 좋은 방

오직 나를 위해, 그림 속에서 잠시 쉼

**초판 1쇄 발행** 2018년 6월 5일 **초판 10쇄 발행** 2024년 5월 17일

**지은이** 우지현
**펴낸이** 최순영

**출판2 본부장** 박태근
**스토리 독자 팀장** 김소연
**본문디자인** 윤정아

**펴낸곳** ㈜위즈덤하우스 **출판등록** 2000년 5월 23일 제13-1071호
**주소** 서울특별시 마포구 양화로 19 합정오피스빌딩 17층
**전화** 02) 2179-5600 **홈페이지** www.wisdomhouse.co.kr

ISBN 979-11-6220-373-6 03810